박지영

2010년《조선일보》신춘문예를 통해 등단했다.
장편소설『지나치게 사적인 그의 월요일』로 2013년 조선일보
판타지문학상을 수상했다.

KB109091

고독사
워크숍

고독사
워크숍

오늘의 젊은 작가 36

박지영
장편소설

민음사

차례

웨이비 그레이비
Wavy Gravy

초코 헤이즐넛 퍼지 소용돌이와
구운 아몬드가 들어간
캐러멜 캐슈너트 브라질너트 아이스크림
1993~2001

혹시 헷갈리실까 봐
분명하게 말씀드립니다:
진짜 웨이비 그레이비는 죽지 않았습니다―
캘리포니아에 살고 있죠.

웨이비 아이스크림은 살아남지 못했지만
우린 예전에도 틀린 적이 있고
여러분이 포기하지 않는다면
우리도 포기하지 않습니다.
그러니 뭘 기다리고 있나요?

● 벤앤제리스 아이스크림 묘지의 ●
웨이비 그레이비 맛 아이스크림의 묘비명

공대규, 버크셔 K

오린엔터테인먼트

고독사하는 데도 돈이 든다. 당연하다. 사는 것도 죽는 것도 다 돈이다. 그놈의 돈. 일단 필요한 건 자기만의 방이다. 최소한 3일, 길게는 2주 정도 고독하게 죽어 갈 나만의 공간이 필요하다. 모텔이나 게스트하우스, 펜션 같은 곳에서 죽고 싶지는 않다. 그건 고독사가 아니다. 남의 영업장소에서 죽다니 두고두고 원망을 들을 일이다. 죽으면서까지 원망을 듣고 싶지는 않다. 홀가분하고 가뿐하게. 그러자면 월세방이라도 최소한 보증금 300만 원 남짓은 남기고 죽어야 한다. 그것이 대규가 생각하는 고독사의 윤리였다. 그러니 지금처럼 조카 녀석들 셋이 뛰어다니는 여동생의 집이라면 고독사는 요원한 꿈일 뿐이다.

오죽하면. 요즘 대규의 근황을 들은 사람들은 대개 그렇게 말했다. 오죽하면 여동생 집에서 육아 도우미를 하고 있겠어, 마흔이 넘은 오빠가 어쩌다가. 대규도 잘나갈 때가 있었다. 어디까지나 본인 기준이기는 하지만. 한때나마 잘나갔던 기억은 사람을 점점 고립시켰다. 새로 들어온 승무원과의 꽤 떠들썩한 연애 사건으로 — 대규에겐 연애였고 상대방에겐 발목을 삐끗한 정도의 실수였다는 걸 끝날 때야 알게 되었다 — 항공사를 그만두자 누구도 만나기 싫었고 그렇게 석 달이 지나자 누구도 만나 주지 않았다. 전세 보증금을 빼 월세로 옮기고 선배와 여행사를 차리며 마지막 기회라고 생각했다. 8개월 만에 팬데믹이 왔다. 6개월만 버텨 보자. 선배는 그렇게 말했고 6개월을 무급으로 지냈다. 6개월이 지나자 또 다른 6개월이 왔다. 그렇고 그런 이야기다. 쉬는 김에 어린이집도 못 가는 애들이나 돌봐 달라는 여동생 진경의 제안은 그저 고맙기만 했다. 월세라도 아끼자고 혼자 살던 오피스텔을 후배에게 넘겨주고 진경의 집으로 들어갔다. 조카들을 돌보며 석 달이 지나자 어른들과 대화하는 법을 잊었다. 처음에는 일주일에 한 번, 최근 들어 일주일에 두세 번씩 불시에 손주를 보러 오는 시댁 어르신은 말했다. 아직 젊은 사람이 우짜려고. 그러니까 지금의 대규를 수식하는 데는 세 가지 해시태그면 충분했다. #오죽하면 #어쩌다가 #어쩌려고 이것은 나중에 '심야코인세탁소'의 고독사 워크숍 참가 신청서에 대규가 적은 세 가지 지원 사유가 되었다.

시댁 어르신은 대규에게 항상 친절했고 격식을 갖추어 대했다. 한번은 점심때 들렀다가 대규가 피곤해 보였는지 사려 깊은 말을 건넸다.

"애들은 내가 봐줄 테니까 들어가서 한숨 자고 나와요."

아이들과 같이 쓰는 방에 들어가 침대에 누웠다. 곧이어 둘째가 따라 들어와 침대 옆 바닥에 깔아 놓은 매트리스 위에 누웠다. 둘째는 바닥에서 자는 걸 좋아했다. 잠시 후 방문을 열고 들여다보던 시댁 어르신은 대규가 잠든 줄 알았는지 중얼거렸다.

"저런. 애는 아래 재우고 삼촌이란 사람이 떡하니 침대에."

별 얘긴 아니었다. 그런데 그 말이 가라앉지 않고 떡하니 자꾸 떠올랐다. 그날 밤 진경이 대규에게 물었다.

"오빠 밤에 안 자고 뭐…… 해?"

"아니 뭐 하는 건 없는데."

"어디 아픈 건 아니지? 어머님이 오빠 피곤해 보인다고 걱정하시길래."

그 말이 우스워서 대규는 웃음을 터뜨렸다. 비난할 의도가 없다는 건 알고 있었다. 걱정하는 말과 안쓰러워하는 표정이 비웃음으로 느껴지다니 나 정말 존나 망한 건가? 문득 실감했을 뿐이었다.

며칠 전에는 야식을 먹으려고 밤에 주방에 나왔다가 진경이 매제와 대화하는 걸 들었다.

"요즘 식비가 많이 드네."

들으라고 하는 이야기는 아니었는데 그 말이 대규에겐 이렇게 들렸다. 그만 좀 처먹지. 돼지 새끼도 아니고.

그런 건 다 괜찮았다. 애초에 그런 말 정도에 상처받을 연약한 영혼의 소유자였으면 임시라도 진경의 집에서 용돈을 받아 가며 육아 도우미로 기생할 생각 따위는 못 했을 거였다. 문제는 이제 여섯 살이 된 첫째 조카딸이었다. 아래 둘은 남자아이였고 대규가 목욕을 시켰다. 그러나 첫째는 아무리 늦게 퇴근하거나 피곤해도 진경이 목욕을 시켰다. 당연하다고 생각했다. 요즘 같은 시대에. 삼촌이라도 딸을 맡길 때는 조심하는 게 당연했다. 하지만 허리가 아파서 손주들을 돌보는 건 무리라던 시댁 어르신이 최근 자주 방문하는 이유가 첫째 때문이라는 것, 손녀딸을 하루 종일 삼촌 손에 맡기는 게 불안해서라는 걸 알게 되었을 때는 아무렇지 않을 수가 없었다. 옆에 있는 것만으로 불안한 존재라면 눈치껏 빠져 주는 게 도리였다. "걱정 안 하셔도 돼요, 저 남자 좋아해요." 괜한 심술에 시댁 어르신께 커밍아웃을 해 볼까 생각도 했지만 그랬다가는 첫째뿐 아니라 다른 조카들과의 가벼운 접촉도 거부당할지 몰랐다. 시댁 어르신이 이미 먼 친척에게 입주 도우미로 일할 수 있다는 확답을 받고서 대규가 떠나 주기만 기다리고 있다는 것도 알게 되었다.

당장 장기간 머물 방을 구하기는 무리라서 에어비앤비 사이트를 둘러보았다. 하루나 이틀, 길게는 일주일씩 타인의 방에 기거하는 건 대규가 즐겨하는 짧은 여행이었다. 멀리 갈 필요도 없이 수색이나 성수, 수원이나 청평만 가도 좋았다. 다른 사람의 취향과 일상이 묻어나는 방에 머물며 동네 산책을 하고 나면 그날 하루만큼은 그 방을 구성하는 물질로 만들어진 타인이 될 수 있었다. 탐색 끝에 폐장한 동물원 근처의 집을 하나 발견했다. 낡고 좁은 집이었지만 단독 주택 2층이었고 옥상도 쓸 수 있다고 했다. 3개월간 빈집에서 고양이를 돌봐 주는 조건이라 숙박료도 저렴했다. 가격을 조정하기 위해 연락을 했더니 귀여운 고양이를 돌볼 혜택을 주는 거니까 사실은 제가 돈을 더 받아야 하는데요라는 답이 돌아왔다. 뻔뻔한 데다 무책임한 인간이었다. 귀여운 고양이를 낯선 이에게 3개월이나 맡기고 여행을 떠나려는 사람의 사연이란 도대체 뭘까. 그렇게 귀여우면 그냥 데려가시는 건 어떨까요 물었더니 고독사 워크숍을 떠나기 때문에 동행은 어렵다고 했다. 심야코인세탁소의 고독사 워크숍에 대해서는 그렇게 알게 되었다.

"3개월간 해외로 워크숍을 갈 거야. 심야코인세탁소라고."

고독사 기간에 연락을 차단하려면 아무래도 외국에 나간다고 하는 편이 나을 것 같아서 둘러댄 이야기였다. 요즘 같은 팬데믹 상황에 해외에서 워크숍이라니 의심스러울 만도 한데 진경은 아무것도 묻지 않았다. 방역과 관련된 회사인데 해외 체인점 관련해서 자문이 필요한가 봐, 어떻게 취직이 됐네 했더니 제대로 듣지도 않았는지 그래, 요 앞에도 무인 세탁소 생겼더라 할 뿐이었다. 괜히 자세히 물어서 일이 틀어지게 만들고 싶지 않은 거겠지. 5개월을 한집에 있었다. 그 정도면 올해의 여동생상을 받아도 좋을 만한 인내심이었다. 대규는 야근을 마치고 돌아와 지친 얼굴로 저녁밥 대신 조미김에 맥주를 마시는 진경의 얼굴을 보았다. 사실 고독사 워크숍이 필요한 사람은 대규보다 진경일 거였다.

"어디로 간다고?"

"영국. 버크셔."

"거기도 심각하지 않나?"

그러니까라고 대답하고 싶었지만 굳이 속마음을 다 내보일 건 없었다.

"어디든 안 괜찮으니까 어디든 뭐."

내게만 주어지는 행운을 기대하는 사람이 있는가 하면 공평한 불행과 재난에 안도하는 사람도 있었다. 대규는 단연코 후자 쪽이었고 그런 면이 고독사 워크숍 매니저로 선발되는 데 유리하게 작용했으리라고 짐작했다.

워크숍 신청자 중 지원서를 통해 선발된 n명에게는 매니저 자격과 고독사 장려금, 그리고 특전이 주어졌다. 다른 참가자들의 페이스메이커 역할을 하며 원하는 장소에서 석 달간 별도의 비용 부담 없이 고독사 워크숍을 할 수 있는 특혜였다. 자신의 고독사 사연은 너무 평범해서 선택받기 힘들 거라고 생각했는데 덜컥 뽑혔다. 망한 인간들 중에서도 제대로 망했다고 인정받은 셈인가 싶어 기분이 좋기도 하고 나쁘기도 했다. 어쨌든 원하는 곳에서 고독사가 가능하다니 설레기 시작했다. 반신반의하는 마음으로 버크셔를 적었다. 별다른 이유는 없었다. 며칠 전 매제의 생일에 외식을 했는데 돼지고기를 먹었다. 유난히 맛있어서 자제해야지 하면서도 자꾸만 손이 갔다.

"잘 드시네요, 국내에서 개량한 버크셔 품종인데 저는 이베리코보다 이게 입맛에 맞더라고요."

매제가 웃으며 2인분을 더 시켰고 그중 대부분을 대규가 먹었다. 먹으면서도 마냥 뻔뻔한 성격은 못 되어서 잘 드시네요가 마침표로 끝났는지 자알 드시네요? 물음표로 끝났는지를 계속 생각했다. 어쨌거나 이렇게 맛있는 돼지를 키우고 죽이는 곳이라면 고독사하기도 좋은 곳이겠구나 싶었다.

그런 생각은 전날의 꿈 때문일 거였다. 꿈에서 손목에 타투를 했다. 필기체였는데 잘 보이지 않아 꿈에서도 눈을 가늘게 뜨고 유심히 살펴보았다. Last meal for you. 왜 그런 문구를 새겼을까. 그 문장이 어디서 왔는지 알 수 없었다. 그러나 꿈속에서 대규는 손목의 글귀를 잊지 않기 위해 거듭해서 들여다보았고 소리 내어 읽기도 했다. 꿈이라는 걸 인지하면서, 꿈에서 깬 후에도 이 글귀를 잊지 말아야지 생각하면서.

고독사 워크숍 전날 홍대 타투 숍에 가서 왼쪽 손목에 그것을 새겼다. 무서워서 타투는 못 하고 헤나 레터링으로 했다. Last meal for you. 이제 고결한 돼지처럼 고독사할 준비는 끝났다.

심야코인세탁소

"저는 이런 사람들이 좋아요."

공대규의 지원서를 보며 조 부장이 말했다.

"별 볼 일 없이 살다가도 고결한 돼지처럼 죽을 수 있다고 믿는 거 보세요. 정말 사랑스럽지 않나요? 이렇게 속물적인 욕망을 거침없이 드러내는 사람들, 자기혐오와 자기 구애를 멈추지 않는 사람들이 마침내 고독사에 이르는 법이거든요. 저는 말입니다, 고독사란 결국 인간의 존엄이랄지 위엄에 대한 절박한 구애의 형태로 완성되어야 한다고 믿습니다. 그러니까."

언제나처럼 조 부장은 갑자기 말을 멈추더니 자리에 앉아 타이핑을 시작했다. 혼자 알 수 없는 이유로 격앙되어 토하듯 말을 뱉다가 갑자기 그만두는 건 조 부장의 버릇이었다. 다른 사람과 대화하는 법에 서툰 사람 특유의 혼자 보내 온 시간의 밀도가 묻어나는 말투였다. 실은 그래서 오 대리는 조 부장의 부장님식 농담이, 질문으로 시작해서 독백으로 끝나는 중얼거림이 싫지 않았다. 고독사란 이런 사람이 하는 겁니다라고 온몸으로 증명하는 조 부장을 보고 있으면 아무도 찾지 않는 누렇게 바랜 헌책 냄새를 맡을 때처럼 쓸쓸한 안도감이 들었다. 같이 있어도 1인분의 존재감이 아니라 0.5인분의 존재감만 느껴지는 것도 좋았다. 그런 사람이니까 '심야코인세탁소'라는 수상한 성인 전용 사이트를 만들어 고독한 이들을 위한 고독사 워크숍 같은 걸 진행할 터였다.

오 대리에게 처음 심야코인세탁소의 일자리를 제안한 건 서 피디였다. 서 피디와 같이 하던 방송이 없어지고 2년이 지난 후였고 서 피디를 마지막으로 본 지 6개월도 넘었을 무렵이었다. 서 피디가 보내 온 메일을 열자 이런 문구와 함께 채용 정보가 떴다.

☑ 심야코인세탁소: 당신의 고독사는 안녕하십니까?

서 피디의 메일 주소가 아니었다면 스팸이라 생각하고 바로 삭제했을 내용이었다. 하지만 서 피디가 이유 없이 이런 메일을 보냈을 리 없었다. 이곳에 가면 잠적한 서 피디를 만날지 모른다는 기대감도 들었다. 그렇게 해서 일주일 후 오 대리는 낡은 세탁기가 끊임없이 소음을 만들어 내는 사무실을 찾아갔고 조 부장이란 사람을 만나게 되었다.

"고독사 말입니다, 어떻게 생각해요? 할 수 있겠어요?"

면접이라고는 성의 없이 이런 질문을 던지는 게 전부였다. 뭔가 싶어 역시 성의 없게 대답했다.

"아마도요?"

"좋네요."

그 자리에서 채용이 결정되었다. 나중에 조 부장은 아마도라는 가능성의 대답이 고독사 코디네이터로 매우 적합하게 들렸다고 했지만 사실 어떤 대답을 했어도 채용됐으리란 걸 알았다. 그렇게 해서 오 대리는 어찌어찌하다 보니 서 피디의 전남편인 조 부장과 고독사 워크숍을 시작하게 되었다.

어찌어찌하다 보니.

그것이 오 대리의 서른넷 인생을 설명하는 가장 적절한 수식어였다. 어찌어찌하다 보니 방송 작가가 되었고, 어찌어찌하다 보니 메인 작가 한번 되겠다고 섭외하기 힘들기로 소문난 화제의 우는 판다를 할머니 찬스까지 이용해 섭외했고, 어찌어찌하다 보니 방송 후 파장으로 프로그램이 날아가고 관계자들 모두 죄인이자 백수가 되었다. 아니다. 방송 후 사람이 죽었다. 한 사람이. 내 사촌이. 그걸 어찌어찌하다 보니라고 가볍게 이야기해 버리다니. 오 대리는 그야말로 어찌어찌하다 보니 이런 비겁한 인간이 되어 버렸다. 그것이 지금 오 대리가 비겁한 인간들을 상대로 고독사 비즈니스를 하는 이유이기도 했다. 세상은 참, 비겁한 사람들에 의해 어찌어찌해도 돌아가는 법이구나. 오 대리는 생각했다. 그렇다면 좀 더 비겁해져 볼까.

산 사람은 살아야지. 할머니는 그렇게 말하며 지난 1년간 어느 때보다 오 대리를 귀찮게 했다. 목욕탕에 같이 가서 때를 밀어 달라고, 삼각지역 앞에서 파는 붕어빵을 신림동까지 사다 달라고, 오장동에 가서 회냉면을 먹자고, 오 대리가 집에서 나가려 하지 않자 자꾸만 그렇게 성가시게 굴었다. 그리고 말했다. 산 사람은 산다. 오 대리는 그 말이 싫었다. 징그럽다고 생각했다. 그리고 속으로 중얼거렸다. 할머니, 산 사람은 살기도 하지만 죽기도 해. 죽은 사람이 죽는 거 봤어? 산 사람이 죽기도 하는 거라고. 그때는 산 사람이 살아서 죽는 걸 돕는 일을 하게 될 거라고는 생각지 못했다.

심야코인세탁소에 출근한 첫날 오 대리는 할머니에게 물었다.

"할머니. 나 그래도 살아 보겠다고 용쓰는 것 좀 봐. 나 너무 형편없지?"

할머니는 드라마에 시선을 고정한 채 귤을 까 입에 넣으며 우물우물 말했다.

"그럼, 형편없지. 근데 세상도 형편없어. 아주 엉망이야. 똥같아. 그니까 네 맘대로 더 형편없이 굴어도 돼."

서 피디에게는 그 메일 이후로 한 번도 연락이 오지 않았다. 사라진 서 피디는 지금 어디 있는 걸까. 애초에 서 피디의 메일을 이용해 조 부장이 연락한 게 아닐까 의심되었는데, 그래서 더 끝까지 함께하고 싶어졌다. 여기엔 무언가 있었다. 사실 진부한 아이템으로 생각한 고독사 프로젝트란 게 좀 재미있어지기도 했다.

조 부장이 고독사 비즈니스를 시작하기 전까지 운영하던 '심야익스프레스'에서는 주로 세 가지 이사 업무를 다뤘다고 한다. 심야 포장 이사와 야반도주, 그리고 자발적 실종자들을 위한 잠적. 조 부장의 말에 따르면 심야익스프레스는 처음에 1톤 용달차를 이용한 1인 가구 중심의 소규모 포장 이사 업체로 시작했다. 그러나 차별화를 위해 야간 이사를 전문으로 하면서 비밀리에 이사하고자 하는 특정 고객층이 만들어졌다. 결국 몇 번의 야반도주를 도운 끝에 조 부장은 실종 서비스와 포장 이사를 병행하게 되었다. 처음에는 전국을 다니는 일의 특성을 살려 실종자를 찾는 업무도 같이 했으나 찾지 않는 편이 더 나은 실종도 많다는 걸 알게 되었다. 그 후심야 이사의 핵심 사업은 실종자로 신분을 바꾸고자 하는 성인들의 자발적인 잠적과 증발, 실종을 돕는 일이 되었다. 나름의 검증 시스템을 거쳐 범죄자들은 걸러냈고 범죄에 악용되는 일도 없었다지만 조 부장의 일 자체가 불법이었다는 걸 생각하면 믿을 만한 이야기는 아니었다.

그런데 아무리 검색해 봐도 조 부장이 말한 '심야익스프레스'와 사라진 사람들을 위한 땅이라는 적야에 대한 정보는 찾을 수 없었다. 다만 그와 유사한 서비스를 제공한 일본의 회사에 관한 자료는 있었다. 사라짐에 대한 욕망이 수요를 만들고 공급이 생기는 건 어떤 장소, 어떤 시간에서건 마찬가지인 모양이었다. 그러니까 사라짐을 위해서도 무언가는 생겨나야 했다.

오 대리는 한 번도 생산적이거나 능률적인 사람이었던 적 없으나 사라짐을 만들어 내는 일이라면 생산성 있는 근로자가 될 수 있을 것 같았다. 조 부장이 추구하는 간헐적 고독사 워크숍은 한시적 실종, 클린한 사라짐을 위한 기획이었다. 그렇게 오 대리는 심야코인세탁소의 유일한 세탁원이자 고독사 코디네이터가 되었다.

오 대리가 된 건 오 대리의 선택이었다. 직함으로 부르지 않는 분위기가 된 지가 언제인데 조 부장이라 소개하나 싶었는데, 조 부장은 고독사 워크숍을 진행하며 자신이 할 수 있는 건 부장님식 농담뿐이기 때문에 스스로 조 부장이 되었다고 했다. 그조차 부장님식 농담에 지나지 않았다. 오 대리는 이왕이면 오 대표나 오 전무라고 할까 생각했지만 타인의 고독사를 위한 코디네이터라면 아무래도 대리가 어울렸다.

"사실 고독사 워크숍에 흥미를 가질 법한 타깃층은 경제적, 육체적으로 절대적인 고독사 위험군인 70~80대 독거노인이 아닙니다. 고독사에 대한 불안을 안은 채 구체적인 대안도 없이 어떻게든 되겠지라는 긍정 혹은 자기 부정의 상태에 있는 30~40대 남녀들입니다. 어차피 피할 수 없는 고독사라면 일찌감치 자신의 고독에 안부를 묻고 친밀해지는 연습을 하며 그럴듯하게 포장하는 게 중요하다는 걸 아는 사람들이 대상인 거죠. 내 죽음이 누구에게도 슬픔이나 죄가 되지 않는, 얼룩 없는 클린한 고독사가 되도록 말입니다. 고독사의 심각성이나 사회적 연대 책임을 무시하자는 게 아닙니다. 다만 다꾸, 다이어리 꾸미기라고 있지 않습니까. 그걸 좀 확대해서 고독사 예비군들끼리 각자의 고독사 크리에이터가 되어 저마다 고독의 시간 혹은 예고된 고독사 꾸미기를 같이 해 보자는 거죠."

고독사 워크숍을 다이어리 꾸미기에 비유하다니. 고독사라는 걸 이렇게 가볍게 다루어도 되는가 싶었는데 어쩐지 그러자 오 대리 역시 자신에게도 분명하고 다행하게 예비된 고독사에 이르는 시간이 조금은 다정하게 느껴졌다.

"알다시피 우리는 고독을 가꾸기 쉽지 않은 세상에 살고 있지 말입니다. 우리는 우리의 과거와 미래에, 우리의 가족과 이웃에 지나치게 연결되어 있습니다. 잠시나마 멈추면 다시 회복될 걸 알면서도 우리는 멈추지 못합니다. 우리가 작동을 멈추는 동안 함께 멈추게 될 사람들에 대한 책임과 돌봄의 무게가 우리를 실종으로부터 멀어지게 합니다. 또한 그렇게 멈춘 결과 세상의 속도를 따라가지 못하고 성취와 스펙의 고리에서 영영 낙오될까 봐 우리는 두렵습니다. 그렇게 스스로를 밀어붙이는 동안 누군가는 영원히 실종되고 누군가는 죽음에 이릅니다. 우리에게 필요한 건 강제 종료 버튼을 누를 수 있는 아주 작은 비겁함과 다정함입니다. 그것이 우리를 영원히 멈추지 않게 도와준다면 우리는 더 비겁해지고 더 다정해져야 합니다. 그래서 고독사 워크숍이 필요한 겁니다. 우리가 할 수 있는 유일한 기적이란 밍기적뿐이라는 말도 있지 않습니까. 잠시 멈추고 증발해도 아무 일도 일어나지 않는다는 걸, 우리가 도달해야 하는 건 대체 불가가 아닌 서로가 서로에게 대체 가능한 인간이란 걸 공유된 고립의 훈련을 통해 체득해야 한다 이겁니다."

나중에 알게 된 거지만 조 부장이 언급한 내용은 고독사 프로젝트를 시작한 표면적인 이유에 지나지 않았다. 진실은 감춘 채 조 부장은 타이핑을 끝낸 파일 하나를 오 대리에게 전송해 주었다. 검토 후 참가자들에게 전체 메일로 발송해 달라고 한 문서는 다음과 같다.

발제문

고독사를 시작하며 ─ 구애의 형태로

워크숍을 시작하기에 앞서 고독사 워크숍과 관련한 몇 가지 오해에 대해 설명하고자 한다. 우선 '심야코인세탁소'가 개인의 고독사를 담보로 고독사 예비자들에게 12주에 걸친 풍요로운 고독, 즉 각자의 기호에 맞춘 고독을 대출해 주는 대신 고독사 후 그들의 시신 및 장기 소유권을 갖게 된다거나 고독사와 관련된 지극히 사적인 스토리를 고독 포르노 사업의 자극적인 콘텐츠로 활용하여 부당한 이익을 얻는 불법 고독사 캐피탈이라는 소문은 사실이 아님을 밝혀 둔다. 다만 고독사 후 장기 이식 및 시신 기증을 희망하는 참가자에 한해 선의로써 기타 절차를 도와줄 수 있으며 이에 강제성은 없다.

고독사 워크숍은 어디까지나 오늘날 확대되고 있는 1인 가구 생활자들, 혼자 일하고 혼자 놀고 혼자 사랑하다 필연적으로 혼자 죽음을 맞이하게 될 고독사 예비군들에게 근거 없는 희망을 주는 대신 피할 수 없는 고독사의 시대에 워크숍을 통해 최적화된 고독사의 형태를 찾고 자신만의 고독사 매뉴얼을 준비하는 데 도움을 주고자 기획되었다. 또한 워크숍 참가자들은 온라인 '심야코인세탁소'에 가입, 각자의 고독 채널을 만들어 매일 오늘의 부고를 업로드하고 고독사 워크북을 함께 제작하면서 개인의 고독사 연대기(年代記)가 곧 공동체의 고독사 연대기(連帶記)임을 체험하게 될 것이다.

완성된 죽음에는 실패가 있을 수 없다. 우리의 고독사 프로젝트는 개인의 고독사가 돌연한 사고사가 아닌 가장 자연스러운 형태의 자연사가 될 때까지 다양한 방식의 실패를 경험하도록 도울 뿐이며, 성공을 돕는 것은 우리 일이 아니다. 그러므로 고독사 워크숍의 종료와 함께 원하는 참가자들을 대상으로 실제 안락사 서비스를 제공한다는 소문은 사실이 아님을 다시 한번 밝혀 둔다.

면역력 향상을 위한 간헐적 고독사의 효능 및 주의 사항

워크숍은 참가자들에게 선택적으로 제공된 고독사 애플리케이션을 통해 진행되며 우리는 매일 아침 당신의 부고를 기다린다. 이미 죽은 하루는 다만 무용함을 위해 흘러갈 것이다. 하루 세 번 시시한 일을 수행함으로써 당신은 매일 더 시시한 인간이 되는 명랑을 누릴 것이며, 언제 자리를 비우더라도 가족과 소속된 세계 안에서 빈자리가 느껴지지 않도록 증발할 수 있다는 다행을 발견하게 될 것이다. 내일도 죽은 채 시작할 수 있다는 기대감은 숙면을 도울 것이고, 당신 곁에 영원히 남는 것은 1인분의 고독뿐이라는 유쾌한 진실 안에서 오롯한 고독과 즐거이 자유하게 될 것이다.

12주 안에 이상적인 고독사를 완성하기란 불가능하다. 다만 우리는 안 되는 걸 안 될 줄 알면서 계속하기 위해 이 워크숍을 시작한다. 경로를 이탈해도 길은 이어진다는 걸 우리는 경험으로 안다. 우리에게 필요한 건 강제 종료 버튼을 누를 수 있는 아주 작은 비겁함일 뿐이다.

고독사 플랫폼은 #맥락없이 #어리둥절한채 #동어반복의형태로 #두리번거리며 #엄살과응석의태도로 #시행착오를목표로 #아무려나 #어쩌라고의 정신으로 공유될 것이며 '심야코인세탁소'의 고독사 애플리케이션 1.0 버전을 정식으로 출시하기에 앞서 우리는 체험단을 모집하기로 했다. 이 안내문을 읽는 당신은 우리의 빅 데이터 안에서 고독사 체험단으로서 적합성을 인증받은 사람들이다.

송영달,

오늘부터 고독사를

시작하시겠습니까

송영달이 그 메시지를 받은 건 퇴근길 지하철에서였다. 에어드롭으로 전송된 사진이어서 발신자는 알 수 없었다. 누굴까, 누가 이런 기분 나쁜 메시지를. 조금 전 헤어진 회식 자리 동료들의 얼굴이 떠올랐다. 그중 누구도 될 수 있었다. 송영달은 주머니 속의 연필을 움켜쥐며 다시 한번 메시지를 꾹꾹 눌러 읽기 시작했다. 오 늘 부 터 고 독 사 를 시 작 하 시 겠 습 니 까 고개를 들어 주위를 둘러보았지만 아는 얼굴은 보이지 않았다. 발신자를 찾으려고 두리번거리던 송영달의 눈이 지하철 창에 비친 자기 얼굴과 마주쳤다. 그러자 문득 회식 자리에서 새로 온 사무국장에게 들었던 말이 생각났다.

"송영달 씨는 말이야, 교실에서 말이야, 말도 없이 얌전히 앉아 있다가 뒤돌아보면 갑자기 연필로 눈을 쿡 찌를 것처럼 쎄하게 생겼어. 그런 말 들은 적 없어요?"

웃으며 말했지만 안경 렌즈 너머에서 웃고 있는 사무국장의 눈은 날카로웠다. 몇 명은 따라 웃고 몇 명은 못 들은 척했다.

송영달은 민간 동물 보호 협회의 정책 2팀에 근무했다. 정책 2팀에 소속된 인원은 송영달뿐이어서 다른 팀 직원들은 송영달을 팀장으로 대해야 할지 팀원으로 대해야 할지 갈피를 잡지 못했다. 그래서 그냥 없는 셈 쳤다. 어차피 업무 분담을 하거나 협력할 일도 없었다. 정책 2팀의 업무는 공유되지 않았고 철저히 비공개와 비공식을 원칙으로 이루어졌다. 다른 팀들은 정책 2팀의 일을 구체적으로 알지 못했다. 아니 실은 모두 알았다. 어떻게 해서 비영리 민간단체가 수익을 거두고 열두 명의 직원에게 월급을 주는지, 과분한 후원금을 받으며 원활하게 운영되는지 알 수밖에 없었다. 다만 알지 못하는 척했다. 그래서 좋았다. 송영달에게 필요한 건 관심이 아니라 사려 깊은 무시였다.

"못된 농담이에요, 신경 쓰지 마세요."

옆에 있던 홍보 팀의 김인선 씨가 송영달의 손등을 툭툭 치며 말했다. 신경 쓰고 있었다, 김인선 씨가. 그것이 송영달의 평정심을 깨뜨렸다. 송영달은 어떤 조롱이나 모욕에도 재미있는 농담을 들은 양 미소 지을 수 있는 사람이었다. 모두

가 감정에 솔직하고 용기 있을 필요는 없었다. 아무도 신경 쓰지 않으면 모욕도 모욕이 아니었다. 송영달의 비겁한 온유에 필요한 건 그뿐이었다. 그런데 김인선 씨는 왜. 치욕의 가해자는 이제 사무국장이 아니라 김인선 씨가 되었다. 어떤 증오나 혐오의 감정은 어설프게 친절하고 만만한 쪽을 향한다는 걸 알고 있었다. 그래서 그 끝에 주로 자신이 서게 된다는 것도.

송영달은 끝이 뭉툭한 연필심으로 손가락을 꾹꾹 누르기 시작했다. 날카롭게 벼려진 마음이 조금 뭉뚝해졌다. 언젠가부터 송영달은 주머니에 연필을 넣고 다녔다. 오피넬 폴딩 나이프로 깎은 스테들러 연필이었는데 이번에 새로 구입한 no.4 제품은 올리브나무 손잡이에 접으면 주머니에 쏙 들어가는 미니 사이즈였다. 연필은 괜찮았다. 그러나 연필 깎는 칼까지 주머니에 넣고 다니고 싶어진다면 그때는 돌이킬 수 없다는 걸 알고 있었다.

지하철 문에 마스크를 쓴 지극히 평범한 남자의 얼굴이 비쳤다. 매일 출퇴근길에 지나쳐도 기억하지 못할 희미한 인상의 얼굴이었다. 악은 평범한 얼굴을 하고 있다는 말을 송영달은 떠올렸다. 새삼 사무국장의 혜안에 감탄했다. 대표가 어렵게 스카우트했다더니 과연 예리한 구석이 있었다. 쎄한 사람은 쎄한 사람을 알아본다.

*

　실제로 송영달은 초등학교 5학년 때 앞에 앉은 전규석의 눈을 연필로 찌른 적이 있다. 다행히 연필은 과녁을 빗나가 전규석의 눈 밑에 지워지지 않는 상처를 남기는 걸로 끝났다. 하마터면 실명될 수도 있었다며 갓 부임한 담임 선생님이 송영달의 뺨을 때렸다. 갑작스레 발현된 폭력성에 놀라 선생님도 울고 송영달도 울었다. 맞아서 아픈 것보다 선생님을 울렸다는 충격에 눈물이 멈추지 않았다. 전규석에게 왜 그랬는지는 기억나지 않는다. 그날따라 다른 아이들처럼 송영달의 틱 장애를 놀렸거나 아니면 평소처럼 안타까운 표정을 지으며 놀림받는 송영달을 감싸 주었을 수도 있다. 중요한 건 자신이 기억도 안 나는 사소한 일로 날카롭게 깎은 연필을 들고 동급생의 눈을 찌를 수 있는 사람이라는 거였다. 그 일은 송영달이 자신의 본능과 욕구가 무언지 알아보기도 전에 본성을 누르고 죽은 듯이 살게 추동하는 최초의 기억이 되었다.

　그날 송영달은 집에 돌아와 필통에 들어 있는 연필 여섯 자루를 모두 꺼내어 연필깎이의 손잡이가 헛돌 때까지 뾰족하게 깎았다. 그리고 거울을 보며 자기 눈 밑을 여러 번 찔렀다. 세 자루의 연필심이 부러질 때까지 반복했지만 단 한 번의 공격으로 생긴 전규석의 상처만큼 깊지는 않았다. 장사를 마치고 돌아온 할머니가 그 광경을 목격하고 손에서 연필을 빼앗았다. 빼앗기지 않으려고 버티다가 실수로 눈 밑을 찔렀는데 다행히 그게 결정적인 상처로 남았다. 자기 전에 세수를 하며 다시 거울을 보았다. 작은 상처에 불과한데도 눈 밑의 흉터만 눈에 들어왔다. 상처가 생긴 얼굴은 그 전의 얼굴과 달라 보였다. 눈 코 입 어느 하나 자신의 선택이 아니었으나 이 상처만은 송영달이 의지를 가지고 창조한 고유한 얼굴이었다. 반 아이들 중 눈 밑에 연필로 만든 상처가 있는 건 전규석과 송영달 둘뿐이었다. 어쩌면 전교생 중에서도 둘뿐일지 몰랐다. 자리에 누워 잠들기 전까지 송영달은 계속 상처 부위를 매만졌다. 다음 날 아침 송영달은 처음으로 몽정이라는 걸 했는데 그 둘 사이에 인과관계는 없을 거였다.

학교로 송영달을 찾아온 전규석의 엄마가 송영달의 눈 밑에도 같은 상처가 있는 것을 보고 물었다.

"이건 누가 그런 거니?"

"제가요."

"왜?"

나쁜 짓을 했으니까요. 벌을 주려고요. 같아지려고요. 닮고 싶어서요. 몇 가지 답변이 떠올랐으나 어떤 말도 정확한 대답은 아니어서 송영달은 머뭇거리다 입을 꾹 다무는 것으로 대답을 대신했다.

전규석의 엄마는 송영달의 얼굴을 두 손으로 감싸 쥐고 상처 부위를 가만히 들여다보다가 한숨을 쉬며 놓아주었다.

"부모님 좀 뵐 수 있을까?"

"엄마는 없어요."

"아빠는?"

"감옥에요."

전규석의 엄마가 숨을 크게 들이마셨다. 패턴이 복잡한 녹색 블라우스 안에서 불룩한 가슴이 크게 움직였다. 좀 더 근사한 거짓말을 했으면 좋았을 텐데. 그러나 따지고 보면 거짓말도 아니었다. 송영달의 아버지는 1년에 두 번 해남에 있는 교도소가 발신지로 적힌 소포를 선물로 보내 주었다. 2월의 생일 선물은 3월에, 크리스마스 선물은 다음 해 1월이 지나서야 도착했다. 풀어 보면 2년 전쯤에나 맞았을 사이즈가 작은 프로스펙스 신발이거나 지난 학기에 필요했던 과학 상자였다. 언제나 선물은 필요한 때보다 한두 해 늦게 도착했다. 할머니는 아빠가 해남에 있는 교도소에서 교도관으로 일한다고 했다. 감옥은 아빠의 직장이었다. 그러나 누군가 아빠는 어디 계시냐고 물으면 감옥이라고 대답하는 게 좋았다. 그러면 어른들은 더 이상 귀찮게 굴지 않았고 아이들은 송영달을 두려워하거나 경외심을 품는 것 같았다. 감옥이라는 단어가 만드는 불편한 거리감과 그 적당한 경계가 주는 자유로움이 좋았다. 사람들이 꺼리는 대상이 되는 건 나만의 공간을 확보하는 가장 쉬운 방법이었다. 그 내밀한 공간을 침범하려는 상대에게는 예민하고 매몰차게 굴었지만 두려워하며 거리를 유지하는 이에게는 빈정댐의 형태로 마음껏 상냥할 수 있었다. 전규석의 친절에 대한 거부 반응 역시 그런 상냥함은 약자에 대한 무시와 동정을 포함한 선행 학습된 배려에서만 가능하다고 믿은 탓이었다.

전규석의 엄마에게는 좋은 향기가 났다. 전규석과 같은 향기였다. 가끔 송영달은 책상에 몸을 바짝 붙이고 앉아 닿을 듯 닿지 않는 전규석의 머리나 옷에서 나는 향기를 맡았다. 자신의 옷이나 몸에서는 결코 나지 않는 냄새였다. 햇볕에 잘 말린 보송한 수건이나 열대 과육 냄새 같은 것들. 그 향기를 맡으면 입에 침이 돌고 자꾸 아랫도리가 근질거렸다. 그럴 때면 연필을 부러뜨릴 것처럼 힘껏 움켜쥐고 고개를 처박은 채 공책에 낙서를 했다. 그때 그린 그림들을 송영달은 기억했다. 남자도 여자도 아니고 남자이기도 하고 여자이기도 한 사람들. 그들의 피부는 반짝이는 물비늘로 덮이거나 수십 개의 깃털에 감싸여 있기도 했다.

혼자 몰래 그리던 그림을 짝인 윤소현에게 들킨 적이 있다.

"이 괴물들은 뭐야?"

윤소현이 물었을 때 송영달은 머뭇거렸으나 분명한 목소리로 대답했다.

"천사야."

"천사? 하나도 안 예쁘고 괴상한데?"

"응. 괴물처럼 생긴 예쁘지 않은 천사."

여름방학이 지나고 다시 학교에 갔을 때 송영달의 앞자리
는 비어 있었다. 전규석은 전학을 갔다고 했다. 송영달은 그
후 다시는 전규석을 만나지 못했다.

*

연필로 전규석을 찌른 우발적인 공격성은 송영달의 일상
에 몇 가지 변화를 가져왔다. 가장 크게 달라진 건 연필 깎는
방법이었다. 그날 이후 송영달은 연필깎이의 손잡이를 끝까지
돌리지 않았다. 심이 다 닳은 연필심을 뾰족하게 만들기 위해
평균적으로 손잡이를 일곱 번 돌려야 한다면 송영달은 손잡
이를 네 번만 돌리고 멈추었다. 무딘 연필심으로는 결정적인
상처를 내기 힘들었다. 언제 또 누군가의 눈을 찌르고 싶어질
지 알 수 없었다. 무딘 연필로 필기를 하고 무딘 연필로 일기
를 썼다. 뭉툭한 연필로 쓰인 뭉툭한 글자들은 뭉툭한 생각과
뭉툭한 하루를 만들어 냈다. 무딘 심처럼 무딘 마음을 갖고
자 했다. 복도에서 발을 밟히거나 매점에서 새치기를 당해도.

이유 없이 거친 욕설을 듣고 부당한 대우를 받아도 화가 나지 않았다. 사람의 본성은 원래 악한 거라고 생각하면 다 이해되었다.

대학 시절 눈 밑에 전규석과 비슷한 상처가 있는 사람과 마주친 적이 있다. 극장 매점 앞에서였는데 복고풍의 도트 무늬 원피스를 입은 젊은 여자였다. 영화가 끝나고 여자의 뒤를 쫓아갔다. 왜 그랬는지는 스스로도 알지 못했다. 가로등이 없는 어두운 골목길에 접어들었을 때 여자가 뒤를 돌아보았다. 송영달이 쫓아온다는 걸 눈치챈 듯했다. 여자가 갑자기 뛰기 시작했다. 자신은 위험한 사람이 아니었다. 위협할 의도 따윈 없었다. 사람을 범죄자 취급하다니 무례하다고 생각했다. 무례한 사람을 보면 화가 나는 건 당연했다. 여자를 따라 뛰기 시작했다. 간격이 좁혀지자 여자가 비명을 터뜨렸다. 그제야 깨달았다. 위협할 의도가 없다니. 거짓이었다. 자신은 완벽하게 의도를 가지고 행동했다. 갑자기 이 모든 상황이 코미디처럼 느껴져 송영달은 제자리에 멈춰 선 채 큰 소리로 웃음을 터뜨렸다. 여자가 작게 욕설을 중얼거리다 입을 틀어막으며 서둘러 골목을 빠져나갔다. 자신의 웃음소리가 그렇게 끔찍하게 들릴 수 있다는 걸 처음 알았다. 그날 이후 송영달은 매일 조금 더 겁쟁이가 되는 데 혼신의 노력을 기울이기로 했다. 자신이 도달할 수 있는 최고의 인간은 본성이 추구하는 건 아무것도 하지 않는 겁쟁이가 되는 거였다. 자신은 태생적으로 악한 존재였다.

한결같은 평정심을 유지하는 무던함이 좋다던 여자 친구는 헤어지자고 말하며 한결같음에 지쳤다고 했다. 슬프지만 아주 슬프진 않았다. 끝까지 슬퍼하거나 끝까지 기뻐하는 법, 감정을 끝까지 밀고 나가는 법은 오래전에 잊혔다. 늘 손잡이를 3분의 2쯤만 돌리고 멈추는 연필깎이처럼 감정을 뭉툭하게 잘라 냈다. 그렇게 마주하는 세상은 심이 닳은 연필로 그린 스케치처럼 단조롭고 지루했다. 그래서 좋았다.

이전 직장에서는 불합리한 일들에 덜 민감하고 무관심한 송영달의 태도를 두고 합리적이고 좋은 사람이라는 이야기를 했다. 대체로 무던하고 튀지 않는 동료라는 평가를 받았으나 가끔 선을 넘으려는 사람들, 친하게 지내려다 송영달의 무신경함에 질려 달아난 이들에게는 무슨 생각을 하는지 알 수 없어 무섭다는 험담을 듣기도 했다. 새로 온 사무국장처럼 대놓고 어쩐지 기분 나쁘다고 하는 사람도 있었다. 송영달이 무엇을 하거나 하지 않아서가 아니라 그저 송영달로 존재할 뿐인데 그랬다.

그럴 때면 집에 돌아와 오피넬 폴딩 나이프로 연필을 깎았다. 너도밤나무 손잡이가 달린 72밀리미터 사이즈의 no.6 제품이 손에 제일 잘 맞았다. 열두 자루, 스물네 자루, 서른여섯 자루의 연필을 깎고 나면 깎아 낸 연필밥은 다 먹은 딸기잼 병에 모아 두고 심이 닳을 때까지 스케치북에 여러 개의 선을 그렸다. 수백 개, 수만 개의 검은 선들로 송영달은 불빛 하나 새어들지 않는 잎이 무성한 한밤의 자작나무 숲이나 검은 바다 위를 떠도는 검은 배, 정전된 도시에서 길을 잃고 헤매는 눈먼 검은 개를 그렸다. 때로는 깨진 액정 화면에 담긴 오래전 연인의 초상이나 검은 무지개와 검은 태양과 검은 눈사람을 그리기도 했다.

녹슨 칼날을 버릴 때는 손잡이와 날을 분해해서 너도밤나무 손잡이는 고모가 보내 준 매실장아찌를 담았던 유리병에 넣어 보관하고 칼날만 따로 버렸다. 날을 버릴 때에는 신문지나 두꺼운 종이로 감싸 쓰레기를 처리하는 사람들이 다치지 않도록 조심해야 했다. 아는데도 가끔은 날카로운 날 그대로 버리고 싶어졌다. 무책임한 귀찮음은 단순한 게으름이 아니라 일상의 악에 대한 의지였다. 그런 악의가 어디서 오는지 알 수 없어 송영달은 더 열심히 칼날을 숨겼다. 두꺼운 종이 여러 겹과 청색 테이프로 빈틈없이 감싼 후에야 녹슨 칼 하나를 버릴 수 있었다. 그럴 때면 칼로 깎은 건 연필뿐인데도 잔혹한 범행의 도구를 은닉하는 범죄자의 불안을 느꼈다. 사무국장이 말한 쎄한 느낌이 어디서 온 건지는 누구보다 송영달이 잘 알았다.

*

새해 들어 협회의 일들이 외부에 알려지면서 송영달이 해고되었다.

민간 동물 보호 협회에서 송영달이 하는 일은 유기와 안락사를 돕는 일이었다. 대외적으로는 유기 동물을 구조하고 보호하며 새로운 가족을 찾아 준다고 알려졌으나 협회의 가장 주요한 활동은 이런 것이었다. 사람들이 돌보기 힘들어진 반려동물을—버린다는 죄의식 없이 운 나쁘게—잃어버리도록 돕는 일. 그것이 정책 2팀의 존재 이유였다. 의도된 유기가 아니라 어디까지나 반려인의 잠깐의 방심 혹은 우연한 실수나 타인의 범행으로 잃어버림당한 동물은 정책 1팀에서 구조를 담당했다. 보호시설에 등록되어 6개월 이내에 자연사하지 않거나 새 가족을 찾지 못한 유기 동물은 안락사시켰는데 그건 다시 정책 2팀의 업무가 되었다.

철저히 비밀리에 이루어졌던 유기와 관련된 내부 거래 문서가 한 고발 프로그램을 통해 공개된 것이 지난 1월이었다. 후원자들이 떠났고 관계자의 처벌을 요구하는 청원도 시작되었다. 대표가 그만두고 협회는 자정을 약속했으나 비난은 쉽게 가라앉지 않았다. 내부적으로는 제보자를 색출하기 시작했는데 송영달이 내부 고발자란 소문이 돌았다. 그 일에 관해 가장 잘 아는 사람이 송영달이란 이유였다. 알려지면 가장 비난받을 사람도 송영달인데 왜 그런 소문이 퍼졌는지 알 수 없었다. 결국 송영달이 해고되고 협회장이 물러나는 것으로 소란은 일단락되는 듯 보였다. 당연히 실제로 해결되거나 달라진 건 없었다. 송영달의 해고 이유 역시 유기와 안락사의 책임자여서가 아니었다. 죄를 세상에 드러낸 내부 고발자로 지목받았기 때문이었다.

해고된 후에는 시간이 많이 남았다. 전보다 온라인에서 보내는 시간이 길어졌다. 송영달은 몇 개의 온라인 커뮤니티에 속해 있었고 그중 가장 오래된 것은 양치식물 애호가 모임이었다. 양치식물에 대해서는 잘 몰라도 그곳에서 양치식물을 애정하는 사람들의 이야기, 목소리가 작고 떨림이 많은 사람들의 흘러간 옛 가요 같은 낡은 이야기를 훔쳐 듣는 게 좋았다. 송영달도 가끔 글을 남겼는데 대개는 중고 서점에서 구입한 『양치식물의 자연사』라는 책에서 베낀 내용이었다.

소와 말은 봄에 어린 새싹을 먹기도 하는데 이렇게 고사리를 먹은 짐승들은 때로 '고사리 휘청거림'이라는 증세를 일으킨다. bracken-stagger. 고사리에 함유된 티아미나아제라는 효소가 신경계의 정상적인 자극 전도에 필요한 티아민을 파괴하기 때문이다. 고사리 휘청거림 증세를 일으킨 동물들은 몸을 조종하는 능력을 잃고 휘청거리거나 '불안'과 경련을 일으킨다. 그런데도 계속 고사리를 먹는다면 발작을 일으켜 죽음에 이르게 된다. 로빈은 고사리를 가리켜 '양치류 세계의 루크레치아 보르자'라고 말한다.[*]

이 글에 밑줄을 긋고 게시판에 옮겨 적은 날은 반찬 가게에 가서 고사리나물을 세 팩 샀다. 한 팩에 4000원이었는데 세 팩에는 만 원이었다. 밥에 고사리나물을 넣고 고추장과 달걀을 넣고 비벼 먹었더니 밥맛이 좋았다. 고사리나물 요리법을 검색해 보니 생고사리에 독성이 있기 때문에 손질을 잘해서 먹어야 한다고 되어 있었다. 토요일에 시장에 가서 생고사리를 800그램 샀다. 데칠 때 물에 독성이 빠져나온다고 해서 고사리 데친 물을 생수 대신 마셨다. 쓰고 비렸다. 고사리 데친 물로 지은 밥에 고사리를 넣고 간장에도 비벼 먹고 고추장에도 비벼 먹었다. 두 공기씩 한 솥을 다 먹고 나니 2킬로그램쯤 살이 쪄서 전보다 보기 좋아졌다. 책의 제목인 '자연사'가 죽음을 의미하는 게 아니라는 걸 뒤늦게 깨달았지만 상관은 없었다.

커뮤니티에 고사리밥 만드는 법을 올렸다. 송영달이 올린

---

[*] 로빈 모란, 김태영 옮김, 『양치 식물의 자연사』(지오북, 2010), 90쪽.

글 중에 가장 많은 댓글이 달렸다. 테드도 댓글을 남겼다. 송영달은 테드의 글을 좋아했다. 글에서 잘 마른 나무 냄새가 났다. 나무를 만지는 투박하지만 따뜻한 손의 온기도 느껴졌다. 양치류의 잎에서 보이는 프랙털 모양, 그 자기 유사성과 순환성 때문에 양치식물을 사랑한다는 조심스러운 애정 고백에서 드러나는 자기애도 괜히 좋았다. 그는 커뮤니티에서 가장 인기 있는 회원 중 한 명이었는데 경기도에 위치한 수목원에 근무하며 취미로 목공을 한다고 했다. 깎는 건 연필뿐이지만 송영달은 이런 댓글을 남겼다.

— 저도 목공이 취미예요.

테드는 종종 자신이 만든 소품 사진과 제작기를 올렸다. 송영달은 테드가 만든 거라면 책꽂이와 선반, 도마와 유아용 의자까지 가리지 않고 구입했다. 얼마 전에는 자신만을 위한 작업용 테이블을 제작해 주겠다는 연락을 받았다. 부담스러운 가격에도 불구하고 영광스러웠다. 송영달은 선택받았다고 느꼈다. 제작 비용의 절반을 선금으로 보냈고 제작 과정은 한 달간 메신저로 공유되었다. 완성된 테이블은 테드가 직접 배달해 주기로 했다. 남은 금액을 마저 입금하고 기다렸다. 약속된 날짜 일주일 전에 이발을 하고 이틀에 걸쳐 집을 꼼꼼하게 청소했다. 큰 테이블이 들어갈 공간은 주방 겸 거실뿐이어서 10년간 사용한 4인용 식탁을 당근마켓에 올렸다. 아무도 구매하지 않아 결국 비용을 지불하고 버려야 했다. 배송일 전날에는 파란색 셔츠를 구입하고 새벽 숲의 냄새가 난다는 향수도 샀다. 테드는 오지 않았다. 연락도 되지 않았지만 사정이 있을 거였다. 일주일을 기다렸다. 알고 보니 잠적한 테드에게 사기를 당한 회원들이 수십 명에 달했다. 회원들은 공동으로 고소를 준비했으나 송영달은 참여하지 않았다. 테드와 공유한 한 달여간의 시간과 그가 보내 준 제작 중인 테이블의 사진들, 그 사진 속의 크고 거친 손을 보고 있으면 그것이 자신이 원한 전부인 것 같기도 했다.

언젠가 말했듯이 그가 멕시코로 양치식물 탐사 여행을 떠난 거라고 믿고 싶었다. 탐사 여행이 끝나고 돌아오면 오른쪽 귀퉁이에 테드라고 새겨진, 오직 송영달만을 위해 깎고 자르고 다듬은 월넛 테이블을 트럭에 싣고 자신을 만나러 올 거였다. 속지 않으면 속은 것이 아니었다. 기다릴 것이 생겨서 좋았다. 다만 기다리는 동안 새벽 숲의 향기를 맡으며 연필을 더 자주, 점점 더 날카롭게 깎게 되었다.

어두워지길 기다려 밤마다 긴 산책을 했다. 외출할 때는 귀에 연필을 꽂고 나갔다. 연필을 귀에 꽂고 걸으면 중요한 일을 계획 중인 중요한 사람이 된 기분이 들었다. 인적이 드문 길을 걷다가 나무에 연필로 알파벳을 새기기도 했다. F-U로 시작하는 단어를 적을 때도 있었고 A-S로 시작하는 단어를 적을 때도 있었다. 영어로 할 수 있는 욕이 많지 않아서 나중에는 욕이 아닌 영어 단어들을 꾹꾹 눌러 적었다. sky, blue, dolphin, bloom, wave, poetry. summer. 스펠링을 적는 동안 송영달의 마음에도 하늘과 돌고래와 시와 여름이 새겨졌다. 새긴 단어가 그 나무의 이름이 되었다.

며칠 후 자신이 이름을 붙여 준 나무를 찾아봤으나 찾을 수 없었다. 연필로 적은 글자는 흔적 없이 나무의 일부가 되어 사라졌다. 연필은 힘이 없었다.

연필 대신 접이식 오피넬 나이프를 주머니에 넣고 산책을 나가기 시작했다. 인적 없는 공원의 나무들, 은행나무와 느티나무, 플라타너스와 벚나무 모두가 송영달에게는 깎아야 하는 연필처럼 보였다. 매일매일 깎아 내어 날카롭게 심을 다듬고 나면 송영달이 미처 내뱉지 못했던 마음속의 날 선 말들을 한 자 한 자 밖으로 꺼내어 세상을 상처 입힐 수 있을 것 같았다. 송영달은 나이프로 나무에 글자를 새기기 시작했다. ㅈ으로 시작하는 말을, ㅆ으로 시작하는 말을. 어떤 날은 발로 끝나는 말을.

산책에서 돌아오면 새로운 직장을 구하기 위한 자기소개서를 썼다. 성실한 아버지와 선량한 어머니 사이에 태어나로 시작하는 천편일률적인 자기소개서가 송영달은 좋았다. 그렇게 보편적이고 무난한 사람, 시대에 뒤떨어지고 눈에 띄지 않는 사람을 선호하는 직장에서 일하고 싶었다. 연필로 쓴 이력서에서 송영달의 인생은 훨씬 간소하고 담백해졌다. 두 개의 동물 복지 센터와 멸종 위기 동물 보호 연구소, 동물 자유 연대와 종자 보관소에 서류를 보냈으나 답장은 오지 않았다. 연필을 새로 구입했다. 톰보 모노 100 연필과 파버카스텔 연필을 각각 스물네 자루 구입했다. 그것으로 일곱 통의 자기소개서를 새로 썼다.

한 달이 지났다. 송영달은 여전히 무직 상태였다. 연필만 자꾸 작아졌다. 작아진 연필은 버리는 대신 밤 산책을 하다가 공원의 나무 옆에 심거나 금이 간 벽의 틈새에 끼워 놓았다. 연필이 다시 나무가 된다면 자신의 인생도 새로 쓸 수 있을 것 같았다. 그런 기적이 일어날 리 없다는 걸 알고 있었다. 그럼에도 산책할 때마다 연필을 보러 갔다. 불가능한 일이 불가능한 채로 남아 있음을 확인하기 위해서, 어차피 되돌릴 수 없는 인생을 이대로 방기해도 좋다는 절망을 허락받고 싶어서. 당연히 연필이 나무가 되는 일은 일어나지 않았다. 그러나 5일째 되는 날 송영달은 연필이 조금 자라 있는 걸 발견했다. 잘못 본 게 아니었다. 분명히 연필은 아주 미세하게 자라 있었다. 밤새 내린 비에 연필 주변의 땅이 파였을 수도 있었지만 그것으로 충분했다. 송영달에게 필요한 건 다만 1센티미터의 변화였다.

송영달은 연필을 뽑아 다시 주머니에 넣었다. 그리고 그 연필로 할 수 있는 가장 시시하고 선량한 일에 대해 고민하기 시작했다. 답을 찾으면 전규석의 눈 밑을 연필로 찌르기 전의 세계로 돌아갈 수 있을 것 같았다. 그 세계에서 송영달은 어떤 생명도 죽이지 않을 거였다. 자신의 악의와 마주하는 두려움을 피하기 위해 무해한 욕구마저 억누르는 겁쟁이로 살지도 않을 터였다.

*

Q 연필로 할 수 있는 가장 시시하고 선량한 일은 무엇입니까?

송영달은 동아연필 회사의 홈페이지에 들어가 Q&A 게시판에 질문을 남겼다. 일주일이 지나도 답변은 올라오지 않았다. 게시판의 목록을 살펴보니 송영달의 글을 제하고는 작년 6월에 게시된 질문이 최근 글이었다.

Q 연필심을 핥으면 다이어트에 도움이 된다는데 사실인가요?

이 질문에는 5일 만에 답글이 달렸는데 비공개로 설정되어 있어 내용은 확인할 수 없었다. 다이어트라니 정말일까? 연필심을 핥으며 송영달은 포털 사이트에 연필 사용법에 대해 검색해 보았다. 『연필의 101가지 사용법』이라는 책이 연관 검색어로 떴다.

자전거를 타고 도서관에 가서 책을 대출했다. 101가지나 되는 사용법이 적힌 책이니까 자신이 찾는 답도 있을 거라 믿었다. 목차를 보니 따라 해 보고 싶은 유용한 사용법이 꽤 있었다. 예를 들어 연필 돌리기 같은 사용법은 보험이나 정수기를 팔러 온 친구와 마주 앉아 있을 때 관심 없음을 표현하는 데 유용한 몸짓이 될 거였다. 연필로 벌레 퇴치하기 같은 사용법도 벌레 퇴치보다는 움직이는 벌레를 정확하게 맞추는 연습을 함으로써 집중력을 높이는 데 도움이 될 것 같았다. 찬찬히 살펴보면 가장 시시하고 선량한 사용법도 찾을 수 있을지 몰랐다. 접힌 페이지를 펴 보니 누군가 이런 문장에 밑줄을 그어 놓은 게 보였다.

"도구를 잡는 법을 바꾸면 새로운 가능성들이 열린다."*

연필을 거꾸로 쥐고 뒤에 달린 지우개로 밑줄을 지우기 시

---

* 피터 그레이, 홍주연 옮김, 『연필의 101가지 사용법』(심플라이프, 2017), 67쪽.

작했다. 그래도 밑줄 그은 흔적은 남았다. 어쩌면 자신이 연필로 할 수 있는 가장 시시하고 선량한 일은 똑바로 쥔 채 새로운 선을 긋는 게 아니라 거꾸로 쥐고 함께 사용하는 세상에 자신이 그어 놓은 모든 불필요한 밑줄을 지우개로 지우는 건지도 모르겠다는 생각이 들었다.

집으로 돌아오는 길에 아파트 단지 앞에서 열리는 바자회를 구경했다. 편해 보이는 재킷이 8000원이라고 해서 만 원을 건넸는데 거스름돈 대신 옆에 놓인 작은 장식용 돌 하나를 덤으로 주었다. 광택이 있는 갈색 조약돌이었다. 가만히 들여다보니 어쩐지 마지막으로 안락사시켰던 갈색 털의 노견 칠봉이가 떠올랐다. 눈 한쪽이 멀고 침을 많이 흘리는 개였다. 저녁이 되자 쌀쌀해져 재킷을 입고 반려석 칠봉이를 주머니에 넣는데 무언가 손에 잡혔다. 언제부터 들어 있었는지 알 수 없는 쪼개진 포춘 쿠키였다. 쪽지도 있었다. 별 모양으로 접힌 쪽지를 펼치니 이런 문장이 나왔다.

"평범한 발을 가진 아이조차 새 신발이 생기면 세상과 사랑에 빠졌다."*

---

* 셰릴 스트레이드의 『와일드』를 원작으로 한 영화 「와일드」에서. 멕시코 국경에서 캐나다에 이르는 퍼시픽 크레스트 트레일(PCT) 하이킹을 떠난 셰릴은 56일째 되는 날 트레킹 포인트에서 여행자 방명록에 이런 문장을 적는다. "평범한 발을 가진 아이조차 새 신발이 생기면 세상과 사랑에 빠

송영달은 쪽지를 다시 접어 주머니에 넣고 먹어도 괜찮은
지 의심스러운 포춘 쿠키를 씹으며 바자회의 물건들을 계속
살펴보았다. 미묘하게 박자가 맞지 않는 메트로놈이나 오래된
지도책, 나무로 만든 빛이 바랜 채색 유니콘 같은 물건들 사
이에 재난 대비용이라는 자가발전 라디오가 있었다. 남자는
재난 대비용으로 구입했으나 필요 없어져서 싸게 파는 거라
며 태양광 충전도 가능하다고 했다. 그는 자기 인생에 더 이
상 재난은 없을 거라고 믿게 된 걸까. 어떻게 그런 일이 가능
할까 궁금해하며 송영달은 1만 8000원에 라디오를 구입했다.
1만 8000원으로 대비 가능한 저렴한 재난의 미래를 생각하
자 괜스레 즐거워졌다.

집 앞 재활용품 수거장 앞에 놓인 노란 소파에 앉아 라디
오 전원을 켜 보았다. 어디선가 누군가 죽고 다치고 다들 이
미 망했거나 망할 예정이라는 새롭지도 않은 뉴스가 흘러나
왔다. 재난용 라디오라는 건 이런 의미였는지도 몰랐다.

어둠 속에 맞은편 아파트 거실에서 속옷만 입고 실내 자전
거를 열심히 돌리는 중년 사내의 모습이 보였다. 그 옆집 베

졌다.”『플래너리 오코너: 오르는 것은 모두 한데 모인다』(현대문학, 2014)
에 실린 단편소설「절름발이가 먼저 올 것이다」에는 이 문장이 이렇게 번
역되어 있다. “신발이 생기면 소년의 태도가 달라질 것이다. 발이 멀쩡한
아이도 새 신발이 생기면 뛸 듯이 기뻐한다.”

란다에서는 여자가 허공을 향해 무언가를 뿜어내고 있었다. 담배 연기인가 했는데 다시 보니 비눗방울 같았다. 라디오에서는 아프리카 돼지 열병으로 살처분된 돼지들에 관한 뉴스가 나오기 시작했다. 돼지 살처분 작업에 동원된 공무원들이 겪는 후유증에 대한 기사를 얼마 전에 읽은 기억이 났다. 최근 5년간 구제역이나 조류인플루엔자 살처분에 투입된 공무원 중 네 명이 사망하고 다섯 명이 외상 후 스트레스 장애에 시달린다는 기사였다.

뉴스가 끝나고 팝송이 흘러나왔다. 레너드 코헨의 「앤섬(Anthem)」이었다. 송영달은 그 노래를 대학 1학년 때 자전거 동호회의 두 학번 위 선배를 통해 알게 되었다. 3박 4일 일정으로 서울에서 부산까지 자전거 일주를 성공적으로 끝낸 후였다. 이상한 용기가 생겼다. 뭐든 해낼 것 같았다. 밤의 해운대에서 좋아하는 것 같다고 고백했을 때 선배는 아무 말도 하지 않았다. 그 대신 스무 명이 넘는 동아리 회원들이 모인 마지막 술자리에서 마음을 받아 주지 못해 미안하다고 송영달에게 사과하며 펑펑 울었다. 억울한 일을 당한 사람처럼, 고백을 받은 게 아니라 길 가다 미친놈이 휘두른 칼에라도 찔린 것처럼.

다음 날 선배에게 연락이 왔지만 받지 않았다. "너의 외로움을 감히 내가 짐작도 못 하겠지만"이라고 적힌 메시지만 지우지 못하고 보고 또 보았다. 며칠 후 선배의 미니홈피에 들어가 보니 배경 음악이 바뀌어 있었다. 그 노래가 「앤섬」이었다. 방에 누워 하루 종일 코헨의 노래를 들었다. 모든 것에는 금이 가 있어. 그래서 빛이 새어 들 수 있지.*

노래가 끝나기 전 라디오가 방전되었다. 그리고 어쩐지 송영달은 알게 되었다. 자신이 연필로 할 수 있는 가장 시시하고 선량한 일이 무엇인지.

송영달은 해고되기 전 퇴근길에 에어드롭으로 받은 메시지를 다시 꺼내 보았다. 동료들의 짓궂은 장난이라고 생각하면서도 지울 수 없었다. 그 후로도 출퇴근길에 두어 번 비슷한 메시지를 받았다. 메시지에는 길고 복잡한 링크도 포함되어 있었는데 클릭해 보니 심야코인세탁소의 워크숍 앱 다운로드 창과 함께 메시지가 떴다.

☑ 오늘부터 고독사를 시작하시겠습니까?

송영달은 책의 목차 부분을 펼치고 101번째 사용법 아래 102, 고독사 워크숍이라고 적었다. 그러나 이내 도서관에서 대출한 책이라는 걸 상기했고, 연필을 거꾸로 쥐고 뒤에 달린

---

* 나카무라 구니오, 윤은혜 옮김, 『킨츠키 수첩』(컴인, 2018), 2쪽.

지우개로 꼼꼼히 낙서를 지웠다. 세계를 위해 자신이 할 수 있는 가장 시시하고 선량한 일은 지금부터 고독사를 준비하는 일이라는 걸 막 깨달은 사람의 상냥함으로. 쓰였다 지워진 고독사라는 글자가 지나가는 오토바이 불빛에 반짝 떠올랐다가 곧 어둠 속에 가라앉았다. 고요하고 거룩한 밤이었다. 송영달은 문득 깨달았다. 재난 대비용 라디오를 판 남자는 재난이 오지 않는다고 믿게 된 것이 아니었다. 재난에 대비할 수 있다고 믿지 않게 된 것이었다.

시행착오를 목표로

"그나저나 그거 아십니까?"

조 부장이 무인 세탁함에 올라온 송영달의 글을 보며 오 대리에게 물었다.

"참가자들 대부분이 말입니다, 자기 이야기를 하면서도 나라는 1인칭 대신 3인칭을 사용한다 이 말입니다. 결국 자기 자신에 대해 말할 때조차도 1인칭으로 쓰지 못하는 사람들, 자신으로부터도 그렇게 소외된 사람들이 고독사하게 된다는 증거일까요?"

과연 그랬다. 송영달뿐 아니라 고독 채널을 시작한 대개의 참가자들이 3인칭을 사용했다. 일기를 쓸 때조차 나로 시작하지 못하는 사람들, 자신의 내밀한 이야기일수록 전지적 관찰자 시점, 혹은 전지적 모자나 양말, 전지적 형광등 시점으로밖에 말하지 못하는 사람들에 대해서라면 오 대리도 잘 알고 있었다. 의도적인 거리 두기라기보다는 실제로 자신과의 친밀도가 그 정도뿐으로 그 이상 자신에 대해 더 알고 싶지 않은 것 같았다. 이는 단순한 객관화가 아니었다. 일종의 혐오거나 혐오하지 않기 위한 최선의 방어기제였다. 그러니까 조 부장의 말대로 자기혐오에 단련된 사람들, 단련되었으나 결코 익숙해지지 않는 사람들이 고독사 워크숍 같은 걸 신청하는 거였다.

처음 워크숍 초대장을 발송한 후 개별적으로 제공된 링크 주소를 통해 일주일간 고독사 앱을 다운받은 사람은 모두 스물일곱 명이었다. 초대장은 조 부장이 과거 운영했던 '심야익스프레스'를 통해 확보한 회원 리스트에서 선별해 발송했다. 실종까지 이르지는 않았으나 방법과 가격에 대해 문의했거나 정보를 원했던 사람들이 생각보다 많았다. 그리고 잠적과 증발에 대한 욕망은 고독사로 이어지기 마련이었다.

초대장을 받은 사람 중에는 말만 워크숍일 뿐 외로운 사람들을 소환해 고립시킨 후 강제로 노동력을 착취하려는 음모라고 의심하는 사람도 있었다. 자살을 꿈꾸는 사람들을 모집해 장기 적출을 하려는 인신매매 회사라고도 했다. 그러나 결국 참가를 신청한 건 그런 의혹을 제기하며 누구보다 불안을 드러낸 이들이었다. 어차피 지금보다 나아질 일은 없다는 비관, 더 나빠질 것도 없다는 확신만이 유일하고 굳건한 그들의 신념이었다.

워크숍 최우수 수료자에게 고독사 지원금과 함께 언제 어디서든 원하는 형태로 고독사할 수 있는 고독사 프리 티켓이 주어진다는 소문도 떠돌았다. 이런 소문에 혹하는 사람들이 있을까 싶었는데 있었다. 그럴듯해서가 아니라 터무니없어서. 터무니없이 어설프니까 뭐 대단한 사기 같지도 않고 그냥 속는 셈 치고 믿어 볼까 하게 되는 모양이었다. 그 소문 이후 참가 신청자가 열 배 이상 늘어났다. 존엄사는 차마 꿈꿀 수 없는 사람들, 반전 없는 생의 결말로 고독사가 예비된 사람들에게는 고독사 워크숍이 유일한 대안이 되었다.

소문의 근원지는 당연히 조 부장이었다. 사실 발제문만 해도 그랬다. 발제문이 명시하는 건 소문에 대한 반박이나 소문을 잠재우겠다는 의지가 아니었다. 소문의 확산이었다. 조 부장의 의도는 명확했다. 살기도 두렵고 죽기도 두려운 사람들에게 살아 내라고 삶의 의지를 부여하는 대신 죽음에 대한 희망, 3개월만 버티면 존엄하고 안락한, 최소한 고결한 돼지의 죽음은 보장받으리란 핑크빛 고독사를 상상케 하려는 거였다. 3개월이 지나면 또 다른 3개월, 그리고 또 한 번의 3개월. 그것이 과연 무엇을 할 수 있을까. 오 대리는 알지 못했으나 조 부장은 말했다. 저도 모릅니다. 모르니까 계속해 보는 수밖에요.

9만 9000원의 보증금을 내고 12주간의 고독사 워크숍을 시작한 참가자들은 무인 세탁함에 자신이 고독사할 수밖에 없는 사연을 올리곤 했다. 가장 많은 조회수와 포인트를 얻으면 최종 우승자가 된다는 소문 때문인지 다들 적극적으로 자신이 고독사에 이를 수밖에 없는 이유를 설파했다. 타인의 고독사에 댓글을 달며 누군가는 안도하고 누군가는 공감을 하고 누군가는 타박을 했는데 중요한 건 조언의 유용함이 아니었다. 타인의 고독에 충고나 조언이 가능할 리도 없었다. 다만 서로 '관여'하고 있다는 것, 나의 고독사에 타인이 관여되고 타인의 고독사에 내가 '관여'하고 있다는 분명한 실감과 소소한 실천들이 중요했다. 참여도에 따라 고독 포인트가 적립되었고 적립된 포인트로는 다른 참가자들이 내놓은 고독사 유품도 구입할 수 있었다. 고독사 유품들은 대개 한때는 열렬히 애정했으나 지금은 의미 없어진, 누군가에게 받은 선물인 경우가 많았고 그중에는 직접 그린 그림이나 커플 머그잔, 이니셜이 새겨진 십자수 쿠션이나 믹스테이프 같은 물품뿐 아니라 둘만의 주제곡이나 풍경, 영화나 농담 같은 것도 있었다. 송영달이 올린 글에는 이런 댓글들이 달렸다.

— 화가 많아 보입니다. 채소를 좀 더 먹어 보세요. 녹색 채

소와 등 푸른 생선.

—탄수화물이 부족한 것 같은데요. 탄수화물과 비타민 D를 세 끼 복용하세요.

—이럴 때일수록 탈모를 조심해야 합니다. 명심하세요. 고독사는 슬프죠. 아주 슬퍼요. 그러나 대머리와 고독사가 결합하면 얘기가 달라집니다. 당신이 대머리로 고독사하는 한 고독의 이유가 무어건 당신의 고독사 원인은 오로지 대머리가 될 겁니다. 슬픔 없는 고독사는 정말이지 너무 슬프지 않을까요? 고독사에 좋은 한방 탈모 샴푸와 『아직은 대머리가 될 수 없다』라는 책을 추천해 드립니다. 고독사 포인트 300으로 거래 가능.

—결국 당신의 실패가 그 아이를 실명 위기로부터 구한 거네요. 그렇다면 매일 좀 더 실패해 봐도 좋지 않을까요? 처음부터 완벽한 고독사는 없습니다. #시행착오를_목표로

김자옥,

길을 잃기 위한

로드맵

Q "두 손바닥이 마주치는 소리쯤은 모두 알고 있다.
그러면 한 손바닥으로만 치는 소리는 어떤 것일까?"*

김자옥 씨가 이런 질문이 적힌 포스트잇을 발견한 건 도서
반납대에 놓인 책 『같기도 하고 아니 같기도 하고』에서였다.

큰 분자의 경우에는 버마고양이의 몸 전체에서도 똑같은
분자를 두 개 이상 찾을 수는 없다. (……) 다르기는 하지만
그렇게 많이 다르지는 않다는 것이다. 마치 갈고리로 긁어모

---

* 제롬 데이비드 샐린저, 최승자 옮김, 「서문」, 『아홉 가지 이야기』(문학
동네, 2004).

으는 마당에 떨어진 가을 단풍잎들처럼 완전히 같지도 않고 그렇다고 전혀 다르지도 않다.*

이 문장 아래 워터마크로 심야코인세탁소가 인쇄된 노란 포스트잇이 붙어 있었다. 검색을 통해 찾아보니 그 질문은 J. D. 샐린저의 『아홉 가지 이야기』라는 단편집의 서문에 있는 문장이었다. 누군가 책을 읽다가 그 부분을 포스트잇에 옮겨 적은 후 그대로 반납한 것 같았다. 김자옥 씨는 포스트잇을 떼어 버리려다가 반으로 접어 앞치마 주머니에 넣었다. 그러곤 잊었다.

김자옥 씨는 월요일부터 금요일까지 매일 오후 2시부터 5시까지 마을 도서관에서 서가 정리를 했다. 행정 복지 센터에 공공 근로를 신청할 때 집에서 멀지 않고 그럴듯한 일자리 같아 도서관을 1지망으로 선택했지만 나이가 많아서 안 될 거라고 예상했는데 다행히 덜컥 됐다. 기뻐서 그날 저녁엔 골목 앞 정육점에서 삼겹살 한 근을 사다 반 근은 냉동실에 넣어 놓고 반 근은 대파 세 뿌리와 양파를 넣고 삶아 새우젓을 찍어 먹었다. 막걸리도 마셨다. 술과 기름진 고기는 고혈압 약

---

* 로얼드 호프만, 이덕환 옮김, 『같기도 하고 아니 같기도 하고』(까치, 2018), 61쪽.

과 당뇨 약을 먹기 시작하면서 특별한 날에만 먹었다. 한 계절에 한 번도 먹지 않고 지나가는 때도 있었다. 특별한 날은 점점 드물게 왔다. 건강에는 좋은 일이었다. 무탈하게 어제와 같이 시시한 일상을 반복하는 나날이 실은 특별한 하루의 연속이라는 것도 알고 있었다.

포스트잇을 발견한 날은 현미밥과 바지락된장국, 싱겁게 무친 시금치나물과 자반고등어로 점심을 먹었다. 치매 안심 센터에서 정기적으로 치매 검사를 받게 되면서 치매 예방 수첩에 매일의 식단과 간단한 일과를 적기 시작했다. 기억은 못 해도 기록은 남았다. 공공 근로를 시작하면서 점심은 가능한 한 호화롭게 먹기 시작했다. 후식으로 믹스커피까지 마시고 뇌혈관에 좋다는 크릴오일과 브라질너트, 비타민 D를 챙겨 먹은 후 마을버스를 타고 집에서 세 정거장 떨어진 도서관에 갔다. 1시 40분쯤 도착해서 사물함에 넣어 둔 근로용 앞치마를 꺼내어 입고 편안하고 소리 나지 않는 실내화 — 아버지와 어머니, 언니까지 차례로 먼저 보낸 요양 병원에서 구입한 폭신한 환자용 — 로 갈아 신은 후 목장갑을 끼고 나니 2시 십 분 전이었다. 보존 서가가 있는 지하 계단에 앉아 정시가 되기를 기다렸다. 다른 면에는 강박증이 없는데 이상하게 정시에 대한 강박이 있었다. 무엇을 시작할 때 1시, 2시, 3시와 같이 정시에 시작해야 했고 조금이라도 정각을 벗어나면 그다음 정시가 되어서야 다시 시작할 수 있었다. 죽을 때도 시간을 맞추고 싶었다. 12시 정각. 가능하면 하루가 넘어가는 자정에 죽고 싶었다. 매일 12시 십 분 전에 잠자리에 누워 십 분, 구 분, 팔 분, 칠 분…… 남은 시간을 헤아리며 12시를 기다렸다. 자정이 되면 새로운 하루가 시작되듯 자연스럽게 죽음이 시작되기를 바랐다. 그러나 12시 3분이 되어도 죽음은 오지 않았고 12시 10분이 지나고 나면 김자옥 씨도 포기하고 다음 날을 기약하며 얕은 잠에 빠져들었다.

출근 명부에 서명을 하고 반납대에 쌓여 있는 책들을 살펴보기 시작했다. 서가에 꽂기 전에 훼손된 부분은 없는지, 접히거나 낙서가 되어 있는 부분은 없는지 확인했다. 훼손이 많이 된 책은 사서 선생에게 이야기하고, 접힌 페이지는 펼쳐놓고, 책갈피에 끼워 두고 잊어버린 쪽지나 영수증, 메모지 들은 확인 후 보관하거나 버렸다. 특히 꼼꼼히 살펴야 하는 건 수험서나 종교 서적, 자기 계발서 같은 책들로 처음부터 끝까지 밑줄이 그어진 경우도 있었다. 지울 수 없는 볼펜이나 형광펜으로 낙서된 경우는 차라리 편했다. 돌이킬 수 없으니까 훼손한 대출자를 찾아 책임을 묻고 변상을 요구하면 그만이었다. 그러나 연필로 밑줄을 그어 놓으면 그건 김자옥 씨가 처리해야 하는 초과 업무가 되었다. 반납대의 책들을 정리하는 사이사이 한쪽에 앉아 지우개로 밑줄을 한 줄 한 줄 지웠다. 밑줄을 그은 사람에게는 기억하고 싶은 중요한 문장이었겠지만 지우면서 읽다 보면 왜 밑줄을 그었는지 알 수 없는 시시한 내용인 경우가 더 많았다. 어차피 반납해야 하는 책에 밑줄이라니. 다시 볼 것도 아니면서. 도대체 어떤 마음인지 궁금해서 집에 돌아가 침대 곁에 놓인 몇 권의 책, 몇 번의 이사를 거친 후에도 버리지 못한 낡은 책들을 살펴보면 그곳에도 김자옥 씨가 그은 몇 개의 밑줄들이 남아 있었다. 언젠가는 중요했을 테지만 이제는 왜 밑줄을 그었는지 알 수 없는, 유효 기간이 지난 문장들이었다.

시집이나 소설책 같은 경우는 모서리에 접힌 흔적이 남은 페이지의 한두 줄에만 밑줄이 그어진 경우가 많았다. 그럴 때는 밑줄을 지우는 게 책에서 그 문장과 문장에 담긴 누군가의 소중한 마음을 도려 내는 것처럼 괜스레 미안해져 밑줄이 지워진 문장을 애써 외웠다. 별 내용이 아니어도 상관없었다. '나는 세상에서 추방당했지'나 '어릴 적 꿈은 부잣집 하녀가 되는 거였어요' 같은 문장들 아래 그어진 밑줄을 지우면서, 혹은 '쇄빙선'이나 '점원들' 같은 단어들을 둘러싼 동그라미를 지우면서 김자옥 씨는 그것을 암기했다. 책을 꽂으면서, 화장실에서 소변을 보면서, 손을 씻으면서, 마을버스를 기다리면서도 반복해서 외웠다. 밑줄이 없었다면 조금도 마음에 남지 않았을 흔한 말들일수록 잊지 않으려고 더 열심히 노력했다. '아무려나'나 '여하튼' 같은 부사어들을 특히 신경 써서 기억했다. 집에 돌아오면 기억해 온 낱말이나 문장을 포스트잇에 적어 낡은 벽지 위에 붙여 놓았다. 다음 날 도서관에서 확인해 보면 외웠던 문장은 미묘하게 다른 경우도 있어서 어디에서 어떤 식으로 기억의 오류가 났는지 의아했지만 크게 상관은 없었다. 이제는 반납대의 책만이 아니라 서가에 꽂힌 책 중에도 혹시 놓친 밑줄이 있는지 궁금해서 가끔 일부러 찾아보기도 했다. 그러다가 취미 관련 서적 사이에 엉뚱하게 거꾸로 꽂혀 있는 데이비드 스몰의 『바늘땀』이라는 그래픽 노블에서 그 포스트잇을 또 발견했다.

Q 아버지는 호주머니 칼에서 찰칵 소리를 내며 사다리를 꺼내어 폈다. 그러고는 그것을 방의 벽에다 걸쳐 놓았고, 모자를 쓰고는 제일 높은 디딤판에까지 올라갔다. 거기서 천장 너머로 머리를 내밀고는 멀리 풍경을 바라보며 말했다. "오늘은 내가 이길 테니, 봐." 나의 남동생은 울기 시작했다.*

질문은 의문문으로 끝나야 하는 게 아닌가? 그것이 포스

---

* 헤르타 뮐러 외, 장희창 옮김, 「백 개의 옥수수 알」, 『책그림책』(민음사, 2001), 11쪽.

트잇에 적힌 질문을 읽고 처음으로 든 김자옥 씨의 의문이었다. 혹시 Q가 퀘스천이 아니었나. Q로 시작하는 다른 단어들을 떠올려 보았다. 퀴즈나 퀘스트일 수도 있었다. quest의 사전적 정의는 '탐구 탐색. 이용자가 수용해야 하는 임무나 특정 행동.'이라고 했다. 그렇다면 Q는 퀘스트를 의미하는 걸까?

그러나 그 질문에 대답해 줄 사람은 없었다. 포스트잇의 문장은 『책그림책』이라는 책에 있는 헤르타 뮐러의 글이었다. 김자옥 씨는 포스트잇을 떼어 이번엔 버릴까 말까 망설이지 않고 주머니에 잘 넣어 두었다. 그리고 저녁에 집으로 돌아와 첫 번째 포스트잇 옆에 붙였다. 포스트잇 두 장을 비교해 보니 처음 발견한 메모에는 8이라는 번호가, 두 번째 발견한 메모에는 3이라는 번호가 적힌 것이 눈에 띄었다. 그러면 그 사이에 최소한 네 장의 포스트잇이 더 있다는 이야기였고 8이 마지막 번호도 아닐 것 같았다. 8은 그런 숫자였다. 건너가는 숫자. 7과 9를 잇는 사이의 숫자. 마지막이 되기엔 충분하지 않은 숫자. 김자옥 씨의 나이도 예순여덟 살이었다. 늙었지만 충분히 늙지는 않았다.

심야코인세탁소로 검색해 보면 무언가 알 수 있을 거라 생각했다. 그러나 유추 가능한 특정 정보는 검색되지 않았다. 망설이다가 포스트잇의 QR코드를 스캔해 보았다. 유료 회원전용의 폐쇄적인 사이트가 떴다. 이상한 바이러스에라도 감염되는 것 아닐까 싶어 서둘러 창을 닫으려는데 팝업 창이 떴다.

☑ 북유럽식 고독사 워크숍에 참가하시겠습니까?

고독사라니. 누군가 장난을 치는 거라면 못된 장난이었다. 포스트잇을 발견한 것이 우연이라고 믿고 싶었으나 우연이 아닐 수도 있다는 생각이 들었다. 김자옥 씨가 발견하기를 기대하고 김자옥 씨가 근무하는 도서관의 책에 누군가 포스트잇을 숨겨 놓았을 수도 있었다. 그러나 도대체 누가 이런 재미없고 번거로운 장난을 한단 말인가. 재미가 있거나 없거나 김자옥 씨에게 장난을 걸어 주는 사람은 아무도 남지 않았다. 유령이라면 모를까. 소소한 장난에 웃거나 약올라 본 게 언제였는지도 기억나지 않았다. 기분이 나빠야 하는데 나빠지지가 않았다. 사이트를 닫고 김자옥 씨는 가만히 벽에 붙여 놓은 포스트잇을 보다가 문장을 소리 내어 읽어 보았다. 오늘은 내가 이길 테니, 봐.

*

다음 날 김자옥 씨는 첫 번째 포스트잇이 붙어 있던 책

『같기도 하고 아니 같기도 하고』를 찾아 감시 카메라에 잡히지 않는 사각지대로 갔다. 아무도 없는 것을 확인한 후 분실물 함에서 집어 온 연두색 형광펜으로 몰래 밑줄을 서너 줄 긋고 한 장은 찢어 앞치마 주머니에 구겨 넣었다. 찢은 페이지는 화장실에 가서 잘게 조각내어 변기에 흘려보냈다. 그리고 손상된 책을 들고 이윤영 선생에게 가져갔다. 이윤영은 사서 공무원은 아니었고 도서관장이 바뀌면서 데려온 무기 계약직 직원이었다. 도서관장이 시청에서 근무할 때도 비서로 일했다고 하는데 둘이 사귀는 사이였다는 소문이 김자옥 씨의 귀에까지 들려왔다. 그래서는 아니지만 다른 사서 선생들보다는 이윤영이 대하기 편했다. 소문으로 사람을 훼손하고 그 훼손됨에 우월감을 느끼며 만만하게 대하는 사람들의 저열한 태도를 젊은 날 질리도록 겪어 왔는데 결국 김자옥 씨도 마찬가지였다. 그래서가 아니라니. 이윤영이 편한 건 그래서였다.

책을 훼손한 사람을 찾기 위해 이윤영이 대출 내역을 검토하기 시작했다. 2018년에 구입한 개정판인데 대여한 사람은 단 여덟 명뿐이었다. 그것도 2년 전이 마지막이었다. 2년 전에 빌려 간 사람에게 연락해 훼손 여부를 묻는 건 좀 그렇지 않을까요? 이윤영이 김자옥 씨를 보며 말했다. 빌려 간 사람이 아니라 도서관에서 보던 사람이 훼손했을 가능성이 있다는 말도 덧붙였다. 김자옥 씨를 의심하는 기색은 없었으나 김자옥 씨는 조용히 물러나는 편을 택했다. 그러고 보니 포스트잇을 붙이는 건 시간이 필요한 일이 아니었다. 서가를 배회하다가 아무 책이나 꺼내어 포스트잇을 붙이고 다시 꽂아 놓으면 그만이었다. 생각해 보면 그건 책을 훼손하는 일도 아니었다. 포스트잇은 붙이기도 쉬웠고 뗄 때도 흔적이 남지 않았다. 그러니까 그렇게 따지면 누군가 김자옥 씨를 번거롭게 하려고 장난을 치는 거라는 추측 역시 맞지 않았다. 포스트잇을 제거하는 건 김자옥 씨의 업무도 아니었을뿐더러 포스트잇이 붙어 있다고 해서 책이 더럽혀지거나 훼손된 채 방치된 것도 아니었다.

그러나 김자옥 씨가 참을 수 없는 건 그것이었다. 무언가 붙었다 떨어졌는데 흔적이 남지 않는 것. 어쩐지 자신의 생이 부정당하는 느낌이었다. 그런 건 없다고 생각했다. 없어야 한다고 생각했다. 그런 건 자신이 68년간 살아온 세월만으로 충분했다.

김자옥 씨는 집에 돌아와 두 장의 포스트잇에 발견된 장소와 책의 제목과 페이지, 날짜를 표시한 후 다시 벽에 붙여 놓았다. 아직은 일관된 규칙성을 발견하지 못했지만 어떤 우연도 그냥 일어나는 법은 없었다.

세 번째로 포스트잇을 발견한 것은 이틀 후 조던 스콧의 『나는 강물처럼 말해요』라는 어린이책에서였다. 그리고 일주일 만에 세 장의 포스트잇을 더 발견했다. 네 번째는 제임스 로드의 『작업실의 자코메티』라는 책에서, 다섯 번째는 에이드리언 리치의 『문턱 너머 저편』이라는 시선집이었고 여섯 번째는 『나는 카메라다』라는 비비안 마이어에 관한 책에서였다. 일련번호는 발견 순서에 따라 각각 12번, 7번, 그리고 4번과 47번이었다. 47번이라니. 김자옥 씨를 괴롭힌 것은 그 47이라는 숫자였다. 그것은 아직 발견하지 못한 포스트잇 — 마흔 개가 넘는 — 이 도서관의 책 사이에 숨어 있다는 의미일 수 있었다. 그렇게 생각하면 마음이 조급해졌다. 퇴근 후에도 다시 도서관으로 돌아가 밤새 숨은 포스트잇들을 찾아내고 싶어졌다.

어쩌면 번호는 일련번호가 아니라 무작위로 붙인 숫자일지 모른다. 그러나 7번과 8번이라 적힌 포스트잇을 나란히 붙여 놓고 보고 있으면 12번 다음에 47번이라는 숫자가 이유 없이 오진 않을 것 같았다. 처음에는 발견한 순서대로, 나중에는 포스트잇에 적힌 번호대로 벽에 붙여 놓고 잠들기 전까지 한참을 들여다보았다. 모두 Q로 시작했다. 다만 어떤 건 의문문으로 되어 있고 어떤 건 평범한 평서문이었는데 대체로 왜 옮겨 적었는지 이해 안 되는 별 볼 일 없는 문장이 많았다. 왜 문장 앞에 Q가 붙어 있는지, Q가 퀘스천의 약자인지 아니면 다른 걸 의미하는지도 여전히 알 수 없었다. 퍼즐처럼 잘게 쪼개진 모든 질문의 조각들을 모아야만 하나의 답을 찾을 수 있는 건지도 몰랐다.

밥을 먹을 때마다 식탁 옆 벽에 붙여 놓은 포스트잇에 적힌 질문들을 꼼꼼히 들여다보았다. 질문을 곱씹는 동안 전보다 천천히 밥을 먹었고 하루 세 번 정성 들여 식사를 하게 되었다. 어떤 날은 질문을 들여다보다가 12시를 넘겨 잠들었고 어떤 날은 초저녁부터 깊이 잠들기도 했다.

그 후 한동안 포스트잇은 발견되지 않았다. 김자옥 씨가 찾아내기 전에 누군가 먼저 찾아 떼어 내는지도 몰랐다. 하루는 휴지통에 버려진 구겨진 노란 포스트잇을 보고 다급히 꺼내어 펼쳐 보았다. *비틀비틀거리네, 뒤뚱뒤뚱, 아찔, 오늘도, 울먹울먹, 아마,* 이런 글자들이 알아보기 힘든 글씨체로 적혀 있었지만 김자옥 씨가 찾는 심야코인세탁소의 포스트잇은 아니었다. 그럼에도 김자옥 씨는 포스트잇을 버리지 못하고 집으로 가져와 벽에 붙였다. 그리고 한참을 들여다보다가 48번이라는 번호를 부여해 주었다. 일주일째 새로운 포스트잇을 발견하지 못하자 자신 말고 포스트잇 찾기 놀이에 동참한 사람이 두 명, 혹은 서너 명 더 있을 수도 있겠다는 생각이 들었다. 도서관에서 책을 들춰 보는 사람들을 유심히 살펴보게 되었다. 그들 모두가 포스트잇을 붙이는 사람 같기도 하고 떼어 내는 사람 같기도 했다.

그 후로 또 열흘이 지났다. 벽에 붙은 포스트잇을 모두 떼어 냈다. 버릴 수는 없어서 수첩에 순서대로 붙여 놓았지만 들여다보지는 않았다. 언젠가부터 질문들이 자신을 비웃고 있는 것 같았다. 답을 찾길 요구하는 것 같았다. 혹시나 포스트잇이 붙어 있던 책의 다른 장에 질문에 대한 답이 있을까 하고 책을 빌려 읽어 보기도 했다. 두꺼운 책은 엄두가 안 나서 가장 얇은 책 한 권을 빌려 꼼꼼히 읽었다. 그러나 질문에 대한 답은 찾을 수 없었다. 그 대신 자꾸만 밑줄이 긋고 싶어졌다. 연필로 밑줄을 그었다가 지우기를 반복했다. 『작업실의 자코메티』를 반납하는 날 김자옥 씨는 도서관 테이블 위에서 누군가 놓고 간 아무것도 적혀 있지 않은 여러 장의 노란 포스트잇을 발견했다. 그것을 분실함에 넣으려다가 김자옥 씨는 충동적으로 주머니에 넣었다. 그리고 공공 근로 시간이 끝난 후 화장실 변기에 앉아 미처 지우지 못한 밑줄 그은 문장을 옮겨 적었다. 수첩에 붙여 놓은 포스트잇의 질문들도 새로운 포스트잇에 베껴 적었다. 어릴 때 받았던 행운의 편지가 생각났다. 이 편지는 영국에서 최초로 시작되어로 시작되었던 행운의 편지는 받는 즉시 일곱 명의 사람들에게 똑같은 편지를 보내지 않으면 불운하리라는 저주를 내리는 내용이었다. 자신에게 이런 편지를 보낸 사람을 원망하면서도 어린 김자옥 씨는 열심히 베껴 일곱 명의 사람들에게 보냈다. 이제는 그런 행운의 편지조차 자신에게 보내는 사람이 없었다.

처음 포스트잇을 붙인 사람은 누구였을까. 이 질문에 답해 주는 사람이 생기게 될까? 어쩌면 처음부터 무작위로 던져진 질문의 목적은 발견한 사람에게 답을 들으려는 게 아니라 다른 사람에게, 그러니까 행운의 편지처럼 또 다른 일곱 명의 사람에게 또다시 같은 질문을 전달해 주기를 의도한 것인지도 몰랐다. 마지막으로 포스트잇의 하단에 적혀 있는 심야코인세탁소의 온라인 주소까지 꼼꼼히 베껴 쓴 후 김자옥 씨는 자료실로 돌아갔다. 그리고 산책하듯 느리게 서가를 걸으며 누구나 알지만 누구도 제대로 읽어 본 적 없는 고전이나 우주나 원소에 관한 두꺼운 책들, 제목 때문에 문학 코너 대신 스포츠 코너에 꽂혀 있는 자리를 잘못 찾은 소설책이나 한 번도 가 보지 못한 낯선 도시의 여행책, 그리고 오래전 요절한 시인의 시집과 지금은 1년에 한두 번 연락하는 게 전부인 조카가 좋아했던 그림책 — 하루에도 열두 번씩 읽어 주었던 백만 번 산 고양이가 그려진 책 — 에 포스트잇을 한 장씩 붙여 놓았다. 그 포스트잇은 49번부터 시작되었다. 포스트잇에 있는 문장을 옮겨 적은 것에 불과했지만 베껴 쓰는 것, 즉 하나의 문장을 다른 곳으로 옮겨 놓는 것만으로도 김자옥 씨는 이 일곱 개의 질문이 스스로 만들어 낸 것이나 다름없다고 느꼈다.

그 후 김자옥 씨는 서가 정리를 할 때마다 그 책들이 제자리에 있는지, 누군가 빌리거나 펼쳐 보고 포스트잇을 떼어 가지는 않았는지 살펴보았다. 책들은 항상 같은 자리에 있었다. 주말이 지나고 월요일이 되었다. 그중 한 권의 책이 있어야 할 곳에 있지 않았다. 검색해 보니 대출 중이었다. 전에는 의식하지 못했던 심장 뛰는 소리가 귓가에 들리는 듯했다. 이 나이에 이렇게 심장이 빠르고 강하게 뛰는 건 심혈관 질환이나 부정맥이 올 때만 가능하리라 믿었는데.

*

주말에는 마트에 가려고 마을버스를 탔는데 두 정거장 지난 후에야 80-1이 아니라 81-1을 탔다는 걸 깨달았다. 바로 내리려다가 조금 더 가 보기로 했다. 일곱 정거장쯤 지나는데 담 너머로 흰 목련이 탐스러운 마당 있는 집이 보였다. 다음 정거장에서 내려 그 집을 찾아갔다. 가정집을 개조한 찻집이었는지 '종점다방'이라고 쓰인 작은 문패가 파란 대문 옆에 걸려 있었지만 지금은 영업을 하지 않는 것 같았다. 열린 문틈으로 보니 마당에 자개장과 의자, 낡긴 했어도 고풍스러운 협탁과 스탠드가 놓여 있었다. 김자옥 씨와 비슷한 연배거나 스무 살쯤 더 어리거나 많아 보이는 노인 — 나이를 짐작하기 힘든 — 이 등받이가 높고 장식이 화려한 의자에 앉아 책을 읽다가 김자옥 씨와 눈이 마주치자 들어오라고 손짓했다.

노인이 둘러보라며 가리킨 모든 물건에는 가격표가 붙어 있었다. 말린 장미꽃은 1만 2000원, 신발은 8000원, 책상은 2만 원, 책상 위에 놓인 연필도 2만 원이었다. 어떤 기준으로 가격이 책정된 건지 알 수 없었다.

김자옥 씨는 자기 발보다 한 치수 큰 등산화를 골라 바로 갈아 신고는 신고 있던 낡은 운동화는 메고 온 배낭에 넣었다. 시든 장미꽃이 새겨진 작은 손가방도 샀다. 노인은 덤이라며 직접 뜨개실로 떴다는 수세미 두 장도 넣어 주었다. 괜찮다고 했는데도 노인이 거스름돈을 가져오겠다며 집 안으로 들어갔다. 노인이 나오기를 기다리며 노인이 읽는 책의 표지를 살펴봤다. 여학생들이나 읽을 법한 하이틴 로맨스 소설이었다. 노인이 읽기엔 어울리지 않는 책이라고 생각했다. 그러곤 그 생각에 웃어 버렸다. 노인이 읽기에 어울리거나 어울리지 않는 책이 따로 있다는 생각이 너무 낡게 느껴져서였다. 김자옥 씨는 노인이 앉았던 벚나무 아래의 의자에 앉아 노인이 나오기를 기다렸다. 의자에 앉으니 벚꽃 향기가 진하게 풍겼다. 꽃향기를 맡아 본 게 한 생애 전의 일처럼 아득하게 느껴졌다. 버스를 잘못 타서 잘못된 곳에 내렸다고 생각했는데 잘못 온 게 아니었다. 그렇다면.

앞으로는 자명하게, 버젓이, 길을 잃는 연습을 시작해야겠다고 김자옥 씨는 생각했다. 그리고 고독 채널 49에 접속해 첫 번째 고독사 매뉴얼을 적기 시작했다.

직접 붙인 첫 번째 포스트잇이 사라진 걸 발견한 날 김자옥 씨는 심야코인세탁소에 가입하고 고독사 워크숍을 시작했다. 개인용 고독 채널을 열고 각자가 정한 고독사 매뉴얼에 따라서 고독사를 진행하는 방식이었다. 김자옥 씨는 아직 매뉴얼을 정하지 못한 상태였는데 이제야 채널 49에 이름을 붙일 수 있을 것 같았다. 길을 잃기 위한 로드맵. 석 달의 워크숍 동안 매주 한 번씩 길을 잃는 연습을 하고 나면 얼마든지, 기꺼이, 두려움 없이 길을 잃는 데 조금은 익숙해질 것 같았다. 그러고 나면 모든 익숙한 것들과도 기꺼이 헤어질 수 있을 터였다.

김자옥 씨는 자신이 이 세상에 잘못 배달된 질문이라고 생각했다. 누구도 답을 알지 못할 뿐 아니라 궁금해지지도 않는 질문 말이다. 그러나 잘못 배달된 질문이라도. 문을 여는 건 옳은 질문과 옳은 답이겠지만 벽을 부수는 건 틀린 질문과 틀린 답일지도 몰랐다. 김자옥 씨를 수신인으로 한 건 아니지만 책의 페이지와 페이지 사이에서 발견한 포스트잇이 고독사 워크숍으로 자신을 이끌어 주었듯 말이다.

노인에게도 잘못 배달된 질문을 전해 주고 싶어졌다. 심야코인세탁소의 QR 코드가 인쇄된 노란 포스트잇을 꺼내어 무엇을 적을지 망설이다가 책상에 놓인 시집을 살펴보았다. 팔려고 내놓았는지 가격표가 부착되어 있었는데 정가보다 오히려 세 배 높은 가격이었다. 그렇다고 해서 초판본이나 구하기 힘든 책도 아닌 것 같았다. 시집 안에 그 이유가 숨어 있는지 궁금해서 펼쳐 보았다. 마음에 드는 시가 있어서 포스트잇을 꺼내어 옮겨 적었다. 그 시를 옮겨 적는 동안 노인이 붙인 가격표가 정가보다 높은 이유를 알 것도 같았다.

노인이 나오기 전에 파란 대문 집을 빠져나왔다. 집으로 향하는 버스를 탄 후에야 포스트잇을 의자에 붙여 두고 왔다는 걸 깨달았지만 상관은 없었다.

잘못 배달된 편지라도

Q "두 손바닥이 마주치는 소리쯤은 모두 알고 있다.
　그러면 한 손바닥으로만 치는 소리는 어떤 것일까?"*

　그 포스트잇이라면 오 대리도 기억했다. 김자옥 씨는 어쩌면 오 대리가 직접 유치한 최초의 참가자일 수도 있었다.
　근거 없는 루머로 인해 다른 목적을 가지고 워크숍에 참가하려는 인원수가 기하급수적으로 늘었을 때 오 대리는 그들이 적합하지 않은 참가자라고 생각했다. 그러나 조 부장의 의견은 달랐다.

---

* 제롬 샐린저, 「서문」, 앞의 책.

"아니 아니, 사실 이런 '허수'의 존재들, 어디에서도 유효한 숫자로 셈되지 못하는 허수들이 곧 우리 고독사 워크숍의 주요 고객이란 말입니다. 살아서 허수인 사람들이 결국은 죽어서만 유효한 숫자, 그러니까 신원 불명의 무연고 사망자가 되어 1743이나 1458과 같이 영원한 숫자로 남게 되는 것 아니겠습니까."

조 부장의 말에 따르면 고독사 워크숍을 위해 진짜로 셈해야 하는 건 '실수(實數)'가 아닌 '허수(虛數)'였다.

어차피 허수라면.

그렇게 생각하자 부담감이 사라졌다. 사실 워크숍이 진행되면서 오 대리는 자신이 아무런 자격 없이 타인의 고독사를 지켜보며 가이드 역할까지 해야 한다는 데 죄의식을 느꼈다. 자격증 없는 고독사 설계사이자 불법적인 고독사 코디네이터가 된 기분이었던 것이다. 그러나 조 부장은 쓸데없는 걱정을 다 한다는 듯이 말했다.

"누구도 오 대리에게 가이드 역할을 기대하거나 부여한 적 없습니다. 참가자들이 원하는 건 다만 자신의 고독사를 목격해 줄 제삼자일 뿐이에요. 고독이란 바깥의 시선, 멀지도 가깝지도 않은 곳에서 그저 '있을' 뿐인 외부의 응시를 늘 필요로 하니까요. 무언가 도우려 하지 마세요. 그냥 외면하지 말고 똑바로 목격만 하면 그것으로 충분합니다. 우리가 하려는 건 고독한 개인들이 각자의 고독사 크리에이터로 성장하도록 지지하는 거니까요. 우리는 참가자들이 각자의 방에서 송출하는 고독의 신호를 모아 고독 채널을 통해 재송출해 주는 역할만 하는 겁니다. 오 대리는 다소 둔감한 척, 담대하게, 자명한 것을 자명하지 않도록, 그 세 가지 태도만 견지하면 되는 겁니다."

온전히 고독할 수 없는 일상의 속도와 제약에서 벗어나 자신만의 리듬과 루틴을 회복하고 고독사를 예비할 시간과 공간을 제공해 주는 것, 고독사 워크숍이 하는 일은 그뿐이라고 조 부장은 강조했다.

"우리가 포장 고독사 서비스를 기획한 이유가 뭐겠습니까. 중요한 건 실재가 아닌 포장, 상상하는 힘이다 이 말입니다. 상상할 것. 자신과 타인의 고독 밑바닥까지 상상할 것. 그것만이 우리가 추구하는 고독사의 윤리입니다. 오 대리가 직접 참가자가 되어 보는 것도 좋겠지요. 그러면 이 워크숍에서 우리가 할 일이 무언지 더 분명히 알게 될 겁니다."

조 부장이 오 대리가 적다 말고 한쪽에 치워 둔 신청서를 흘낏 보며 중얼거렸다. 고독사 프리 티켓에 대한 소문을 믿은 건 아니었으나 어쩌면 사실일 수도 있겠다는 생각을 했다. 조 부장에게 진위를 묻는 대신 오 대리는 남몰래 참가 신청서를 작성하기 시작했다. 결코 접수하지 않을 줄 알면서도 신청서를 쓰고 지우기를 반복하는 걸 멈출 수 없었다. 뒤집힌 신청서에는 작곡가 에릭 사티의 지시문이 적혀 있었다.

— 확신과 절대적 슬픔을 가지고.

워크숍 참가자를 모집하는 건 조 부장의 일이었지만 오 대리는 종종 도서관에 들러 고독사나 조력 자살, 실종, 안락사 같은 키워드로 책을 검색해 보고는 그 책의 한 페이지에 심야코인세탁소의 링크가 적힌 포스트잇을 붙여 놓았다. 10년 전에 출간되었으나 아무도 빌려 간 적 없는 것처럼 깨끗한 제3세계 시인의 시집이나 오래되고 사람 손을 많이 타 너덜너덜해진 자기 계발서들, 이제는 낡아 버린 말들로 가득한 『시크릿』이나 『누가 내 치즈를 옮겼을까』 따위에 포스트잇을 붙여 놓기도 했다. 어떤 책에는 일주일이 지나도록 그대로 붙어 있었지만 반고흐의 『내 영혼의 편지』나 올리비아 랭의 『외로운 도시』, 페터 빅셀의 『책상은 책상이다』에 붙여 놓은 포스트잇은 이삼일 만에 안 보이기도 했다. 오 대리가 붙인 첫 번째 포스트잇이 사라진 걸 알게 된 건 불과 몇 시간 후였다. 그리고 한 달이 지난 지금 그것이 김자옥 씨에게 도달했다는 것을 알게 되었다.

지난 주말에는 도서관에 가서 김자옥 씨를 찾아보기도 했다. 그러나 아무리 둘러봐도 김자옥 씨 나이의 근로자는 눈에 띄지 않았다. 혹시 마스크를 써서 나이를 가늠하기 어려운 걸까. 명찰도 찬찬히 살펴봤지만 김자옥이란 이름은 없었다. 애초에 실명으로 고독사에 참가하는 회원들은 없을 테니까 전제부터 잘못된 탐색인지도 몰랐다. 김자옥 씨가 무인 세탁함에 올린 글을 다시 읽어 보았다. 평일에 근무한다고 했으니 주말에는 보이지 않는 게 당연했다. 안도감이 밀려왔다. 애초에 김자옥 씨의 실재가 아니라 부재를 확인하러 온 것 같았다. 김자옥 씨를 찾는 걸 포기하고 포스트잇을 붙여 놓았던 몇 권의 책을 살펴보았다. 세 개의 포스트잇이 사라지고 두 개의 포스트잇은 남아 있었는데 포스트잇이 사라진 책의 82쪽에 오 대리가 붙이지 않은 다른 포스트잇이 있었다.

Q 여행자가 문을 두드리지만 아무 대답이 없죠. "거기 누구 없나요?" 이렇게 묻잖아요. 제 머릿속엔 그 시가 완전히 각인돼 있어요. 아무튼 그는 계속 문을 두드리는데, 여전히 대답은 없지만, 그 안에 누가 있다는 느낌을 받아요. 하지만 그는 타고 온 말을 돌리며 이렇게 말하죠. "저들에게 전해 주렴. 내가 왔었지만 아무도 대답하지 않았다고. 나는 내 약속을 지켰다고."*

---

* 오드리 로드, 주해연·박미선 옮김, 『시스터 아웃사이더』(후마니타스, 2018), 120~121쪽.

그 문장을 읽으며 오 대리는 새삼 궁금해졌다. 한 손바닥으로 치는 소리가 어디까지 갈 수 있을까. 그 소리가 저 멀리서 누군가 한 손바닥으로 치는 소리와 만난다면 그때 내게 돌아오는 소리는 같은 소리일까 아니면 다른 소리일까.

우는 판다,

성가신

가벼운 죄와 함께*

* 작곡가 에릭 사티의 곡 「성가신 가벼운 죄」에서 차용.

우는 판다의 우는 능력을 처음 알아본 건 낮 동안 친정에 맡겨 놓았던 아이를 데리고 집으로 향하던 은영이었다.

"판다가 있어."

아이가 갑자기 버스 창문에 매달려 소리쳤다.

"판다라니?"

"진짜야. 판다가 있다니까."

아이는 빨간 정지 버튼을 요란하게 누르기 시작했다. 아이의 최근 장래 희망은 쿵푸판다였다. 얼마 전에 영화 「쿵푸판다」를 본 탓이었다. 그 전에는 닌자였고, 그 전에는 타요 버스, 더 어릴 땐 비눗방울과 곰 모양 젤리가 되는 게 꿈이었다. 집까지는 한 정거장을 더 가야 했다. 한 정거장을 다섯 살짜리 아이와 함께 걸어가려면 중간에 업어 주어야 할지도 몰랐다. 그래도 은영은 내렸다. 못 보던 판다가 거리에 있다는 건 가까운 곳에 마트나 식당, 종목이 무어든 새로 개업한 상점이 있다는 의미일 거였다. 운이 좋으면 개업 행사로 제공하는 물티슈나 장바구니, 팝콘이나 행주 같은 사은품을 받을 수도 있었다. 판다보다 더 반갑고 좋은 것이 기껏해야 열 매들이 물티슈나 무료 팝콘, 쉽게 해지는 행주라니. 자신의 꿈이 행주나 물티슈처럼 보잘것없어진 것 같았다. 낄낄대며 웃고 싶어졌으나 웃음은 나지 않았다. 그 대신 울음소리가 들렸다. 어디서 나는 건가 보니 판다였다. 판다가 전단지를 나눠 주며 흐느끼고 있었다.

도대체 왜? 날이 너무 추워서? 영하의 날씨에 크리스마스 캐럴이 울려 퍼지는 거리에서 인형 탈을 쓰고 전단지를 나눠 줘야 하는 처지가 처량해서? 아니면 개인적인 슬픔 때문에? 그렇다고 아르바이트를 하면서 울다니. 은영은 불쾌해졌다. 감정을 숨기지 못하는 사람들, 특히 슬프고 우울한 감정들을 감추지 못하는 어른들을 은영은 경멸했다. 철없는 어리광으로밖에 보이지 않았다. 어리광은 어릴 때 끝냈어야지. 은영은 어릴 때도 어리광을 부려 본 적 없었다. 하물며 귀엽고 사랑스러워야 하는 판다의 모습을 하고 울고 있다니. 반칙이라고 생각했다. 할 수 있다면 고객 센터에 항의 문자라도 남기고 싶었다.

은영은 보험회사의 고객 센터에서 일했다. 하루 종일 고객들의 불만을 듣고 때로는 부당한 취급을 받았지만 한 번도 감정적으로 일을 처리한 적 없었다. 그 대신 한 달에 한 번 쉬는 월요일이 되면 주방용품이나 정수기, 집에서 사용하는 가전제품 회사의 고객 센터에 전화를 걸어 상식적인 고객으로서 제기할 법한 합당한 불만을 조목조목 토로했다. 직접적인 욕설이나 천박한 용어를 사용하지 않고도, 가벼운 한숨과 사근사근한 말투로도 얼마든지 고객 센터의 직원을 하찮고 초라하게 만들 수 있다는 것을 경험을 통해 알고 있었다. 그렇게 한 달에 한 번 합리적으로 불편 사항을 이야기했음에도 직원의 비전문성으로 인해 결코 만족을 얻지 못한, 그럼에도 끝까지 교양 있는 말투로 상담원을 대하는 품격 있는 고객—말하자면 학습되고 진화한 진상 고객—으로서 하루를 보내고 나면 남은 날들을 친절한 상담원으로 근무하는 일이 조금은 수월해졌다. 터무니없는 비난에도 눈물이 나지 않았다. 그런데 판다가, 포근한 옷을 입은 귀여운 판다가 전단지를 나눠 주며 울 일이 뭐가 있단 말인가.

은영은 아이의 어깨를 잡은 손에 힘을 주었다. 아이에게 우는 판다를 보여 주고 싶지 않았다. 그러나 아이는 이미 우는 판다를 보았고, 우는 판다를 따라 울기 시작했다. 커다란 덩치의 판다가 소리 내어 울고 있는 모습에 놀란 것 같았다. 그러자 우는 판다 역시 아이를 보며 더 크게 울기 시작했다. 놀린다고 생각했는지 약이 오른 아이가 우는 판다에게 다가가 작은 주먹으로 배를 통통 때리다가 균형을 잃었다. 우는 판다가 아이를 끌어안고 벌러덩 뒤로 넘어졌다. 그리고 아이를 안은 채 노래하듯 울면서 둥근 몸으로 좌로 한 번 우로 한 번 구르기를 반복했다. 아이는 무서운 놀이기구를 탄 것처럼 비명을 지르며 울음을 이어 갔다. 우는 판다 역시 아이의 리듬에 맞춰 같이 울어 주었다. 두 개의 울음소리가 화음을 이루기 시작했다. 듣기 좋다고 은영은 생각했다. 아이의 우는 소리가 듣기 좋다니. 처음이었다, 그런 생각을 한 것은. 우는 판다가 아이를 내려 주자 아이가 종종걸음으로 달려와 은영을 끌어안았다.

"다 울었어?"

은영이 묻자 아이가 쑥스러운 듯, 그러나 말간 얼굴로 대답했다.

"다 울었어, 엄마."

은영은 아이와 우는 판다를 찍은 영상을 한 커뮤니티에 올렸다. 혹시라도 아이를 다치게 할까 염려되어 찍었는데 집에 와 보니 꽤 사랑스러운 장면이 담겨 있었다. 아이와 우는 판다가 함께 끌어안고 우는 모습은 소소하게 화제가 되었다. 자신도 같이 울고 싶어진다는 댓글이 많이 달렸다. 귀여운 걸 보면 울고 싶어지는 법이었다.

일주일 후 피곤에 지쳐 퇴근하던 은영은 문득 우는 판다가 보고 싶어졌다. 고객 센터에서 아무리 설명해도 말이 통하지 않는 고객과 기나긴 상담을 해야 했고, 예정보다 일찍 생리가 시작되어 속옷에 피가 묻은 걸 퇴근 시간까지 참아야 했고, 새로 온 어린 팀장은 생리 때문에 화장실에 평소보다 두 번 더 간 걸로 근무 태도를 문제 삼았다. 울고 싶었지만 울 수 없었다. 울고 나면 마스카라가 엉망이 될 터였다. 무엇보다 일 때문에 생긴 일로 우는 것을 자신에게 허용할 수 없었다. 일은 다만 생계유지를 위한 것이었다. 생계유지를 위한 수단이 감정을 지배하거나 울게 만드는 걸 용납할 수 없었다. 그렇게 규정하고 구분 지어야 남은 일상을 평온하게 유지할 수 있었다. 그러나 이대로 집으로 갈 수도 없었다. 이런 기분으로 집에 가면 설거지가 쌓인 싱크대나 가득 찬 화장실 쓰레기통만 봐도 울음이 터질 수 있다는 걸 알았다. 아이 앞에서는 울거나 울고 난 모습을 보여 주고 싶지 않았다. 은영의 엄마는 자주 우는 사람이었다. 그것이 어린 은영에게 어떤 상처로 남았는지 은영은 기억했다. 은영은 잘 울지 않는 아이였고, 잘 울지 않는 어른이 되었다. 자신의 아이는 커서도 잘 우는 사람이길 바랐다. 울고 싶을 때 언제든지, 얼마든지 악을 쓰면서, 길에서 판다와 누가 누가 더 크게 우는지 경쟁해 가면서 우는 어른이길 바랐다. 그러니까 자신은 아이 앞에서 함부로 울면 안 되는 거였다. 그러자 우는 판다가 떠올랐다.

우는 판다는 오늘 저녁에도 울고 있을까? 집에 가는 길에 한 정거장 먼저 버스에서 내려 우는 판다가 전단지를 나누어 주던 잡화점 앞으로 가 보았다. 개업 행사는 끝났고 무료 티슈도, 팝콘도, 우는 판다도 보이지 않았다. 발길을 돌려 터벅터벅 공터로 향했다. 그곳에서 집 쪽으로 조금 내려가면 폐차장 뒤쪽에 조그만 공터가 있었다. 담벼락과 담벼락 사이에 있는 좁은 공터라 찾는 사람이 많지 않았다. 가끔 혼자 있고 싶을 때면 그곳으로 갔다. 아이를 낳기 전엔 담배를 피우러 갔고 담배를 끊은 후에는 담과 담 사이를 연결한 파이프에 매단 폐타이어 그네에 앉아 껌을 씹으며 열심히 발 구르기를 했다. 할 수 있는 한 높이 올라가 최대한 멀리 껌을 뱉고 내려오면 하루 동안 쌓인 나쁜 생각들이 씹다 버린 껌처럼 하찮게 떨어져 나가는 기분이었다.

그곳에 우는 판다가 있었다. 담벼락에 기대어 반쯤 주저앉아 있는 우는 판다를 보자 갑자기 오줌이 마려웠다. 몸 안 어딘가 얼어 있던 수도가 녹기 시작하는 것 같았다. 자신만의 공간을 침범당했다는 생각, 오롯이 자신을 위한 비밀 기지는 세상 어디에도 없다는 생각, 그런 것들이 우는 판다에 대한 분노와 서러움이 되어 몸 안을 적시기 시작했다. 그러나 눈물은 나지 않았다. 가만히 서 있는 은영을 보고 우는 판다가 큰 소리로 울기 시작했다. 그리고 은영을 향해 다정히 손짓했다. 은영이 다가가자 우는 판다가 자기 어깨를 톡톡 쳤다. 기대라는 뜻이었다. 은영은 우는 판다의 어깨에 기대어 우는 판다의 우는 리듬에 몸을 실어 보았다. 울음소리가 요람처럼, 따뜻한 파도처럼 은영을 흔들어 주었다. 잠이 올 것 같아서 은영은 잠투정하는 아이처럼 아주 조용히 울기 시작했다. 소리는 나지 않았다. 다만 파도에 떠밀리듯 몸이 앞뒤로 좌우로 크게 흔들렸는데 그때마다 우는 판다가 같이 크게 흔들리며 은영의 곁에서 함께 울어 주었다. 더 이상 울 수 없을 때까지 은영은 울었다. 은영이 울음 끝에 끅끅 짧은 딸꾹질을 할 때까지도 우는 판다의 울음은 계속되었다. 아무리 울어도 부족하다는 듯이, 그동안 울지 못한 은영의 울음까지 대신 울어 주겠다는 듯이.

―누구라도 울고 싶은 사람은 우는 판다를 찾아가세요.

은영이 우는 판다의 영상을 찍어 트위터에 올렸다. 자신도 우는 판다를 찾아가고 싶다는 댓글들이 달렸다. 울고 싶은 사람은 많았다. 하지만 우는 판다는 우는 판다 하나뿐이었다. 그 후로 울고 싶은 사람들이 우는 판다를 찾아갔다. 우는 판다는 언제라도 열심히 온몸으로 같이 울어 주었다. 판다의 눈 밑에는 검은 눈물 자국이 진하게 새겨진 채 사라지지 않았다. 가끔 그 폭신한 몸을 동글게 말고 맥락 없이 바닥을 구르며 울기도 했다. 그러면 우는 판다에게 기대어 울려고 갔던 사람 중 몇 명은 울음 대신 웃음을 터뜨렸다. 그러나 우는 판다는 울음을 그치지 않았다. 우는 법을 잊어버린 사람들도 우는 판다를 찾아갔다. 직접 찾아가지 못하는 사람들은 인터넷에 올라온 우는 판다의 영상을 검색해서 보고 또 보았다. 우는 판다의 울음에 담긴 치유 능력과 우는 판다를 찾아가 우는 어른들의 현상에 대한 정신건강의학과 교수의 논평이 신문에 실리기도 했다. 3개월 동안 우는 판다의 수많은 사진과 영상이 재생산되어 인터넷상에 떠돌며 사랑받았다.

우는 판다의 정체에 대해서는 몇 가지 설이 떠돌았다. 그중에는 우는 판다가 마트에서 아이를 잃어버린 아버지라는 이야기가 있었다. 타임 세일하는 호주산 쇠고기를 사느라 한눈을 판 사이 아이를 잃어버렸고, 나중에 카트를 보니 아이가 좋아하던 판다 인형만 덩그러니 남아 있었다는 거였다. 아이가 우는 판다를 보고 찾아오기를, 아이를 데려간 사람이 혹시 본다면 우는 판다를 보고 아이를 돌려주기를 바라며 우는 판다가 되었다고 했다. 사실이든 아니든 떠도는 사연은 우는 판다의 울음을 더 풍부하게 만들었고 사람들은 우는 판다를 더욱더 사랑하게 되었다. 그러나 한때였다.

우는 판다는 갑작스럽게 증오와 혐오의 대상이 되었다. 세상의 별난 일들을 다루는 한 방송에서 우는 판다의 사연을 다룬 후였다. 어디서 시작된 건지 알 수 없는 루머가 떠돌기 시작했다. 우는 판다가 예쁜 여자를 보면 위로하는 척 스킨십을 과하게 한다고 했다. 어린아이에 대한 변태적 성적 기호를 가진 잠재적 아동 성추행범이라고도 했다. 아이들의 경계심을 무너뜨리기 위해 친근한 동물 분장을 하고 접근한다는 거였다. 사람들이 울면서 흘리는 사적인 정보를 이용한다, 불행 포르노를 수집하는 몰래카메라다, 슬픔에 빠진 사람들을 위로하는 척하며 부적을 판매하고 다단계 회사에 끌어들여 투자를 요구한다는 소문도 있었다. 오래전 집단 자살한 신앙 단체의 교주와 관련이 있단 이야기, 수상한 마음 치료실과 연계되어 그곳을 소개해 주고 소개비를 받는다는 이야기, 종말론을 믿는 이상한 사이비 종교의 전도사란 이야기도 있었다. 삶의 의욕을 잃은 불행한 사람들에게 접근해 자살을 권유하고 장기 밀매와 관련된 단체를 소개해 준다고도 했다. 사실로 확인된 바는 아무것도 없었지만 우는 판다를 둘러싼 심판과 단죄는 그동안 온라인에서 주목받아 온 사람들에게 씌워진 혐의와 비난과 유사한 형태로 확산되었다. 사람들은 우는 판다의 우는 모습을 더 이상 보고 싶어 하지 않았다. 자신마저 울적해진다고 했다. 거리의 미관을 해친다고, 행복 지수를 떨어뜨린다고, 불행을 감염시킨다고들 했다. 그렇게 떠도는 루머 속에 우는 판다는 거리에서 사라졌다.

*

누구나 예상했다. 우는 판다의 유효 기간은 아주 짧으리라는 것. 우는 판다도 알았을까? 알면서도 3개월 내내 거리에 나와서 울었던 걸까? 뒤늦게 양이는 궁금했지만 답해 줄 우는 판다는 더 이상 거리에 없었다. 매일 저녁 세 시간씩 거리에 나와 우는 건 쉬운 일이 아니었다. 처음에는 분명한 의도를 가진 관객 참여형 거리 공연이라고 생각했고, 그도 아니라면 주목을 끌어 유튜버로 데뷔하려는 목적이라도 있을 거라고 의심했다. 그러나 어느 쪽도 아니었다.

"이 퍼포먼스를 제가 좀 찍어도 될까요?"

우는 판다가 주목받기 시작할 무렵 양이가 다가가 물은 적이 있다.

"퍼포먼스라고요?"

우는 판다는 깜짝 놀란 것 같았다. 오래 울어서 갈라진 목소리로 묻고는 둥근 몸을 좌우로 크게 흔들었다.

"누군가 촬영하고 있는 게 아니라면 영상으로 좀 남기고 싶은데요."

양이가 묻자 또 물었다.

"왜요?"

"글쎄요. 이렇게 의미 있는 일을 하면서 기록도 안 남기다니. 아깝잖아요."

양이의 말이 이해가 안 된다는 듯 우는 판다는 고개를 갸우뚱했다. 진짜 아무것도 모르는 바보로구나 싶었는데 그래서 더 좋아졌다. 좋아서 괜히 또 물었다.

"이걸 통해 무얼 만들겠다는 특별한 목적도 없이, 영상으로 남겨 두지도 않을 거면서 그냥 매일 세 시간씩 거리에서 우는 게 가능해요?"

그러자 우는 판다는 또다시 어리둥절한 쉰 목소리로 반문했다.

"그게 왜요? 그게 어때서요?"

한번은 식당의 음식물 쓰레기를 버리러 나왔다가 지친 듯 주저앉아 쉬고 있는 우는 판다에게 이런 질문을 하기도 했다.

"같이 울어 주면서 자신이 상처 입은 사람들을 치유하거나 구원해 준다고 믿나요?"

그러자 고개 숙인 우는 판다의 둥글게 만 어깨가 크게 들썩거렸다. 그때 양이는 처음으로 우는 판다가 웃는 소리를 들은 것 같았다. 우는 소리와 너무 닮아서 양이가 착각한 걸 수도 있었다.

영상으로 남은 우는 판다의 일상은 3개월간 매우 규칙적이었다. 매일 저녁 8시쯤 나와 폐차장 옆 좁은 공터에 앉아 혼자 울다가 울기 위해 누군가 오면 같이 울었고, 그가 떠나면 다시 혼자 울었다. 그리고 밤 11시에 자전거를 타고 떠났다. 두툼한 판다 옷을 입고 위태롭게 자전거를 타고 가는 모습은 흡사 곡예를 하는 것처럼 보였다. 따라가면 우는 판다의 진짜 얼굴을 볼 수도 있을 터였지만 그러고 싶지 않았다. 지켜주고 싶은 건 우는 판다가 아니라 양이 자신이었다. 울고 싶을 때 언제든 같이 울어 주는 우는 판다가 있는 다정한 세계를 잃고 싶지 않았다. 우는 판다가 우는 저녁마다 양이는 그 모습을 폐차장 맞은편 2층 이모할머니의 카레 식당 주방에 앉아 다음 날 쓸 양파와 감자를 깎으며 창가에 삼각대를 세워 놓고 줄곧 찍었다. 그 영상으로 무엇을 해야겠다는 구체적인 계획은 없었지만 그저 찍어 두고 싶었다. 어쩌면 그때부터 우는 판다가 곧 거리에서 사라지리라는 걸 짐작하고 있었는지도 몰랐다.

우는 판다가 자극적인 이슈를 좇는 방송에 나올 거라곤 생각하지 않았다. 방송만 안 나왔어도 그렇게 루머에 시달리다 쫓겨나듯 거리에서 사라지는 일은 없었을 텐데. 결국은 다우는 판다가 자초한 일이라고 양이는 생각했다. 가끔 양이도 우는 판다의 나쁜 소문에 좋아요를 누르거나 다른 커뮤니티에 말을 보태어 옮기기는 했지만 다수의 무심한 악의에 비하면 아무것도 아닌 것이나 마찬가지였다. 아무것도 아닌 것이나 마찬가지란 결국 아무것도 아닌 거였다. 없어도 그만. 그러니까 있어도 그만. 우는 판다를 거리에서 쫓아내기 위해 등을 떠민 5000명의 손이 있다면 그중에 양이는 한 손바닥도 아니고 한 손가락 정도의 힘밖에 얹지 않았다. 그러니까 양이에게는 아무 책임이 없었다. 그러면 다른 5000명은? 그들도 모두 같은 생각을 하지 않을까. 다른 5000명에 비하면 자신의 악의는 아무것도 아니라고, 그러므로 책임질 일은 아무것도 없다고. 아니 그러니까 애초에 우는 판다만 없었다면 다수가 가만히 있다가 가해자가 되거나 죄책감을 느낄 일도 없었을 거였다. 결국은 모두 우는 판다의 잘못이었다. 그렇게 관심 없는 척하더니. 방송에 나오기로 결정한 순간 우는 판다는 양이가 아는 우는 판다가 아니었다.

그렇게 우는 판다는 거리에서 사라졌다. 루머에 시달리는 걸 지켜보면서도 우는 판다가 하루아침에 증발하듯 사라질 수 있다고는 생각지 못했다. 우는 판다의 실체에 대해서는 누구도 정확하게 알지 못했다. 방송 후 소문으로 떠돌던 이름이 정말 우는 판다의 본명인지도 확실치 않았다. 소속이 있을까? 판다의 탈을 쓰고 판다처럼 행동하는 게 어색하지 않았던 걸 보면 인형 공연 팀 소속이 아닐까 추측해 보았지만 그랬다면 수많은 소문, 나쁜 소문들 안에 극단에 관한 이야기도 나왔을 거였다. 그런 이야기는 어디에도 없었다. 아이와 관련된 나쁜 소문만이 새롭게 떠돌았다. 사라진 우는 판다와 함께 실종된 아이가 있다는 소문이었다. 어딘가 지하실에 갇힌 아이에 관한 소문들. 한 사이비 종교 집단의 방화 사건과 관련된 이야기들.

양이는 믿지 않았다. 매일 세 시간씩 거리에서 우는 판다가 그런 나쁜 일을 저지를 리가 없었다. 양이가 찍은 우는 판다의 영상, 하루도 쉬지 않고 3개월간 꾸준히 거리에 나와 함께 울어 준 판다의 성실함에는 그런 나쁜 행동이 깃들 수 없었다. 하지만 우는 판다가 울지 않을 때 무엇을 할지 양이는 알지 못했다. 우는 것 외에 할 수 있는 게 아주아주 나쁜 일뿐인 우는 판다도 세상엔 있는 것 아닐까? 우는 판다를 거리에서 사라지게 하는 데는 이렇게 작은 의심들, 아무 관계 없는 사람들의 작은 의심이면 충분했다.

우는 판다가 사라진 후 양이는 찍어 놓은 영상을 여러 번 반복해서 보았다. 우는 판다 안에 숨어 우는 사람과 그를 둘러싼 수많은 소문에 대해 생각했고, 그 단조로운 영상 너머에서 그것을 찍던, 주방에서 양파와 감자를 깎으며 내내 우는 판다를 관찰하며 이상한 다행스러움을 느꼈던 자신을 들여다보았다. 그러다 정작 자신은 한 번도 우는 판다와 함께 울지 못했다는 걸 깨달았다. 그때 우는 판다의 곁에서 한 번이라도 온 마음을 다해 울었다면 무언가 달라졌을까? 그 답은 영영 찾지 못할 거였다. 갑자기 참을 수 없는 두려움이 엄습했다.

한번 깃든 무서움은 쉽게 떨쳐지지 않았다. 사는 것도 무섭고 죽는 것도 무섭고 세상 밖으로 나가는 것도 무섭고 혼자 방에 틀어박혀 있는 것도 무서웠다. 도망치면, 도망치는 건 안 무서울까? 사라지는 것도 무섭고 견디는 것도 무섭지. 그럼 어떻게 해야 하지? 아무것도 안 하는 건 안 무서울까? 그것도 무서웠다. 용기를 내는 것도 무섭고 비겁해지는 것도 무서웠다. 가장 무서운 건 부끄러워지는 거였다. 아니 부끄러움을 모르게 되는 거였다. 그러자 어떤 평온함이 찾아왔다. 어차피 뭘 해도 무서울 거라면.

양이는 비명을 지르기 시작했다. 당신들도 나처럼 무서운지 묻고 싶어서, 다들 무섭지만 무서움을 끌어안고 사는 법을 익히기 위해 또 무서운 짓을 저지르며 산다는 걸 확인받고 싶어서, 먼 곳의 비명 소리에 내 비명 소리가 묻히기를 바라면서, 주방 테이블에 엎드려 자기 안의 무서운 이야기들을 풀어 놓기 시작했다. 시작은 우는 판다와 관련된 나쁜 소문들과 상상들이었다. 그것을 웹소설 플랫폼에 연재하기 시작했다. 비명은 사라지지 않았다. 써도 써도 계속 터져 나왔다. 양이는 그곳에서 가장 인기 있는 작가는 아니지만 가장 꾸준히 공포를 생성해 내는 호러 작가가 되었다.

우는 판다가 사라진 후 모든 게 평화로웠다. 춥지 않은 겨울과 덥지 않은 여름이 두 번 지나갔다. 날씨는 온화했고 이모할머니의 카레 식당도 잘되었다. 양이는 지금도 스토리를 구상할 때면 식당 주방에서 양파와 감자를 깎았지만 자신이 번 돈으로 건강보험료를 밀리지 않고 냈고 미뤄 두었던 치과 치료를 받고 필라테스도 시작했다. 다행한 날들이었다. 가끔 새로운 아이템이 떠오르지 않을 때면 찍어 놓은 우는 판다의 영상을 2배속으로 보았다. 이 모든 게 우는 판다가 사라진 후에 생긴 다행이라는 걸 상기하면 다시 무서움이 찾아왔다. 그러면 같이 무섭자고 같이 무서워할 사람들을 찾아 새로운 공포 소설을 썼다. 우는 판다는 어디로 간 걸까. 혹시 우리의 다행은 울다가 울다가 결국 사라짐을 택한 우는 판다의 삼켜진 울음 위에 세워진 건 아닌가. 그런 생각을 하면 얼마든지 무서운 이야기를 쏟아 낼 수 있었다.

때때로 어슐러 K. 르 귄의 단편 「오멜라스를 떠나는 사람들」을 떠올렸다. 오멜라스의 행복과 온화한 날씨는 모두 지하실에 갇힌 아이의 비극에서 이루어진다. 오멜라스의 사람들은 그 아이가 그곳에 있는 것을 안다. 알지만 모두의 안위를 위해 어쩔 수 없다고 생각한다. 그러나 그곳을 떠나는 사람들이 있다. 양이는 종종 궁금했다. 우는 판다는 그렇다면 갇혀서 우는 아이일까 갇힌 아이를 대신해서 울다가 떠나 버린 오멜라스의 사람인 걸까? 그런 질문들은 양이를 공포에 질리도록 만들었지만 그것은 이미 친애의 감정과 유사했다. 다정하고 아늑했다. 그러나 다정한 날에도 끝은 있었다.

　—같이 울어 드립니다.

　당근마켓에 우는 판다의 사진과 함께 무료 눈물 나눔이라는 게시물이 올라온 건 지난 4월이었다. 양이는 그 소식을 트위터에서 먼저 접했다. 우는 판다가 후암동의 한 세탁소 앞에서 전단지를 배포하는 아르바이트를 한다는 소문과 함께였다. 정말일까. 양이는 우는 판다를 만나러 갔다. 그러나 후암동에서 본 우는 판다는 울고 있지 않았다. 울지 않는 판다가 우는 판다일 수 있을까? 양이는 우는 판다가 나눠 주는 전단지를 받고 돌아섰다. 실망한 건지 안도한 건지 알 수 없었다. 그때였다.

　등 뒤에서 무어라 속삭이는 소리가 들렸다. 잘못 들은 걸까? 아니었다. 잘못 들었을 리가 없었다. 무서움이 엄습해 왔다. 양이는 걸음을 서둘렀다. 빨리 멀어져야 했다. 우는 판다가 울거나 울지 않는 세계에서 멀어지고 싶었다. 그러나 멀어지지 않았다. 뒤에 남아 혼자 울기 시작한 우는 판다의 울음소리가 양이를 붙잡았다. 참았던 눈물이 터졌다. 눈물을 흘린 후에야 양이는 울고 싶은 것을 간신히 참아 왔다는 걸 깨달았다. 양이는 주저앉아 울기 시작했다. 우는 판다가 양이 곁에 앉아 더 큰 소리로 울기 시작했다. 그렇게 우는 판다는 다시 양이의 세계로 돌아왔다. 그때와 다른 목소리로, 그때와 같은 울음소리로. 양이가 비명을 지르고 같이 무섭자고 무서운 세상에 더 많은 무서움을 풀어놓는 동안에도 양이는 우는 판다가 있는 세계 안에서 보호받고 있던 거였다.

그날 밤 양이는 전단지에 인쇄된 QR 코드를 따라 심야코인세탁소에 들어가 우는 판다의 질문으로 시작하는 짧은 괴담을 쓰기 시작했다. 우는 판다는 사라지지 않는다고 적었다. 우리가 아무리 사라지게 해도 우는 판다는 좀비처럼 소문처럼 괴담처럼 자꾸만 돌아온다고 적었다. 돌아올 때마다 목소리도, 키와 덩치도, 몸짓도 다르지만 우는 판다는 결코 사라지지 않고 돌아오고 또 돌아온다고. 그것이 무섭다고. 그러나 인간의 생존을 지켜 주는 것이 공포심이듯 그 무서움이 우리를 생존케 하는지도 모른다고.

그날 양이의 뒤에서 우는 판다가 속삭인 말은 이런 것이었다.

"당신의 고독사는 안녕하십니까."

초보자를 위한 고독사 원데이 클래스

슈트 액터처럼 일종의 구속복을 입은 상태에서만 자유로워지는 사람들이 있다. 채널 22의 참가자는 직접 제작한 우주복을 입고 워크숍에 참여했다. 그는 우주복 안에 갇힌 상태에서만 좁디좁은 지구를 벗어나 우주를 유영하는 자유를 느끼며 비로소 거리를 산책할 수 있다고 했다. 누구나 한 번쯤은 방 밖으로 나가는 데도 인류의 위대한 도약 같은 용기와 준비가 필요한 법이었다. 채널 27에서는 누군가가 줄곧 오토바이 없이 오토바이 헬멧을 쓰고 걸어 다녔다. 혹시라도 이상하게 보는 시선을 받지 않기 위해 한 손에는 배달 가방을 든 채였다. 그들은 통제할 수 있는 가장 작은 단위의 낯설음 안에 자신을 구속시켰을 때 비로소 바깥의 시선을 의식하지 않고 고독과 대면할 수 있다고 했다.

참가자들이 원하는 고독사 장소 역시 좁은 곳이 많았다. 사방이 모두 구석이 되는 협소한 공간만이 자신에게 허용된, 이해 가능한 세계라 여기는 듯했다. 동료의 횡령으로 직장을 잃은 정원은 불 꺼진 키즈 카페 볼 풀장 안에서 고독사를 진행했고, 동우는 폐업을 앞둔 동네 목욕탕 욕조 안에서, 마을버스 운전기사인 수영은 운행이 중단된 밤의 열기구 안에서 고독사를 진행했다. 실제로 머무는 곳이 한 평 반의 고시원이거나 회사 화장실이거나 찜질방 황토방이라도 그들의 고독사 장소가 그렇다면 그런 거였다. 채널 27의 참가자는 방 안에 커다란 종이 박스를 두고 때때로 그 안에 머물렀다. 자신을 둘러싼 고독이 지나치게 팽창해서 감당할 수 없을 때, 그 무게에 짓눌릴 때 좁은 공간 안에 신체를 욱여넣으면 부풀어 올라 터질 것 같은 고독을 압착하는 데 도움이 된다고 했다. 불가해한 세계는 그런 식으로 수없이 접힌 끝에 두려움을 거둬 내고 작고 볼품없고 친밀한 구석으로 남을 수 있었다.

조 부장에게는 채널 4가 구석이었다. 말로는 고독사 가이드를 위해 만든 채널이라고 하지만 실제로 참가자들에게 도

움이 되는지는 의문이었다. 성공적인 고독사를 위한 지침이
되기엔 애초에 시행착오가 유일한 목표인 영상들만을 업로드
했기 때문이었다. 그것은 다음과 같은 채널 4의 매뉴얼만 봐
도 알 수 있었다.

#아마추어답게

#할수있는한_시행착오를_반복하며

#시작은창대하게_끝은미비하게

#단한사람을위한_농담처럼

조 부장은 출근하자마자 유튜브에서 '아마추어를 위한'이
나 '초보자를 위한'으로 시작하는 영상들을 검색했다. 그리고
사무실에서 따라 할 수 있는 활동이라면 아무거나의 법칙에
따라 하루 여덟 시간의 근무 시간을 충실히 허비했다.

시작했다고 해서 숙련될 때까지 계속 배우는 것도 아니었
다. 실뜨기와 네일 아트, 성대모사와 타로점과 프랑스자수까
지 분야가 무어건 하루를 넘기는 법이 없었다. 유일하게 이
틀간 계속한 플립 북 만들기조차 마지막 서너 장을 남기고는
그만두었다. 380페이지에 걸쳐 자신의 좁고 어두운 방을 벗어
나 길고 긴 터널을 지나 마침내 광장으로 나온 소년은 광장
밖에서 들리는 피리 소리를 따라 광장을 둘러싼 높은 담을
넘기 시작한다. 그리고 끝이었다. 소년이 그 담을 넘었는지, 그

너머에서 무엇을 발견했는지는 영영 알지 못할 터였다. 조 부장에게는 끝이라는 개념, 무엇이건 시작을 하면 마무리를 지어야 한다는 생각 자체가 없는 듯했다. 중간에 그만둠으로써 무책임한 가능성의 세계에 남는 데 안도하는지도 몰랐다.

"중요한 건 초보자와 아마추어인 상태로 남는 거란 말입니다. 사람은 누구나 무언가를 시작하면 끝을 보고 싶어 합니다. 그러다 완성되지 않으면 그게 포기나 실패라고 생각하죠. 그건 옳지 않습니다. 우리가 진짜 도달해야 하는 건 사실 매번 하던 걸 엎고 새로 시작함에 두려움이 없는 성실한 초보자이자 아마추어, 실패자이자 구도자인 상태를 유지하는 거다 이 말입니다. 트랙에 수많은 출발선을 긋다 보면 결국은 출발선이 결승선이 되는 것처럼 말이죠."

조 부장이 변명인지 자기 위안인지 모를 말을 중얼거렸다. 그가 하는 일에 어떤 가치판단이나 잣대를 들이댈 생각은 없었는데 조 부장은 오 대리가 아무것도 묻지 않는 것으로 조용히 자신을 비난한다고 생각한 모양이었다. 조 부장은 한숨을 쉬며 덧붙였다.

"무언가가 되려고 애쓰는 마음을 지우는 것, 취미를 쓸모로 바꾸어 유용한 무언가를 하려고 하지 않는 게 바로 아마추어 되기의 핵심이거든요. 그러니까,"

굳이 말하지 않아도 조 부장의 아마추어리즘에 관한 신념은 그가 하다 만 작업으로 충분히 짐작 가능했다. 플립 북 외에도 마크라메 화분걸이나 그림자극 상자 같은 것들이 반쯤 만들다 만 상태로 책상 한켠에 놓여 있다가 갑자기 사라지곤 했다. 그리다 만 정물화의 대상물이던 사과는 어느 날 아침 쓱쓱 바지에 문질러 먹어 없애더니 씨는 남겨 두었다가 흙을 담은 컵라면 그릇에 심었다. 그곳에서 싹이 나고 사과나무가 자랄 거란 기대는 조 부장도 하지 않을 터였다. 그냥 세상에서 가장 쓸모없는 일을 하는 것으로 세상에 자신의 쓸모없음을 증명하려는 것 같기도 했다. 그 쓸모없음이 모여 쓸모 있어지기를 꿈꾸는 게 아니라 쓸모없음 자체로 어떤 아름다움이나 채움이 될 수 있다는 걸 증명하려는 행위. 그것은 불가능에 대해 어린아이의 언어로 쓰는 부질없는 시와도 같았다. 그래도 가끔 조 부장은 물을 마시다가 생각난 듯 작은 사과나무 화분—이라기보다 사과나무 씨앗을 묻어둔 작은 묘지—에 물을 주었는데 그건 오 대리도 마찬가지였다. 다만 조 부장이 사무실에 없을 때만 물을 주었다. 출근하면 가장 먼저 블라인드를 올리고 햇빛이 잘 드는 곳에 사과나무 화분을 옮겨 두는 것도 오 대리였다.

채널 4에 오 대리가 제목을 붙인다면 '시시하게 고독사하는 법' 혹은 '볼품없이 고독사하는 법'이 될 터였다. 그러나 그렇기 때문에 인정하고 싶지는 않지만 조 부장의 고독 채널은 나름 유용했다. 사실 고독사 워크숍을 준비하면서 대단히 존엄하고 고결하고 우아한 고독사를 완성하겠다는 꿈이야말로 부장님식 농담에 지나지 않았다. 우리가 꿈꿀 수 있는 가장 거창한 고독사란 최대한 하찮게, 고요하게, 누구에게도 슬픔과 죄책감을 안기지 않고 애초에 없었던 것처럼 자연사로서 고독사를 맞이하는 것뿐일 터였다. 그것이 조 부장의 고독사 워크숍이 지향하는 최선의 고독사였다.

"저는 말입니다, 아마추어라는 말이 참 좋습니다. 그 말만 붙이면 뭐든 용인될 것 같은 기분이 든단 말이죠. 그러니까 아마추어 코미디언이건 아마추어 세탁원이건 아마추어를 붙여 할 수 있는 것이 많은 사람들 있잖습니까, 삶에서건 죽음에서건 프로가 되지 못하는 이런 사람들이 수많은 구멍들, 언제든 누구든 드나들 수 있는 출구와 입구를 많이 만들어 놓고서 말입니다, 자신의 고독이건 타인의 고독이건 쓰윽 들어갔다가 쓰윽 빠져나오기도 하면서 세계를 넓혀 가는 게 아닌가 합니다."

사실 조 부장의 가이드가 아니어도 워크숍 참가자들은 이미 아이러니하게도 각자 고독한 아마추어리즘의 프로들이었다. 자기 고독의 전유물로 의자를 선택한 앨리스 역시 그중 하나였다.

알리스,

의자 뛰어넘기

걷거나 서 있는 알리스를 길에서 마주친 고객들은 그녀를 알아보지 못했다. 카페의 소파나 병원 대합실의 의자, 길가 화단에라도 앉아 있는 알리스를 보아야 비로소 아, 키톤(KEATON)의 의자라고 알리스를 기억했다. 앉아 있을 때의 알리스와 서 있을 때의 알리스는 전혀 닮지 않은 이란성쌍둥이처럼 각기 구축해 온 인상을 서로가 돌연하게 부정했다. 앉아 있을 때면 어린아이 같은 체구지만 일어서면 신장이 170센티미터를 훌쩍 넘는다는 점도 두 인상 사이의 자연스러운 전환을 방해하는 것 같았다. 보통 사람이 앉아 있는 모습이 2단 접이식 우산 같다면 알리스는 3단 접이식 같았다. 그 사실을 처음 알리스에게 알려 준 건 키톤에 아르네 야콥센의 백조 의자를 배달하러 왔던 구해영이었다. 1년 만에 이혼한 선배를 위로하러 갔다가 새것과 다름없는 신혼 가구를 저렴하게 구매했다고 사촌 언니 윤정이 자랑하던 의자였다. 그날 윤정과 웃으며 매장에 들어서는 구해영을 보고 의자에 앉아 있던 알리스가 굼뜨게 일어서자 구해영이 눈썹 한쪽을 올리며 물었다.

"깜짝이야. 어떻게 한 거예요?"

"……?"

"방금 그거 말이에요."

알리스가 무슨 말인지 몰라 멀뚱히 서 있자 구해영이 앉아 있을 땐 분명 덜 자란 여학생 같았는데 일어나니까…… 하면서 말끝을 흐리며 웃었다. 그 뒷말이 궁금했으나 결국 듣지 못했다. 윤정이 구해영의 팔을 툭 치며 여학생이라니, 쟤도 벌써 서른넷이다, 자기보다도 많은걸 하며 안쪽 사무실로 데리고 들어가 버린 탓이었다. 그날 이후 종종 매장에 들러 윤정과 함께 나가는 구해영과 마주치긴 했으나 그 뒷말을 물어볼 기회는 없었다. 만약 물었더라도 제가 그런 말을 했었나요? 하면서 기억하지 못할 가능성이 컸다. 기억한다 해도, 그 뒷말을 듣는다 해도 무엇이 달라진단 말인가. 금천동의 작업실에서 가구 디자인을 한다는 구해영은 주말에는 '용기 바둑학원'이라고 적힌 승합차를 끌고 나타나 의자 몇 개를 배달해주거나 수선실의 의자 몇 개를 간단히 수리하고 과도한 수고

비를 받아 갔다. 알리스가 짐작하건대 구해영은 윤정의 숨겨진 애인인 것 같았다. 그러니까 구해영이 받아 가는 수고료의 절반은 윤정이 합법적으로 건네주는 용돈, 즉 화대인 셈이었다. 그게 조금도 이상하지 않았다. 꽃 같다고 생각했다. 구해영이 매장에 들어설 때마다 알리스는 그를 보며 생각했다. 꽃 같구나. 내가 결코 피울 수 없는.

알리스가 사촌 언니가 하는 명품 중고 의자 전문점 키톤에서 일하기 시작한 건 지난봄부터였다. 백화점 안내 데스크에서 일하다가 상품권 판매 부서로 옮긴 지 반년 만에 권고 사직한 후 실업 급여도 끊긴 지 3개월이 지났을 때였다. 애초에 내향적인 성격 탓에 판매직은 자신이 없다고 했는데도 윤정은 괜찮다고 했다. 의자에 앉아 있기만 하면 된다는 거였다. 배려의 말이라 생각했는데 정말 그랬다.

키톤에서 알리스가 하는 일은 가진 옷 중에서 가장 재단이 잘된 질 좋은 블라우스를 입고 착한 여학생처럼 단정하게 머리를 빗고 의자에 바른 자세로 앉아 있는 것이었다. 가슴에는 금박으로 새겨진 알리스라는 명찰을 부착한 채였다. 왜 알리스인지는 묻지 않았다. 알리스 전에 근무했던 사람도 같은 명찰을 착용했다. 알리스 이후에 오는 사람도 아마 같은 명찰을 달고 근무할 터였다. 알리스 이전의 알리스가 왜 그만뒀는지, 지금은 어디에서 무얼 하는지 알지 못했고 궁금하지 않았다.

키톤의 흰 벽에는 의자 위에 앉은 여자의 모습을 그린 드로잉 액자가 걸려 있었다. 의자는 여자에 비해 너무 작거나 너무 컸다. 여자가 의자에 비해 너무 작거나 너무 큰 걸 수도 있었다. 누가 그렸는지 몰라도 그 그림의 제목이 알리스였다.

정오와 오후 4시, 알리스는 하루에 두 번 햇빛의 방향에 따라 의자의 위치를 조금씩 바꿔 앉았다. 매장 앞 벚꽃 나무 아래에서 윤정의 사진을 찍어 주던 구해영이 배경으로 우연히 찍힌 알리스의 사진 한 장을 보여 준 적이 있다. 꼭 그림 같지 않아요? 구해영의 말대로 과연 그랬다. 상점 안쪽 의자에 반듯하게 앉아 있는 알리스의 모습은 네모난 금속 액자에 담긴 점묘화 속 여인 같았다. 아주 작은 점들로 이루어진, 그러나 점과 점 사이에는 분명한 공백이 무수하게 있는.

여름이 시작될 무렵 덴마크로 출장을 간 윤정 대신 윤정의 남편 P가 매장에 나왔다. 저녁을 먹고 술이 좀 취해서 돌아온 P는 매장에 소품으로 비치된 에드워드 호퍼의 화집을 보고 있던 알리스의 등 뒤로 바짝 다가들더니 왼손으로 알리스의 어깨를 그러잡고 그림 한 장을 손가락으로 가리켰다. 살구색 속옷만 걸친 채 침대에 앉아 책을 읽는 여자의 그림이었다. 이런 거. P가 말했다. 응? 이렇게 앉아 있으면 훨씬 장사가 잘되지 않을까? 귀에 바짝 대고 속삭이는 젖은 숨결이 차갑고 미끌거리는 뱀처럼 귓속을 파고들었다. 살짝 몸을 틀었지만 알리스의 왼쪽 어깨는 여전히 P의 손아래에 놓여 있었다. P의 체온 — 뜨거운 혓바닥으로 핥듯 축축하고 더운 손바닥의 열기 — 이 얇은 블라우스를 투과해 알리스의 체온과 뒤섞였다. 알리스는 의자에 앉은 채 그대로 옆으로 몸을 기울였다. 쿵. 의자와 함께 알리스가 쓰러지자 P가 급히 뒤로 물러섰다. 알리스가 일어서며 보니 P는 술기운이라곤 애초에 없었다는 듯 두 손을 바지 주머니에 넣은 채 말짱한 얼굴로 알리스를 내려다보고 있었다. 무표정하게 의자를 바로 세운 알리스는 의자에 앉는 대신 방어하듯 등받이를 잡고 의자 뒤에 섰다. P가 미묘한 웃음을 띤 채 알리스를 쳐다보다가 말했다.

"내가 뭘 했나?"

"아니요."

"그런데⋯⋯."

P가 알리스가 붙잡은 의자 등받이를 톡톡 손가락으로 건드리며 말했다.

"재밌네. 참 재미어. 재미있는 사람이야. 당신. 나쁘지 않아. 하지만⋯⋯ 세상에 나쁘지 않은 걸로 할 수 있는 일은 없어."

P가 알리스를 부르는 당신이라는 호칭은 소름 끼쳤으나 더는 위협적이지 않았다. P의 목소리가 갑자기 서글프게 들려서 알리스는 P를 쳐다보았다. 생각보다 더 취했는지도 몰랐다. 취

했다는 건 알리바이가 아니다. 변명도 핑계도 될 수 없다. 이해해 주려는 마음. 그것이 자신을 피해자로 만들지도 못한다는 걸 알리스는 알고 있었다. 지나치게 알았다. 백화점에서 해고당할 때의 일을 기억하고 싶지 않은데 기억하게 되었다. 그럼에도 자꾸 그런 마음이 솟구치는 것, 어쩌면 학습된 너그러움과 용납의 태도가 가해를 정당화하는지도 모른다고 생각했으나 태도를 바꾸기는 쉽지 않았다. 알리스는 언제나 착한 딸이었고 착한 학생, 착한 직원이었다. 지친 얼굴로 P가 매장을 나가며 혼잣말처럼 중얼거렸다. 나쁘지 않은 건 나빠. 아주 나쁘지. 좋아도, 미친 듯이 좋아도 안 된다고.

출장에서 돌아온 윤정에게 P의 이야기를 꺼내진 않았다. 그러나 다음 날 윤정이 불러서 사무실에 가 보니 녹화된 CCTV 화면으로 P와의 장면을 보던 윤정이 무심한 말투로 알리스에게 물었다.

"사과, 받을래? 그걸 원하니?"

알리스는 재빨리 고개를 저었다. 윤정이 그런 알리스를 찌푸린 얼굴로 응시했다. 침묵이 길어질수록 어쩐지 사과해야 하는 쪽은 자신인 것 같았지만 알리스는 가만히 기다렸다. 어느 쪽이건 사과한다면 그건 용서를 비는 행위가 아니라 모욕을 전달하는 방식이 되리란 걸 알았다. 가벼운 한숨을 쉬고 CCTV 화면을 끈 후 윤정은 그이가 사람이 촌스러워서라고 한마디 하고는 자신이 알아서 처리하겠다고 했다. 사과하지 않길 잘했다고 생각했다. 만약 용서를 빌었다면 윤정은 알리스에게도 세련되지 못하게라고 중얼거리며 혀를 찼을 것이다. 세련되지 못한 건 윤정에게는 악하고 추하고 나쁜 모든 것을 의미했다. 그날 밤 알리스는 윤정의 짧은 메시지를 받았다. 이제 키톤에 나오지 않아도 된다는 내용이었다.

열흘이 지나고 윤정에게 새로운 메시지가 왔다.

— 잘 쉬었지? 그럼 월요일 날 보자.

깔끔하고 담백했다. 아무 일도 없었던 것 같았다. 무슨 일이 있었냐고 묻는다면 아무 일도 없었다고 하는 쪽이 사실에 가까운지도 몰랐다. 아무 일도 없었던 척하는 건 알리스가 잘하는 몇 안 되는 '척' 중 하나였다. 알리스는 아무렇지 않게 다시 출근을 했다. 그것을 윤정은 세련된 태도라고 했다. 세련이라는 표현 자체가 이미 낡아 버린 단어라는 걸 윤정만 모르는 것 같았다. 어쩌면 낡은 것을 전혀 낡지 않은 듯이 당당하게 사용하는 무심함이 윤정이 말하는 세련인 것도 같았다. 그 후로 윤정의 남편 P를 매장에서 마주친 적은 없었다. 가끔 상점에 놓인 호퍼의 화집을 보며 그림 속 여자와 같은 복장으로 앉아 있어도 재미있겠다는 생각을 했지만 그러다 보면 웃음이 터질 것 같아 그만두었다.

매일 창가에 다른 의자를 놓고 앉아 알리스는 대개는 방송에서 언급되어 화제가 된 시집이나 『에드워드 툴레인의 신기한 여행』처럼 드라마 속 주인공이 읽던 책, 혹은 버지니아 울프나 제인 오스틴처럼 영화화된 소설의 원작자로 더 익숙한 작가들의 책들을 표지가 보이도록 들고 읽었다. 가끔은 테이블에 놓아둔 식은 밀크티를 마시며 몰스킨 드로잉 북을 꺼내어 헤밍웨이가 사랑했다는 팔로미노 블랙윙 연필로 노트의 한쪽 끝, 삼각형으로 접었다 편 부분에만 아주 작은 그림을 그렸다. 부러진 연필이나 찢어진 꽃잎, 깨진 고양이 접시나 떨어진 구두 밑창 같은 것들. 사람, 사람은 한 번도 그린 적 없었다. 새나 고양이도 마찬가지였다. 눈과 코와 입이 있는 것은 아주 작게 그려도 무서웠다. 그것들은 결코 작아지지 않았다. 접어도 접히지 않았다. 어디선가 고아들은 사람의 얼굴을 잘 그리지 못한다는 편협한 이야기를 들었다. 고아가 아니었지만 그 말을 이해했다. 누구나 한때는 고아였고 고아가 된다는 말을 들은 기억이 났다. 그림을 다 그리고 나면 다시 삼각형으로 접어 놓았다. 접힌 채 잊힌 것은 없는 것과 마찬가지였다. 작고 고요하고 어딘가 훼손된 것들만이 접힌 채 없거나 있는 상태로 작은 삼각형 안에 담겨 사라졌다. 접힌 것들은 늘 그렇듯 대개 다시 펼쳐지지 않았다.

한번은 잠시 자리를 비운 사이 구해영이 테이블 위에 놓인 드로잉 북을 펼쳐 놓고 접힌 부분을 한 장 한 장 펴 가며 살펴보는 것을 목격했다. 알리스는 말없이 구해영의 손에서 드로잉 북을 빼앗아 의자 위에 놓았다. 그리고 그 위에 털썩 소리 내어 주저앉았다. 구해영이 싱긋 웃더니 말했다. 나쁘지 않던데요.

그런 말은 아무것도 아니었다. 좋다는 말도 아니고, 더구나 좋다고 해도 그건 알리스를 좋아한다는 의미가 아니었다. 그럼에도 알리스는 나쁘지 않다는 말의 의미에 대해 혼자 자꾸만 되묻게 되었다. 윤정이 사무실에서 구해영을 불렀다. 구해영이 윤정에게 가며 덧붙였다. 아니 정말로 나쁘지 않아요. 뭐, 그게 전부긴 하지만.

나쁘지 않다는 말은 정말 나빴다. 완벽히 나쁘지도 못하기 때문에 더 나빴다. 언젠가 P가 했던 말을 알리스는 떠올렸다. 그때 P의 목소리에 담긴 슬픔과 분노에 대해서, 어떤 촌스러운 슬픔은 분노로 표현된다는 것을 알리스는 이해하고 싶지 않았으나 이해할 수 있을 것 같았다. 그리고 그 말이 P를 지나 윤정을 거쳐 구해영에게 이르는 과정에 대해 생각했다. 나쁘지 않은 건 아주 나빠. 정말이지 아주아주 나쁘다고. 일상적인 가학은 친절과 배려의 옷을 입고 온다고 알리스는 생각했다. 농담으로 위장한 상냥한 폭력에 대해 알리스는 알고 있었다. 알고 싶지 않은데 알게 된 것들이었다.

나쁘지 않아 나쁜 날들은 많았고 사실은 매일 그러했다.

잠들기 전에 알리스는 중얼거리곤 했다. 나쁘지 않아. 그러고 나면 하루가 저무는 것이 조금도 아쉽지 않았다.

*

근무한 지 두 계절이 지났지만 의자에 대해 알리스가 새로 알게 된 것은 거의 없었다. 굳이 알려고 노력하지도 않았다. 지나다 들른 손님들은 의자에 대해 가격 이외의 정보를 묻지 않았고 새로운 제품이 들어올 때마다 방문하는 의자 애호가들은 찰스와 레이 임스나 필립 스탁의 의자에 대해 알리스보다 더 조예가 깊었다. 에로 사리넨의 튤립 의자에 앉아 있을 때 조지아 오키프와 피카소가 사랑한 의자라고 알려 준 것도 아르네 야콥센의 세븐을 사러 온 남자였다. 그 후 튤립 의자에 앉아 있을 때면 온라인 중고 서점에서 구입한 조지아 오키프의 화집을 보곤 했다. 자신에게 꼭 맞는 의자를 소유한다는 건 사유할 수 있는 최소한의 공간을 확보한다는 이야기라고 말해 준 건 한스 웨그너의 라운지체어를 사러 온 남자였다. 그건 다른 말로 자신만의 사유할 공간, 안락한 사유지가 있는 사람에게만 그 소유의 크기만큼 사유할 자유가 허락된다는 말로 들리기도 했다.

키톤에 의자를 사러 온 손님들은 원하는 게 명확했고 자신의 취향을 정확히 알고 있었다. 알리스가 부러운 것은 그들의 전문적인 지식이나 원하는 것을 소장할 경제력 이전에 그들의 취향이었다. 모든 게 그렇듯 취향의 세계 역시 일부에게만 너그러워서 이미 가진 자들만이 취향을 탐색하고 키워 나갈 수 있었다. 그렇게 다듬어진 취향은 곧 또 다른 능력이 되었다. 알리스의 경우에는 취향 없음을 숨기기 위해 타인의 취향을 훔쳐보며 다수의 취향을 거스르지 않고 따르는 것 정도가 유일한 취향이었다. 언젠가 노트 가운데에 세로로 줄을 긋고 왼쪽에 좋아하는 것을, 오른쪽에 싫어하는 것을 적어 본 것이 있다. 리스트는 세 줄을 넘기지 못했다. 사무실에서 나와 우정을 기다리던 구해영이 뭐 해요? 하면서 알리스의 노트를 어깨너머로 들여다본 탓이었다. 만약 구해영이 보지 않았다면 아마도 구해영의 이름이 그 리스트에 포함되었을 것이다. 오른쪽, 어쩌면 왼쪽.

취향과 무관하게 버지니아 울프나 에드워드 호퍼, 찰스와 레이 임스 같이 이미 유명해서 유명한 이름들은 좋았다. 그 이름들은 수시로 망망대해로 떠내려가려는 알리스의 의지 반대편에서 작동했다. 취향 없음과 빈약한 개성을 감춰 주는 기호이면서 기호 아닌 것들, 몰스킨과 몽블랑, 고디바와 뱅앤올룹슨처럼 확실하게 손에 잡히는 견고한 사물 — 물질로서 검증된 타인의 취향 — 을 소유하는 것으로 알리스는 고립을 피할 수 있었다. 알리스가 생활인으로서 일정한 궤적을 벗어나지 못하도록 지탱해 주는 힘은 우정이나 사랑, 철학이나 신념, 종교 같은 추상적 관념이 아닌 유명이 보증하는 구체성을 띤 몇 가지 분명한 브랜드 — 상품명이 곧 좋은 물건이자 좋은 취향임을 증거해 주는 물건 — 들이었다.

키톤에서 파는 명품 중고 의자는 주로 폐업한 카페나 명품 부티크, 한때는 부유함을 꿈꾸거나 누렸으나 좌초한 이들에게서 헐값에 사들인 것이었다. 상점 안의 의자들은 모두 한 번씩 고독하게 죽은 사연을 품고 이곳에 왔다. 타인의 미망이 남은 의자에 앉아 있다 보면 벌레라도 기어가듯 엉덩이가 간지러울 때가 있었다. 그러면 벌떡 일어나 카운터 뒤에 숨어 짧은 손톱으로 상처가 날 때까지 긁었다. 저녁에 샤워할 때 확인해 보면 실제로 벌레가 기어간 것처럼 빨간 선들이 남아 있곤 했다.

가을이 되면서 책도 읽지 않고 멍하니 앉아만 있는 시간이 길어졌다. 하루 종일 의자에 앉아 있으면 지겹지 않으냐고 빈정거림을 담아 묻는 사람도 있었다. 지겹지 않았다. 지겨울 틈이 없었다. 무슨 생각을 그리 하느냐고 묻는 사람도 있었다. 자신도 무슨 생각을 하는지 몰랐기 때문에 대답할 말이 없었다. 그러다 의자라도 되겠어요. 어느 날 구해영이 웃으며 말했을 때 비로소 알리스는 알았다. 자신이 아주 오랫동안 의자가 되는 법에 대해 생각하고 있었다는 걸. 어떤 것은 아무리 오래 생각해도 충분하지 않았다. 그래도 한 가지 알게 된 건 있었다. 의자가 되는 연습은 높이뛰기 훈련과도 유사하다는 것이었다. 불가능한 한계에 도달하려는 모든 시도는 한계를 잊었을 때만 가능하다고 주희 선배는 말했다. 선배도 선배의 선배에게 들은 이야기라고 했다. 의자가 되기 위해서는 의자에 앉아 있는 몸의 점과 점 사이, 여백을 조금씩 늘려 나가면 되었다. 자신과 최대한 느슨한 관계를 유지하며 점점 결속력을 약하게 하는 것. 최대한 자신을 비우고 허공에 머물게 하는 것. 그건 알리스에게는 그리 어려운 일도 아니었다.

중학생 때 잠깐 장대높이뛰기 선수였던 적이 있다. 운동장에서 높이뛰기 연습을 하던 주희 선배에게 반해서 뭣도 모르고 따라 시작한 거였다. 그때도 또래 아이들보다 키도 크고 다리도 길었다. 꽤 잘했다고 생각한다. 6개월 만에 학교 대표로 선발될 정도였으니까. 주희 선배는 마지막 대표 선발전에서 탈락했다. 선배는 씩씩하게 알리스를 축하하고 응원해 주었다. 집에 가는 길에 신호등 앞에 서 있는 선배를 보았다. 선배는 신호등 불빛이 녹색으로 바뀌었는데도 건너지 않고 고개를 숙인 채 두 발만 내려다보고 있었다. 걷는 법을 잊어버린 사람처럼. 어쩌면 높이 뛰지도 못하는 두 발은 아무 소용도 없다는 듯이. 애초에 그곳에 높이 뛰지도 못하는 두 발이 달려 있는 게 낯설다는 듯이.

그래서는 아닌데 다음 날 높이뛰기 훈련을 하다가 장대를 잘못 짚어 공중에서 나쁜 자세로 추락했다. 그저 운이 나빴다고, 그래서는 아니라고 알리스는 중얼거렸다. 오른쪽 팔과 오른쪽 발목을 동시에 다쳤고 팔과 발목에 깁스를 하게 되었다. 당연히 대회에는 출전할 수 없었다. 주말이 지나고 월요일 점심시간에 알리스는 오른쪽 발을 질질 끌며 주희 선배의 반으로 찾아갔다. 그리고 선배가 참가하게 될 거라고 전했다. 주희 선배는 알리스의 부상을 안타까워하지 않았고, 자신이 참가하게 되었다는 소식에 기뻐하지도 않았다. 아아. 그저 그렇게 말하며 살짝 얼굴을 찌푸리고 물었다. 할 말은 그게 다니?

할 말이라면 많았다. 너무 많아서 알리스는 무엇부터 해야 할지 알 수 없을 정도였다. 그래서, 그렇기 때문에, 알리스는 그저 침묵한 채 고개를 끄덕였다. 주희 선배와 헤어져 교실로 돌아오며 알리스는 문득 주희 선배의 찌푸린 표정을 떠올렸다. 그리고 가만히 손바닥에 숨을 불어 넣고 냄새를 맡아 보았다. 빨리 소식을 전하고 싶은 마음에 양치질도 하지 않고 만나러 간 터였다. 입에서 점심으로 먹은 달걀말이와 볶음김치, 감자조림 냄새가 났다.

알리스 대신 출전하게 된 건 주희 선배가 아니었다. 체전에 학교 대표로 참가하지 못하게 된 후에도 주희 선배는 꾸준하고 성실하게 장대높이뛰기 연습을 했다. 가끔 운동장에서 운동하는 주희 선배를 보았지만 다가가지는 않았다. 한 달 후 깁스를 푼 후에도 알리스는 팀으로 돌아가지 않았다. 아무도 아쉬워하지 않았다. 주희 선배는 졸업했다. 운동부가 없는 고등학교에 진학했다는 이야기만 전해 들었다.

가끔 높이 뛸 때의 감각, 좋아하는 주희 선배에게 아주 가깝게 다가간 듯한 친밀감, 세상이 이해 가능한 반경 안에 들어온 것만 같은 충만감이 그리울 때가 있었지만 그뿐이었다. 열망은 사라졌다. 누군가에게 마음을 건넨다는 건 허공의 높은 곳에 위태로운 선을 긋고 그만큼 높이, 아주 높이 뛰고 싶다는 마음과 유사했다. 그것은 추락과 부상에 대한 불안감을 이겨 낼 때만 가능한 도약이기도 했다. 한번 거부된 마음을 돌려받은 후 알리스는 겁쟁이가 되었다. 그걸 부정하거나 뛰어넘고 싶은 마음은 다시 생기지 않았다. 그래서 차라리 좋았다. 그 후에는 누구도 그렇게 높이 뛰어야 할 만큼 좋아지지 않았다. 장대 없이도 넘을 수 있는 높이의 사랑만 했고 떨어져 다치더라도 치명적인 부상으로 남지 않는 연애만 했다. 어른이 되면서 중요한 건 누군가를 사랑하고 사랑을 받는 것보다 평정심을 유지하는 거였다. 평정심에서 나오는 상냥한 태도, 사려 깊은 경멸과 친절로 가장한 경계심. 그것이 알리스를 직업적으로, 그리고 사회적으로 사람들로 둘러싸인 세상에서 낙오되지 않도록 지켜 주었다.

　모멸감이나 실패를 견딜 때면 건널목 앞에 서 있던 주희 선배의 자세 — 둥글게 말린 길고 가느다란 몸 — 가 떠오를 때가 있었다. 그날 주희 선배는 울고 있지 않았다. 알리스가 목격한 건 슬픔은 아니었다. 아마도 상실이 아닐까? 그 모습에 상실이란 이름을 붙이게 된 건 최근이었다. 알리스가 생각하는 상실은 슬픔이나 쓸쓸함 같은 감정을 표현하는 단어가 아니었다. 그냥 소리였다. 희고 텅 빈 아주 커다란 방에서 혼자 천장과 벽, 바닥을 튕기며 텅. 텅. 텅. 소리를 내는 탱탱볼이 내는 소리. 의미도 규칙도 없으면서 낮은 파장으로 오래 진동하는, 결코 사라지지 않는 어떤 무의미한 소리를 닮은 이름.

　구해영과 주희 선배는 조금도 닮지 않았고 심지어 성별도 달랐다. 그럼에도 구해영을 보면 주희 선배가 생각났다. 넘을 수 있는 가장 높은 허공에 선을 긋고 뛰어넘고 싶어졌다. 높이 뛰어 허공의 선을 넘어서야만 마음에 아주 작은 글씨로, 알아보기 힘든 글씨로 써 놓은 것들이 무슨 이야기를 담고 있는지 확인 가능할 것 같았다. 그 사람에게 다가가기 위해서가 아니었다. 허공의 선 너머에 높이 걸어 둔 내 마음을 제대로 들여다보기 위해서였다. 그래야만 어디로든 이 고립된 마음이 연결될 수 있었다. 생각해 보면 그때 부러진 건 팔이나 발목이 아니라 허공이었다. 어떤 궤적을 그릴 수 있는 허공의 일부가 부러지고 깨진 거였다. 높이에 대한 열망은 어떻게 흐 릿해졌나. 아주 작은 수치심과 비겁함, 그리고 한없이 낮아진 마음 안으로.

첫눈이 내리던 날 구해영이 폐업한 성수동의 갤러리와 망 원동의 카페에서 의자 몇 개를 가져왔다. 그중에는 핀율의 빨 간색 리딩 체어와 빅토리아 시대에 제작된 느릅나무 소재의 옥스퍼드 체어도 있었다. 1890년대에 제작되었다는 영국 앤 티크 의자는 단골손님의 부탁으로 어렵게 구한 제품이었다. 구해영은 그 의자를 한참 살펴보며 수선할 부분을 확인하고 는 윤정과 함께 나갔다. 퇴근하기 전에 앨리스는 수선실에 넣 어 둔 다 벗겨진 앤티크 의자를 꺼내어 불 꺼진 매장 한가운 데에 놓았다. 그리고 그 위에 앉아 창밖을 내다보았다. 단지 소문에 불과했다는 듯 첫눈은 흔적도 없이 사라져 있었다. 매 장 앞을 지나는 사람도 없었다. 밖에서 누군가 들여다보더라 도 어둠 속의 앨리스는 그저 등받이가 높은 의자처럼 보일 거 였다. 앨리스는 잠시 머뭇거리다가 변기에 앉을 때처럼 스커 트를 걷어 올렸다. 속옷만 입은 맨살에 의자의 감촉이 그대로 닿았다. 더 가까워지고 싶었는데 더 멀어졌다. 차갑고 쓸쓸하 고 조금 우스웠다. 1890년대로부터 건너온 의자의 100년 넘 는 시간에 대해 상상해 보려 했지만 불가능했다. 울음을 토하 듯 웃음을 토해 내고 싶었다. 의자에 관한 농담을 떠올리려 했지만 아무것도 생각나지 않았다. 지금 모습을 그대로 굳히면 그럭저럭 농담이 될 것 같았다. 시간은 천천히 흘러갔다. 의자에 앉아 있는 동안 백 살이 넘은 노파가 된 것 같았다. 마찰의 온도에 대해 생각했다. 의자와 친밀해지는 동안 차가움은 뜨거움이 되었다. 오토바이 한 대가 가게 앞을 빠르게 지나갔다. 괜히 놀라 벌떡 일어나면서 의자가 넘어졌다. 넘어진 의자 바닥에 노란 포스트잇이 한 장 붙어 있었다. 떼어 보니 워터마크로 심야코인세탁소라고 적힌 포스트잇의 하단에 QR 코드 스티커가 붙어 있고 중앙에는 손글씨가 적혀 있었다.

> Q 다른 곳은 어떤지 잘 모르겠어,
> 하지만 여기 지구에서는 모든 것이 꽤나 풍요로워.
> 여기서 사람들은 의자와 슬픔을 제조하지.
> 가위, 바이올린, 자상함, 트랜지스터,
> 댐, 농담, 찻잔 들을.*

찾아보니 비스와바 쉼보르스카의 「여기」라는 시였다. 왜 이런 게 여기 붙어 있을까. 앨리스는 포스트잇에 적힌 글자를

---

* 비스와바 쉼보르스카, 최성은 옮김, 「여기」, 『충분하다』(문학과지성사, 2016), 11쪽.

하나하나 띄엄띄엄 읽었다. 심야코인세탁소란 또 뭘까. 이곳에 가면 의자와 슬픔을 제조하는 사람들을 만날 수 있을까? 알리스는 스티커를 떼어 의자 다리에 붙이고 포스트잇은 접어 주머니에 넣었다. 그리고 넘어진 의자를 바로 세우려다 말고 의자를 뛰어넘어 보았다. 이쪽에서 저쪽으로 저쪽에서 이쪽으로. 서너 번 반복했을 뿐인데 호흡이 가빠졌다. 의자 곁에 주저앉아 숨을 고르다가 알리스는 스티커를 한참 들여다보았다. 그리고 그것을 떼어 손등에 붙인 후 QR코드를 스캔했다. 팝업 창이 떴다.

☑ 첫 번째 고독사 워크숍 체험단에 초대합니다.

*

고독사 워크숍을 시작한 후 매장에서 마주친 구해영이 자신을 향해 친절한 미소를 지으면 그 일상적이고 예의 바른 미소 앞에 알리스는 불쑥 이런 말을 뱉고 싶어졌다. 의자가 되는 법을 연습하고 있다고. 워크숍이 끝날 때쯤엔 의자가 되는 법을 터득할 거라고. 그러고 나면 구해영에게 꼭 하고 싶은 말이 있었다. 그러나 그 전에 먼저 의자를 뛰어넘어야 했다. 의자가 되기 위해서는 먼저 의자를 뛰어넘는 법을 익혀야 했다.

알리스는 저녁마다 의자를 뛰어넘는 연습을 하기 시작했다. 라디오의 디제이는 유례없이 추운 겨울이 될 거라고 했다. 겨울이 더 추운 건 온난화 때문이라고도 했다. 그건 마치 지구가 정색하고 건네는 부장님식 농담처럼 들렸다. 매년 유례없거나 전례 없는 현상들, 20년 만이거나 30년 만에 처음 겪는 놀라운 일들이 끊임없이 일어났다. 이른 크리스마스캐럴이 흘러나왔다. 고요한 밤 거룩한 밤. 알리스는 캐럴을 따라 흥얼거리며 낮은 순서대로 세워 놓은 의자를 뛰어넘기 시작했다. 어제는 세 번째 의자까지 수월했고 네 번째는 버거웠다. 오늘은 세 번째 의자도 버거웠다. 반복되는 훈련이 매일 더 나은 결과를 가져오는 건 아니었다. 그렇다고 실망할 필요는 없었다. 시간은 많았다. 아주 많았다. 의자를 뛰어넘는 연습이 무엇을 위한 건지, 어디에 닿기 위한 건지, 자신을 어디로 데려갈지 알 수 없었지만 훈련을 거듭하는 동안 알리스는 하루하루 건강해지는 것을 느꼈다. 밤에 잠도 잘 왔고 변비도 사라졌다. 척추가 펴지면서 키도 1센티미터쯤 더 커지고 종아리의 부종도 가라앉는 것 같았다. 핸드폰으로 녹화한 영상을 채널 11에 올렸다.

고독사 워크숍에 참가하면 참가자들에겐 고유의 채널이 생겼다. 알리스는 채널 11이었다. 영상을 업로드하기 전에 다른 채널들을 둘러보았다. 자신을 아마추어 코미디언이라고 밝힌 채널 18의 남자는 매일 삼 분씩 같은 농담을 했다. 찰리와 채플린이라는 이름을 가진 두 마리의 버크셔 품종 돼지에 대한 농담이었다. 생각 없이 웃기엔 도축 과정의 묘사가 잔인했고 생각하며 웃기엔 저급한 이야기였는데 농담이라니까 농담이구나 할 뿐이었다. 노력한다고 나아질 가능성도 없는 실패한 농담에 불과했다. 그러나 채널 18은 같은 농담을 하고 또 했다. 달라지는 건 억양과 숨을 고르는 호흡, 추임새 정도가 전부였다. 하얀 장막 뒤에 감춘 듯 드러난 검은 실루엣조차 재미없고 지루했다. 그럼에도 불구하고 앨리스는 그 채널에 올라온 영상들을 모두 보았고 어떤 건 반복해서 보기도 했다. 왜인지는 몰랐다. 코미디는 반복과 중첩을 통해 웃음을 유발하기도 하니까 언젠가는 시시한 농담에 진심으로 웃게 되지 않을까 궁금해서인지도 몰랐다. 그러나 그런 생각을 하면 앨리스는 조금 한심하고 많이 무서워졌다. 얼마나 고독하면 저런 농담에 웃게 될까? 그러니까 얼마나 고독한 사람이 저런 농담을 하고 또 하는 걸까? 매일매일 아무도 눈치채지 못하는 작은 변화를 조금씩 주면서, 그 작은 변화가 웃음을 만드는 기적을 바라면서. 그러고 보면 기적이란 간단했다. 어디선가 누군가 그의 재미없는 농담에 웃어 주기만 하면 되는 거였다. 그 기적은 앨리스가 될 수도 있었다. 그러나 앨리스는 누군가의 기적이 되고 싶지 않았다. 자신을 위한 기적조차 되고 싶지 않았다. 누군가의 실패 때문에 웃는 사람은 더더욱 되고 싶지 않았다. 그 생각을 하자 갑자기 울음이 터질 것 같아서 알리스는 벌떡 일어나 앉아 있던 의자를 뛰어넘기 시작했다.

알리스가 올리는 영상에는 의자와 의자를 뛰어넘는 허공에 뜬 두 발만 보였다. 사실 지루하기로 치면 아마추어 코미디언보다 알리스의 영상이 더할 거였다. 그러나 다음 날 확인해 보면 조회수는 꾸준히 늘어나 있었다. 누가 이런 지루한 영상을 보는 걸까. 알고 있었다. 다 자신과 닮은 사람들이었다. 그러니까 고독사 워크숍 같은 데 참가하면서 다른 채널에 올라오는 고독사 영상들을 재미없어도, 새로운 게 없어도 보고 또 보며 자신의 고독과 견주어 보는 것이다.

영상을 올리기 시작하면서 영양제와 비타민을 챙겨 먹기 시작했다. 발뒤꿈치의 각질을 제거하고 자기 전에 풋크림도 듬뿍 발라 주었다. 맨발로 뛰는 것도 아닌데 어쩐지 그래야 할 것 같았다. 낡은 양말을 버리고 이틀에 한 번씩 예쁜 새 양말들을 사서 신기 시작했다. 새로 산 런닝화 끈을 단단하게 묶고 런닝화 역시 깨끗하게 유지했다. 새로 산 런닝화에 신은 흔적들이 늘어 가는 게 보기 좋았다.

페이스북을 통해 주희 선배의 소식도 듣게 되었다. 주희 선배는 얼마 전 기능사 자격증을 따고 타워크레인 기사가 되었다고 했다. 100여 미터 높이의 타워크레인을 조종하는 주희 선배를 생각하면 이상하게 가슴이 벅차올랐다. 주희 선배를 좋아했던 시간들, 허공에 그렸던 누군가를 좋아하는 마음이 순수한 몰입의 시간에 대한 기억만으로 충분히 보상받은 느낌이었다. 그 소식을 들은 후로는 거리의 삭막하고 높은 고층 건물들이 밤바다의 등대처럼 다정해 보였다. 타워크레인 기사가 되었다는 정보가 사실이면 좋았고 사실이 아니라도 좋았다.

영상을 보면 아주 조금씩이지만 허공에 머무는 시간이 길어지고 있었다. 워크숍을 시작하고 3주일이 지난 후에는 2인용 의자를 뛰어넘는 연습도 시작했다. 의자 뛰어넘기에서 고려해야 할 건 높이만이 아니었다. 같은 높이라도 면적이 넓은 2인용 의자를 뛰어넘으려면 두 배 높이의 의자를 뛰어넘는 것과 같은 체공 시간을 확보해야 했다. 처음으로 3인용 의자를 거뜬히 넘은 날 알리스는 윤정의 책상에 포스트잇을 한 장 붙여 놓았다.

—사과를 받고 싶어요.

다음 날 퇴근 시간까지 윤정은 아무 대답도 들려주지 않았다. 저녁 6시쯤 이른 퇴근을 하며 윤정이 알리스에게 말했다.

"잘 생각했다. 내일 그이가 정식으로 사과하러 올 거야."

그때야 알리스는 윤정이 정식으로 사과를 요구해 주기를

기다리고 있었다는 걸 알게 되었다.

사과해 주세요. 사과받고 싶어요.

사과해 주세요. 사과받고 싶어요.

사과해 주세요. 사과받고 싶어요.

매장을 닫고 집으로 향하며 알리스는 그 말을 여러 번 되뇌었다. 그 말을 쓸 일이 생기지 않는 게 가장 좋겠지만 살면서 이 말이 필요할 일은 또 있을 거였다. 그런 일이 생기면 언제든지 바로 말할 수 있도록 몸에 새겨 놓는 게 중요했다. 의자를 건너기 위해서는 체력을 단련하는 일뿐 아니라 몸을 허공으로 들어 올리는, 중력에서 잠시나마 벗어나게 해 주는 주문도 필요하다는 걸 알게 되었다. 내일은 어쩌면 4인용 소파를 넘을 수 있게 될지도 모르겠다고 보도블록의 노란 블록만 밟기 위해 경중경중 걸으며 알리스는 생각했다.

알리스가 퇴근 후 도착한 곳은 집이 아니라 금천동에 있는 구해영의 공방이었다. 늦은 시간이었고 공방의 불은 이미 꺼져 있었다. 알리스는 주머니에서 심야코인세탁소가 인쇄된 포스트잇을 꺼냈다. 하단에 QR코드가 인쇄된 포스트잇은 워크숍 참가자들에게 제공된 고독사 키트에 들어 있던 물품이었다. 알리스는 출입문에 노란 포스트잇을 붙인 후 연필을 꺼내어 간결한 선으로 의자 하나를 스케치했다. 그것은 의자 모양을 한 질문이기도 했다. 그 질문이 구해영에게 가서 어떤 답을 돌려줄지는 알 수 없었지만 이제 자신은 질문을 기다리는 사람이 아니라 던지는 사람이 되었다고 알리스는 생각했다. 그거면 된 걸까? 나쁘지 않았다. 어떤 나쁘지 않은 것은 좋다. 아주 좋다.

고독사의 거장들

채널 11의 알리스는 워크숍 기간에 의자를 뛰어넘으며 의자가 되는 법에 관한 51가지 사례를 연구하기 시작했다. 알리스가 꿈꾸는 이상적인 고독사는 2인용 그네가 되는 것이었다. 새롭지는 않지만 납득할 만한 고독사의 형태라고 오 대리는 생각했다.

애초에 고독사 워크숍이란 채우는 것이 아니라 비우는 것, 하는 것이 아니라 하지 않기를 선택하는 것, 쌓는 것이 아니라 무너뜨리는 것, 달성하는 것이 아니라 그만두는 것과 관계

있었다. 그럼에도 불구하고.

왜인지 모르지만, 아니 왜인지 너무도 당연하게 고독사 참가자들은 워크숍 동안 자신이 무언가가 되어야 한다고, 이루어야 한다고 생각했다. 하긴 고독사 서바이벌이라는 소문에 몰려든 참가자들이니 당연한 태도인지도 몰랐다. 추구하는 고독사의 형태로 싱크홀이나 공갈빵, 바람 빠진 자전거 바퀴나 지우개 똥처럼 지워지고 비워지는 사물을 언급한 경우에도 마찬가지였다. 일단 시작하면 노오오오오력이라는 걸 하는 사람들, 게으르거나 불성실하더라도 그대로 머무는 게 아니라 지금의 존재가 아닌 다른 존재가 되기 위해 그것이 무어건 애쓰게 되는 사람의 변태(變態) 본능이란 고독사 앞에서도 마찬가지인 것 같았다. 그 모든 무용에 이르는 실수를 죄책감 없이 하루하루 해내도 된다는 안도감을 배우기 위해 그들은 또다시 어쩔 수 없이 노오오오오력이라는 걸 하는 거였다. 오대리가 볼 때 그들은 이미 저마다 고독사의 거장들이었으나 타인의 고독사를 학습하고 모방하며 자신의 고독사를 좀 더 높은 수준에서 완성하고자 했다.

"알다시피 고독사에는 이미 많은 거장이 있습니다. 그들은 사물이나 벌레가 되거나 종교나 미신 혹은 하나의 관념이나 아이콘이 되는 방식으로, 때로는 죽고 때로는 산 채로 고독사의 신화를 완성하기도 합니다. 이 거장들에 대한 자료들, 이 죽음의 기록이 우리 참가자들이 고독사를 완결하는 데 말하자면 섬유 유연제 같은 역할을 해 주는 거 아니겠습니까."

그렇게 말하며 조 부장은 무인 세탁함에 #고독사의_거장들이라는 해시태그로 아웃사이더 아티스트로 유명한 헨리 다거의 생애와 작품에 대해 올렸다. 기다렸다는 듯 회원들 역시 고독하게 죽은 인물들과 사례들을 올리기 시작했다.

그중에는 당연하게도 어느 날 갑자기 벌레가 된 카프카의 『변신』의 주인공 그레고리 잠자가 있다. 고독사와 관련해 명예의 전당이 있다면 그는 매우 높은 의자에 앉으리라고 대부분의 참가자들이 공감했다.

카프카와 관련된 인물로는 카프카가 남긴 최후의 원고들을 소장했던 에바 호프도 있다. 에바는 카프카의 친구이자 그의 유작 처분을 맡은 막스 브로트의 비서 겸 연인 에스더 호프의 딸로, 막스가 죽자 카프카의 원고들은 에스더를 거쳐 두 딸 에바와 루스의 소유가 되었다. 이후 카프카의 원고 소유권에 대한 소송이 진행되었는데, 이 지난한 과정에서 루스는 죽었고 35년간의 소송 끝에 에바 호프는 패소했다. 카프카가 쓴 유작 원고들은 2019년 8월 이스라엘 국립 도서관에 영구적으로 전시되었다. 에바는 왜 결국 패소할 긴 소송을 불사하며 카프카의 원고들을 간직하고 있었을까.

에바 호프에 대해 알려진 바는 이렇다.

2012년 당시 78세의 에바 호프가 사는 텔아비브 시내 스피노자로 23번지에 가면 고양이 냄새가 진동했다. 주민들의 말에 따르면 에바는 100마리도 넘는 고양이와 함께 살았다. 에바를 표현하는 수식어는 단순하고 명확했다. 미친 노인. 카프카의 원고에 대한 소유권 분쟁으로 사생활과 전 재산을 잃은 후에도 에바는 포기하지 않았다. 항소하고 항소하고 소송을 거듭했다. 누군가 에바에게 물었다. 그 문서들은 당신에게 무엇입니까. 에바는 그 문서들이 "내게 남은 모든 것"이라고 답했다.*

에바 호프는 카프카적 인물의 현신이네라는 댓글이 달렸다. 고독사의 거장들 리스트에서는 프란츠 카프카보다 에바 호프가 더 높은 자리에 있을지 모른다고도 했다. 고독사 앞에서조차 의자들을 평등하게가 아니라 높고 낮게 쌓아 올리는 마음들은 스스로를 고립시키는 상태의 은유처럼 보였다.

에바 호프를 알게 된 후 오 대리는 100마리의 고양이와 사는 노인에 대해 자주 생각했다. 방에 혼자 있을 때면 기르지도 않는 고양이가 가라앉은 고요와 묵은 공기들을 숙주로 몽글몽글 생겨나 점점 자라나는 망상을 하기도 했는데 그러고

---

* https://blog.naver.com/indizio/30153607306의 기사 번역 차용.

나면 손에서 늙은 고양이 냄새가 났다. 고양이 냄새를 지우기 위해 손을 오래 씻은 후 바닐라 향이 나는 핸드크림을 발랐다. 그러자 바닐라 핸드크림을 바른 늙은 고양이 냄새가 났다.

고양이와 관련된 고독사의 거장이라면 너무나 많지만 오 대리는 애그니스 이모를 특히 좋아했다. 애그니스 이모는 시인 메리 올리버가 산문집 『완벽한 날들』에서 언급한 인물로 오 대리가 #고독사의_거장들 해시태그와 함께 올린 애그니스 이모의 이야기는 다음과 같다.

나에겐 애그니스라는 이모가 있는데 내가 이모에 대해 아는 이야기는 이렇다. 애그니스는 순한 동물 양을 뜻하므로 이모에겐 맞지 않는 이름이다. 이모는 세 자매 중 막내였으니 어쩌면 응석받이로 자랐을지도 모른다. 이모는 자신이 태어난 도시에서, 버펄로 빌과 손잡고, 퍼레이드 맨 앞에서 거리를 누볐던 적도 있다.

결국 그 모든 갈채는 아무 의미도 없었다. 이모는 손이 잠시도 고통의 표현을 멈추지 못하고 늘 떨리는 그런 남자와 결혼했다. 그는 자동차 배기가스를 마시는 진부한 방식으로 자살했다. 이모는 몇 년 동안 방에만 틀어박혀 지냈다. 그러다 남자들과 밤 외출을 시작했다. 그것도 아무 성과가 없었다.

마침내 이모는 모든 걸 증오하게 되었고 새들밖에 남지 않왔다. 이모는 새들을 엄청나게 먹였다. 비둘기들 때문에 지붕이 약해진다는 이웃들의 항의를 받을 때까지. 이모는 떠돌이 고양이들도 먹였는데 고양이들이 새끼를 너무 많이 치자 총으로 쏴 죽여야 한다고 주장했다.

이모는 그런 식으로 살았다, 거룩, 거룩, 거룩, 새들을 키우면서 야비해지면서, 인생을 보냈다, 그리고 그 두 가지가 습관이 되어 거기서 헤어날 수 없게 된 듯하다. 이모의 고통은 우리 모두의 가슴에 가시처럼 박혔다.

집이 천천히 비어 갔다. 할아버지가 돌아가시고, 아버지, 할머니, 그다음엔 어머니가 세상을 떠나서 이모 홀로 남았다. 이모는 멀지 않은 아파트로 이사했다. 이모가 새 모이 자루를 잔뜩 들고나와 길에서 뿌리는 모습이 자주 목격된다고 누군가 나에게 전했다. 나는 아무것도 하지 않았다. 하느님, 저를 용서하소서. 몇 년 후 사촌이 엽서를 보내왔다. 거기엔 "이모가 돌아가셨어. 네가 알고 싶어 할 것 같아서."라고 씌어 있었다. 사촌은 어떤 이모라고는 밝히지 않았지만 어쨌거나 이젠 다 끝난 일이다.

내가 어렸을 때 할머니는 일요일마다 정원의 꽃을 꺾어 꽃다발을 만들어서 무덤에 가지고 갔다. 한 주도 거르지 않고. 그건 옛날 방식이다. 이제는 사라진. 이젠 아무도 무덤에 가지 않는다. 그건 일요일의 꿈이었다. 꿈이었다.*

누구나 애그니스 이모가 있다. 애그니스 이모는 고모나 삼촌이라는 호칭일 수도 있고 층간 소음을 유발하는 윗집 아주머니일 수도 있고 한때의 친구나 동료, 자주 가는 식당의 직원이나 고등학생 때 담임 선생님일 수도 있다. 우리의 애그니스 이모는 비둘기와 고양이를 먹이고, 쫓고, 휘파람을 불어 자신이 쫓은 비둘기와 고양이를 다시 부르고, 그리고 다시 쫓고, 야비해지고, 원망한다. 오 대리는 거울 속에서 가끔 애그니스 이모를 본다. 그리고 알리스와 김자옥, 송영달과 도영우에게서도 애그니스 이모의 그림자를 본다.

* 메리 올리버, 민승남 옮김, 『완벽한 날들』(마음산책, 2013), 38~39쪽.

도영우,

가까이에서 본

어떤 비극처럼

☑ 심야코인세탁소: 고독사를 꿈꾸는 당신을 위한 DIY 워크숍.

2년 넘게 세워 둔 먼지 자욱한 형의 자전거 바퀴에서 심야 코인세탁소에서 온 엽서를 발견한 건 한 달 전이었다. 영우는 언젠가 형이 해 준 이야기를 떠올렸다. 아무도 날 모르는 클린한 곳이 있어. 그곳에서 나는 과거도 없고 미래도 없고 현재로만 존재하는 거지. 나는 나지만 그곳에 나는 없어. 그러면 뭘 하고 싶냐고? 그냥 매일 시시하고 선량한 일들을 하나씩 하는 거야. 고독하지 않겠냐고? 그래서 좋은 거야. 누구에게도 죄짓지 않고 얼룩 한 점 남기지 않고 매일 희미하게 증발하는 삶. 말하자면 진짜 고독사인 거지. 생각해 봐. 근사하지 않니?

도대체 누가 이런 끔찍한 장난을 하는 걸까 생각하며 영우는 링크를 따라 심야코인세탁소에 들어가 보았다. 그곳에 조부장이 있었다. 조 부장. 형에게 그런 생각을 심어 준 사람도성이 조였다. 사라지고 싶은 사람들을 위한 조력자라고 했다. 같은 사람일 거라는 확신이 들었다. 조 부장의 북유럽식 고독사 워크숍이라니. 고결한 돼지처럼 죽고 싶은 사람들을 위한 워크숍이라니. 웃기지도 않은 인간들이 웃기지도 않은 짓을 벌이는구나 싶었다. 그래서 신청했다. 이런 식으로 누군가의 죽음을 계기로 회복되는 삶 같은 건 없어야 한다고 생각했다. 고결한 죽음 따위는 없었다. 남은 이들에게 가능한 건 개죽음뿐이었다. 방화. 원인을 알 수 없는 화재. 못된 장난이 장난으로 끝나지 않도록 하는 건 이 고독사 워크숍에 진짜 고독사를 선물하는 거였다.

고독사 워크숍에 가입한 후 영우가 사흘 동안 검색해 본결과 최근 6개월간 전국의 양돈 농가에서 일어난 화재는 모두 54건이었다. 기사화되지 않은 작은 화재까지 포함한다면훨씬 더 많을 터였다. 최근 부쩍 화재 사고가 늘어난 것에 대해 일각에서는 아프리카 돼지 열병으로 인한 의도적인 방화가능성을 제기했다. 정확한 화재 원인을 조사 중입니다. 대부분의 기사가 그렇게 마무리되었다. 영우는 기다렸다. 그러나 정확한 화재 원인이 밝혀진 후속 기사는 찾을 수 없었다. 돼지들이 죽었다. 경북 포항에서 136마리가, 논산시 연무읍에서 80여 마리가, 경기 안성에서는 3000여 마리가 불에 타 죽었다. 그걸로 끝이었다.

드물게 분명한 화재 원인이 밝혀진 기사도 있었다.

뉴스 1에 따르면 2020년 2월 6일 오전 제주시 애월읍의 한 양돈 농가에서는 누전에 의한 정전 사고로 돼지 530여 마리가 폐사했다. 관계자는 "정전 사고로 양돈장 내 환풍기가 멈춰 돼지들이 질식사한 것으로 파악됐다."라고 밝혔다. 폐사한 돼지는 전문 업체를 통해 렌더링 — 사체를 고온 고압에서 태워 유골분으로 만드는 작업 — 방식으로 처리할 예정이며 현재 농장에 대한 방역 및 소독 작업이 진행되고 있다고 했다.

영우는 메모장을 열고 #누전 #질식사 #렌더링이라고 적었다. 메모장에는 이미 많은 해시태그가 있었다. #도축 #방혈 #샷건 #기절 #전살 #감전사 #CO_2 #아프리카돼지열병 같은 단어들이었다. 그 마지막에 #자연발화가 있었다.

화재나 방화를 소재로 한 영화들을 보고 스스로 발화한 사람들에 관한 기괴한 이야기들을 찾아 읽었다. 출발하기 전날에는 화재가 난 돈사에 관한 영상 뉴스만 보고 또 보았다.

그러나 뉴스에 나오는 영상은 모두 불에 탄 후, 모든 것이 끝난 후의 영상들이었다.

*

고결한 돼지처럼 죽고 싶다고 했다. 분명 워크숍 신청서에 그렇게 적기는 했다. 희망하는 고독사 장소로는 영국의 노퍽을 적었다. 형이 좋아하던 동화책 『은빛 황새』에 나오는 곳, 형이 항상 가고 싶어 하던 곳이었다.

그러나 조 부장이 내려 준 곳은 부산의 노포동에 있는 한 돼지 농장이었다. 설마 영국까지 보내 줄까 의심하긴 했으나 그저 발음만 비슷한 노포동이라니. 웃기는 인간들이 웃기지도 않는 말장난을 하는구나 싶었다. 웃기는 건 그뿐이 아니었다. 3개월간 축사에서 묵게 해 달라는 부탁을 이상하게 생각하지 않을까 했는데 '웃는 돼지'의 주인 부부인 김숙희와 박명호의 반응은 뜻밖에도 매우 호의적이었다.

"당신이 돼지 생태 복지를 연구하는 연구원이라고 들었어요. 돼지와 함께 생활하며 행복하게 자랄 수 있는 환경이 돼지의 육질을 얼마나 좋게 만드는지 연구한다고요. 그걸 위해 돼지를 위한 농담을 만든다니 정말 근사하지 뭐예요. 저는 예전부터 세상에서 제일 위대하고 우아한 직업은 코미디언이라고 생각했거든요. 돼지를 웃기는 코미디언이라니 어떻게 이런 멋진 일을 하게 된 거예요?"

아무래도 조 부장이 돼지 생태 복지 연구가이자 돼지를 웃기는 코미디언이라고 도영우를 소개한 모양이었다. 살면서 영우는 한 번도 웃긴 사람이었던 적 없었다. 자신으로 인해 누군가 웃었던 기억, 누군가를 웃겼던 경험이 있기는 했을 텐데 아무리 더듬어도 생각나지 않았다. 그런데 코미디언이라니. 그것도 사람이 아닌 말도 안 통하는 돼지를 웃기는 코미디언이라니.

이상한 코미디 속에 잘못 끼어든 불청객이 된 것 같았다. 그러나 부조리한 코믹극이라 해도 일단 코미디였다. 그렇다면 웃기지 못하더라도 나는 이미 코미디언인 거 아닐까. 그런 생각이 들자 조금은 마음이 편안해졌다. 어쨌든 이런 오해 덕분에 의심받지 않고 축사에 기거하게 되었으니 고결하지 않은 돼지로 죽는 일도 성공적으로 끝낼 수 있을 것 같았다. 기꺼이 이 코미디에 동참하기로 했다.

두 사람은 영우가 기거할 숙소를 안내해 주면서도 자주 웃었다. 돼지우리에서 함께 지내겠다고 온 영우가 막상 호기와 마기라는 두 마리 돼지들의 친밀한 접근에 주춤거리며 뒷걸음질을 치다 엉덩방아를 찧었을 때는 세상에서 가장 재미있는 코미디를 본 것처럼 폭소하기도 했다. 그러자 영우는 자신이 진짜 코미디언이 된 기분이 들었고, 그것이 나쁘지 않았다.

영우가 고독사 워크숍을 진행하게 될 '웃는 돼지'의 돼지 우리는 동물 복지 인증을 받은 농장답게 두 마리의 돼지를 위한 공간으로는 지나칠 정도로 넓고 쾌적했다. 자신과 이웃들이 먹을 것을 직접 기르고 상호 교환하는 자급자족 형태의 개인 농장이기에 가능한 것 같았다. 박명호는 DIY 도축과 관련한 강습도 한다고 했다. 육식을 완전히 거부할 수 없다면 자신이 키운 짐승을 직접 인도주의적 방식으로 잡아먹는 것이 최선이라는 박명호의 자비로운 도축에 관한 신념을 확인할 수 있었다. 호기와 마기가 도영우를 침입자가 아니라 친구로 받아들이게 된 것도 이런 환경의 영향일 터였다.

도영우가 3개월 동안 머물게 될 숙소는 김숙희와 박명호의 아들인 유진이 머물던 축사 안의 작은 창고였다. 멀쩡한 제 방을 놔두고 자꾸 돼지우리에 들어가 돼지들과 함께 잠을 자는 아들을 위해 김숙희와 박명호가 직접 돼지우리를 넓히고 그 안에 작은 창고를 들였다고 했다. 그곳에는 유진이 직접 제작했다는 이상하게 생긴 나무 구조물도 하나 있었다. 성인 한 명이 겨우 들어가서 앉을 수 있는 크기로 체벌을 위한 1인용 감옥이나 좌식용 단두대 같기도 하고 사우나 기능 없는 1인용 핀란드식 건식 사우나 같기도 했다. 자폐증을 가진 동물학자인 템플 그랜딘의 포옹 기계 ─ 위로와 안정을 얻기 위해 소의 불안을 잠재우는 압박기를 모방해 만들었다는 기계 ─ 를 보고 유진이 직접 만든 화분이라고 했다.

"화분이요?"

"네. 유진은 이걸 화분이라고 불렀어요."

김숙희가 말했다.

"이곳에 앉아 있으면 얼마나 아늑한지 몰라요. 하지만 조심해야 돼요. 너무 아늑해서 다시 밖으로 나오기 싫어질 수도 있으니까요."

웃으며 말했지만 어쩐지 울먹이는 것 같아서 영우는 김숙희의 얼굴을 살폈다. 다행히 웃고 있었다. 아주 오래 연습해서 웃는 표정 외에는 다른 표정을 짓지 못하는 사람처럼. 다행이라니. 아니었다. 그것은 다행과는 아주 거리가 먼 웃음이었다. 저런 얼굴을 한 사람을 영우는 알고 있었다. 그래서 그는 어떻게 되었나. 그는 우는 판다가 되었고 돌아오지 않았다.

*

아침마다 코미디언으로 눈뜨고 코미디언으로 잠들기 시

작했다. 매일 하나의 농담을 만들기 위해 노력했다. 성공할 때도 있고 실패할 때도 있었는데 실패한 농담에 대해 비웃는 사람은 다행히 없었다. 호기와 마기는 언제나 같은 반응이었다. 꿀꿀. 혹은 오잉크오잉크. 그래도 영우는 매일 그들에게 재미있는 이야기를 들려주고 새로운 영상을 찾아 보여 주었다.

한번은 영국 출신 스탠드 업 코미디언의 쇼를 틀어 주었는데 버크셔-K종이라서인지 영국식 유머에 좀 더 반응하는 것 같았다. 그 이야기를 들려주자 영국식 유머에 반응한다고요? 하면서 김숙희가 크게 웃음을 터트렸다. 진짜 코미디언이 된 것처럼 자긍심을 느꼈다. 영우는 더 열심히 재미있는 영상을 찾기 시작했다. 펭귄이 하늘을 나는 만우절 가짜 뉴스나 오리들이 얼음 위에서 미끄러지는 귀여운 영상을 보여 줬을 때는 분명히 호기와 마기도 즐거워하며 꼬리를 흔들었다. 저녁마다 오늘은 이런 걸 보여 줬어요 하면서 김숙희에게 재미있는 클립 영상들을 보내 주었다. 시간이 갈수록 자신이 호기와 마기를 웃기려는 건지 김숙희를 웃기려고 노력하는 건지 알 수 없었다. 그러나 김숙희를 즐겁게 하는 것이 그들이 키우는 호기와 마기를 행복한 돼지로 성장케 하는 데 필수적인 일이라는 걸 곧 이해하게 되었다.

오늘은 어떤 농담으로 호기와 마기를 웃길까 생각하는

동안 많은 즐거운 것에 대해 생각하게 되었다. 영우는 잊고 있던 어린 시절의 행복한 기억을 떠올리기도 했다. 그래, 즐거운 일도 많았다. 그걸 너무 오래 잊고 있었다.

함께 저녁 식사를 할 때면 김숙희가 먼저 오늘은 어떤 코미디로 우리 호기와 마기를 웃겨 줬나요? 묻기도 했는데 그 말이 부담되지는 않았다. 영우가 어떤 것을 보거나 들려주어도 김숙희가 웃으며 들어 준다는 것을 아는 까닭이었다. 그럴수록 더 많은 우스운 이야기를 들려주고 싶어졌다.

영우는 오전에 호기와 마기에게 사과와 도토리, 분유를 섞은 이른 점심을 주고 나서 자전거를 타고 가까운 도서관으로 갔다. 그곳에서 호기와 마기를 웃길 수 있는 책을 찾아 읽었다. 처음에는 돼지, 행복, 유머, 농담, 코미디, 희극이라는 키워드가 들어간 책을 검색해서 읽었지만 행복과 웃음과 농담은 어디에나 있었다. 고양이를 키우는 집사를 위한 101가지 주의사항을 다룬 실용서나 막힌 변기 뚫는 법과 같은 짧은 생활의 지혜를 다룬 책, 셰익스피어의 비극이나 365일 요리 백과 사전과 절반도 이해할 수 없는 천체 물리학에 관한 책, 지옥 같은 한철을 보낸 시인의 시집에서도 농담을 찾아낼 수 있었다.

하루는 『리어왕』을 읽다가 5막 3장에 나오는 대사를 포스트잇에 옮겨 적었다.

"거울을 빌려 다오. 이 애의 숨결이 거울에 김을 서리게 하거나 더럽힌다면 아직 살아 있는 거야."*

호기와 마기는 몰라도 김숙희라면 좋은 농담이라는 걸 알아줄 듯싶었다. 과연 그랬다. 김숙희는 영우가 보여 준 포스트잇을 한참 보더니 참 좋은 농담이에요 하면서 미소 지었다. 영우는 다음 날 도서관에 가서 그 문장이 적힌 포스트잇은 다른 책에 붙여 두고 이번에는 또 다른 책을 펼쳐 새로운 문장을 옮겨 적었다.

한번은 닉 혼비의 『런던스타일 책읽기』라는 책을 읽다가 토니 호글랜드의 「이루어질 수 없는 꿈」이란 시를 발견하고 김숙희에게 보여 주었다.

성범죄로 기소된

델라웨어의 국회의원은

기자회견에서 분명하게 말한다

마이크를 향해

똑바로

그 일을 또다시

하고 싶은 마음이 아주 크다고.

---

* 윌리엄 셰익스피어, 이미영 옮김, 『리어왕·맥베스』(을유문화사, 2008, 183쪽.

라디오에서 그 방송이 나왔고
칼라는 웃었다
그녀는 '죽어라, 이 돼지야'라고
거북이 등에다
붉은 매니큐어로 칠하고 있었다
내일 제리네 뒷마당에
그 거북을 놓아줄 것이다.*

이렇게 시작되는 시였다. 이 시는 여름 내내 도영우와 김숙
희가 가장 좋아하는 농담이 되었다.

꼭 우스운 이야기, 행복해지는 훈훈한 이야기일 필요도
없었다. 때로는 슬픔에 대한 이야기, 상처에 대한 이야기,
좌절과 절망에 대한 이야기가 어떤 농담으로 전환되기도
했다. 아름다움에 대한 것들, 대부분 아름다움에 대한 것들
은 모두 유쾌한 농담이었다. 그리고 함께 나누고자 노력하
는 것들, 살아 내고자 하는 것들, 의지들, 분투들, 살아 있
어 실패하고 넘어지고 더럽히고 덜그럭거리며 소리를 내는

토니 호글랜디, 「이루어질 수 없는 꿈」, 닉 혼비, 이나경 옮김, 『런던스타
일 책읽기』(청어람미디어, 2009), 17쪽(재인용).

모든 것들이 좋은 농담의 소재가 되었다. 농담이 된 것들은 도서관의 책들에 붙여 두고 미처 농담이 되지 못한 이야기들은 숙소의 벽에 붙여 놓았다. 포스트잇은 계속 늘어 갔다. 어느 날은 도서관에서 빌려 온 책에서 심야코인세탁소의 워터마크가 찍혀 있는 포스트잇을 발견했다. 다른 누군가도 이곳에서 고독사 워크숍을 진행 중이라는 이야기였다. 그 포스트잇을 노트에 옮기고 자신이 쓴 포스트잇을 붙여 놓았다.

> Q 하지만 칼라의 손에 잡힌 거북이는
> 괴상하게 생긴 뻣뻣한 다리를 노처럼 저었다
> 다리는 가만히 서 있으려고 있는 것이 아니라는 듯이,
> 그리고 고등학교 밴드는 한순간
> 그 어느 때보다도 못한 연주를 했다
> 그 노래를 제대로 연주하는 것이
> 이룰 수 없는 꿈이라는 듯이.*

---

* 토니 호글랜디, 「이루어질 수 없는 꿈」, 닉 혼비, 앞의 책, 118~119쪽에서 인용).

*

영우가 김숙희에게 들려주는 농담이 어떤 식으로 사용되는지 알게 된 건 그로부터 일주일쯤 지난 화요일이었다. 오랜만에 번화가로 나가 사람들이 많이 모인 길을 따라 천천히 산책했다. 복권을 사려고 줄 서 있는 사람들 뒤에서 대화를 엿듣기도 하고 새 신발을 사는 사람들, 갓 구운 빵을 사는 사람들, 나물을 파는 할머니와 심심한 동네 아이의 대화, 공원 벤치에서 바둑을 두는 노인들이 믹스커피를 마시며 다투는 이야기들에도 귀를 기울였다. 모두 호기와 마기에게 들려줄 재미있는 이야기를 채집하기 위한 거였다. 사람들이 행복해지기 위해 가는 곳에서는 특히 더 오래 머물며 관찰했다. 예쁜 그릇을 파는 곳이나 서점, 빵집과 과일 가게, 놀이터와 꽃집과 정육점과 병원과 교회, 어디든 좋았다. 생각해 보면 우리 주변의 장소들은 모두 살아 있는 동안 조금이라도 행복해지려고 가는 곳이었다. 헌책방에도 갔다. 재미있는 책을 사려고 했는데 책을 뒤적이다 보니 내용보다 여백에 적힌 글들, 중호가 은주에게 영원을 기약하며 첫 장에 쓴 짧은 편지나 낙서 같은 것들이 더 흥미를 끌었다. 그중 낙서가 가장 많은 책을 한 권 샀다. 책 사이에는 네잎클로버를 코팅해 만든 책갈피도 끼워져 있었다. 소중한 언니에게라고 적힌 책갈피였다. 책은 저자의 첫 책이었고 초판본이었는데 작가의 서명과 함께 다정하게 안부를 묻는 글까지 적혀 있었다. 뒤에 적힌 정가는 1만 2000원. 영우는 그 책을 3600원에 구입했다.

책을 들고 평온의 숲으로 갔다. 평온의 숲은 열일곱 명의 묘가 자리한 성당 옆의 작은 묘역이었고 유진의 비석도 그곳에 있었다. 묘비에 의하면 유진은 7년 전, 지금의 영우와 같은 나이인 스물두 살에 죽었는데 그의 비석은 바로 어제 묻힌 사람의 비석처럼 반질반질하고 깨끗했다. 김숙희가 매일 아침 찾아와 기도를 하는 건지 노래를 하는 건지 몰라도 무언가를 중얼거리며 한참을 앉아 있다 간다고 묘지기 노인이 알려 주었다. 영우는 김숙희가 매일 엉덩이로 매끈하게 문질러 놓은 묘비에 앉아 책에 밑줄을 그으며 저녁에 들려줄 농담을 찾기 시작했다. 겨울 햇볕이 죽은 유진과 살아 있는 영우에게 공평하고 따뜻하게 내려앉았다. 졸음이 쏟아지기 시작했다. 언젠가부터 유진이 살아 있는 그 누구보다 친한 친구처럼 느껴졌다. 유진이 만들어 놓은 화분에 앉아 있으면 유진이 키우는 작고 예쁜 식물이 된 기분이 들기도 했다. 식물이 된다면 무엇이 좋을까. 영우는 돼지감자를 떠올렸다. 돼지감자가 되는 거야. 맛있고 못생긴 감자가 주렁주렁.

깜박 잠이 든 모양이었다. 깨어 보니 어느새 어둠이 내리기 시작했다. 평온의 숲 옆 성당에서 오후 5시를 알리는 종소리가 들렸다. 익숙한 실루엣이 유진의 비석 쪽으로 걸어왔다. 김숙희였다. 오전에만 온다더니 어쩐 일이지. 들키면 안 될 것 같아 다른 커다란 비석 뒤에 몸을 숨겼다. 김숙희는 영우의 존재를 눈치채지 못한 듯했다. 유진의 비석 앞에 털썩 주저앉더니 피크닉이라도 온 것처럼 가방에서 사과를 꺼내 먹으며 즐거운 표정으로 혼잣말을 하기 시작했다. 살아 있는 사람에게 말을 걸듯 무람없는 말투였고 소리 내어 웃기까지 했다. 보지 말아야 할 것을 목격한 것 같아 슬금슬금 자리를 피하려다가 영우는 듣게 되었다. 김숙희가 유진에게 건네는 말, 그 것은 영우가 들려준 농담이었다.

"죽을 생각이었다. 올해 설날 옷감을 한 필 받았다. 새해 선물이다. 천은 삼베였다. 회색 줄무늬가 촘촘히 박혀 있었다. 여름에 입는 옷이리라. 여름까지 살아 있자고 생각했다.'* 정말 재미있지 않니? 이 글을 쓴 다자이 오사무란 사람은 대단한 코미디언인 모양이야. 이 농담을 조금만 일찍 알았다면 좋았을 텐데."

박명호에 의하면 김숙희는 영우의 농담을 꼼꼼히 기록해 두었다가 다음 날 유진에게 들려준다고 했다. 죽기 전 한 번도 웃음을 보인 적 없는 아들, 군에서 제대한 후 스스로 자신

---

* 다자이 오사무, 유숙자 옮김, 「잎」, 『만년』(민음사, 2021), 7쪽.

을 돼지라고, 비하의 의미로 돼지 새끼라고 칭하며 분노해 자해까지 하던, 그래서 직접 나무로 만든 화분에 들어가서야 안정을 되찾곤 하던 유진이 돼지들을 웃기는 코미디언의 농담에는 웃을 수 있을 거라고 믿으면서. 박명호는 이런 말도 덧붙였다.

"유진이 죽은 후 아내는 더 이상 기도하지 않습니다. 그 대신 농담을 하죠."

"농담이요?"

"네. 기도 대신 농담을."

맙소사.

그 말을 듣자 영우는 그렇게 중얼거릴 수밖에 없었다. 시시한 농담이 짊어지기엔 너무 무거운 이야기였다.

그날 밤 영우는 김숙희의 저녁 초대에 응하지 않았다. 그리고 늦도록 거리를 헤매기 시작했다. 도축장에 끌려가는 돼지가 된 기분이었다. 그러다가 문득 호기와 마기를 위한 농담을 만드는 동안 자신이 애초에 왜 돼지우리에서 고독사 워크숍을 진행하기로 결심했는지, 왜 원인 모를 화재가 일어난 축사에 관련된 기사를 찾아보고 자연발화에 대한 믿을 수 없는 이야기들에 집착했는지, 왜 DIY 도축법에 대해 공부했는지 잊고 있었다는 걸 깨달았다. 죽음은 죽음으로만 갚을 수 있으며 죽음을 통한 회복 같은 건 있을 수 없다는 불온한 신념 역시.

영우는 숙소로 돌아와 자신이 적어 벽에 붙여 놓은 포스트잇을 하나씩 다시 읽기 시작했다. 그리고 화분에 앉아 그날 구입한 시집을 처음부터 끝까지 꼼꼼히 읽었다. 그중 가장 인상적인 건 표제작인 시나 저자의 말이 아니라 저자의 말 아래 누군가 연필로 적어 놓은 낙서였다. *용쓰고 있네*

그 말의 비정함에도 불구하고, 아마도 그래서 영우는 크게 웃음을 터뜨렸다. 사실 영우는 그런 코미디언 ─ 용쓰고 있는 코미디언 ─ 이 되고 싶었다. 누군가 자신을 향해 용쓰고 있네라고 비웃을 때까지 제대로 누군가를 웃기기 위해 용을 쓰고 싶어졌다. 그러고 나면 아주 오랜 후에 웃는 돼지처럼 죽을 수 있을 것 같았다. 고사상에 올라오는 웃는 돼지 말이다. 그보다 더 고결한 죽음을 영우는 상상할 수 없었다.

한 사람을 위한 농담이 기도가 되려면 몇 번의 웃음이 필요할까. 840번에 840번을 곱한 정도면 어떨까. 영우는 김수희를 위한 농담을 만들기 시작했다. 그러나 혼자 힘만으로는 역부족이었다. 한 아이를 키우기 위해서는 온 마을이 필요하다고 했다. 한 사람을 웃기기 위해서도 마찬가지인지 몰랐다. 영우는 밤이 늦도록 오래오래 용쓰는 마음에 대해 생각했다. 그리고 이른 새벽 무인 세탁함에 이런 글을 올렸다.

— 단 한 사람을 위한 농담을 찾습니다.

함께해요, 코미디 클럽 '멀리서 본 어떤 희극처럼'.

멀리서 본 어떤 희극처럼

언젠가 조 부장은 오 대리에게 이런 이야기를 했다.

"제게 코미디는 용서하는 장르입니다. 모자라고 부족한 자신을 용서하고, 누군가 엉뚱한 실수를 저지르며 바보같이 굴어도 관대하게 대하며 비난 대신 웃음을 보여 주는 유연하고 배부른 장르 말입니다. 자신의 불행한 과거에 손 내밀어 화해를 청하고 과거의 불행을 용서하는 일, 자신의 비극을 포용하는 일에 능한 사람들이 코미디언이 되는 거라고 저는 생각합니다. 네, 저는 코미디언이란 용서하는 사람, 바보 같은 자신을 용서하고 잘못을 저지른 타인을 용서하는 사람이라고 믿습니다. 또한 코미디는 반복의 장르입니다. 반복이 만들어 내는 웃음 때문에 저는 코미디를 사랑합니다. 코미디는 실패해도 다시 시도하고 또다시 시도하고 또다시 시도하면서, 그 되풀이와 반복과 번복 속에서 웃음을 발명해 냅니다. 정말 근사하지 않나요. 코미디 안에서 다시 시도한다는 건 우리가 과거에 실패했단 의미가 아니라 우리가 웃음을 발명해 낼 가능성이 더 커졌다는 이야기니까요."

그 말을 듣고 나니 가끔은 감당하기 힘든 조 부장의 부장님식 농담도 용서해 주고 싶은 마음이 들었다. 확실히 코미디는 용서하는 장르인지도 몰랐다. 네이버 검색 결과 두산 백과에 따르면 코미디언은 코미디를 직업적으로 하는 사람들을 가리키는 말로 농담이나 말장난, 해학적인 풍자, 패러디, 재미있는 상황 연출, 바보 같은 행동 등을 통해 관객들을 웃게 만든다고 했다. 오 대리는 바보 같은 행동이라는 표현이 특히 마음에 들었다. 그 정의에 따르면 고독사 워크숍에 참가하는 사람들은 명백하게 모두 아마추어 코미디언들이었다. 그리고 그런 의미에서라면 오 대리도 꽤 괜찮은 아마추어 코미디언이 될 수 있을 것 같았다.

매일 밤 9시마다 줌을 통해 화상으로 진행되는 아마추어 코미디언들의 온라인 모임은 그렇게 시작되었다. 화요일에는 '멀리서 본 어떤 희극처럼'이, 수요일에는 '버스터 키튼의 밤'이 열렸다. 월요일과 목요일, 금요일의 코미디 클럽 이름은 각각 '찰리와 열한 명의 전처 모임', '사람 낚는 어부 베드로와 세 번째 부인(否認)', 그리고 '웃지 않는 공주를 웃기는 광대의 불안'이었다.

회원들은 워크숍 마지막 주 수요일 밤에 열리는 '그럼에도 불구하고의 날'에 선보일 각자의 코미디에 관한 아이디어들을 나누며 비극과 공포를 코미디로 전환하는 방법에 대해 연구하고 토론했다. 오 대리가 볼 때는 말이 연구고 토론이지 대개 시비와 험담, 보잘것없는 조롱과 엄살을 익살인 척하는 게 전부였지만 나쁘지 않았다. 솔직히 유치해서 꽤 즐겁기도 했다. 어떻게 보면 영화에서 본 알코올의존자들의 회복 모임 같기도 했는데 일종의 웃음 치료 모임이라 생각하면 그리 다르지도 않았다.

첫 모임에서는 돌아가며 자기소개를 했다. 인생의 불운과 실패, 좌절과 절망이 어떻게 자신을 코미디로 이끌었는지를 열정적으로 말하는 내용이 대부분이라서 나중에는 불행의 질과 양을 배틀하는 시합처럼 되어 버렸다. 더 큰 비극을 가진 사람이 더 좋은 코미디언이 된다고 믿는 식이었다. 그렇다면 오 대리도 지지 않을 자신이 있어서 점점 더 모임이 마음에 들었다.

서로를 이끌어 줄 멘토와 멘티도 정해졌다. 회원들은 모두 누군가의 멘토이자 멘티가 되어야 했다. 멘토가 하는 일은 멘티가 자기 삶에 있었던 불행한 순간을 소재로 코미디 대본을 완성하도록 돕는 일이었다. 때문에 대부분의 회원들은 발표 차례가 되면 최근 자신에게 일어난 가장 슬픈 일들을 이야기했다. 17년간 기르던 반려견이 폐암으로 죽었다거나 가상 화폐에 투자했다가 실패했는데 떠안게 된 빚은 가상이 아니더라는 이야기, 성당에서 만나 결혼을 약속한 약혼자가 성당의 보좌 신부와 바람이 난 것 같다는 이야기들을 했고, 그러면 회원들은 타인의 비극을 희극으로 바꿔 주기 위해 노력했다. 같은 비극도 어떤 디테일을 첨가했는지, 어떻게 구성을 바꾸거나 관점을 달리했는지에 따라 재미있는 코미디가 되기도 하고 실패한 코미디가 되기도 했다. 어쨌거나 두세 시간 그렇게 함께 시시한 농담의 소재로 떠들다 보면 어떤 비극도 계속 슬픔으로만 기억하기에는 자못 우스꽝스럽게 되어 버렸다. 물론 가끔은 깊이 상처 입거나 깊이 분노하며 모임에서 이탈하는 회원도 있었다. 그러나 한 주가 지나면 또 머쓱하게 나타나 타인의 비극을 코미디로 바꿔 주기 위해 누구보다 열심히 농담을 만들었다. 이 모든 농담이 손쉬운 기만이라는 생각이 들수록 회원들은 진심을 다해 웃었다.

코미디 클럽의 모토는 당연하게도 '멀리서 보면 어떤 비극도 희극이 된다'였다. 그럴 수 있다. 그러나 때때로, 멀리서 보면 어떤 비극도 희극이 된다고 처음으로 말한 사람을 만나게 되면 오 대리는 조용히 다가가 저기요, 헛소리 말고 엿이나 드세요 하면서 가운뎃손가락을 올려 주고 싶은 심정이 되었다.

채널 정우성,

XXL 사이즈의 고독

우편함에는 도서관에서 온 편지가 꽂혀 있었다. 어쩌다 아일랜드에서 워크숍을 시작한 지 3일째 되던 날이었다. 냉장고에 붙어 있는 포스트잇을 읽으며 우편물을 개봉했다. 이 집의 주인이 고독사 워크숍을 떠나며 남긴 주의 사항은 세 가지였다.

1. 우편물은 버려 주세요. 분리수거는 철저히.

2. 변기가 자주 막힙니다. 뚫어뻥을 준비해 두세요.

3. 옥상의 방울토마토와 고추는 절대 따 먹지 마세요.

우편물을 버리기 전에 보면 안 된다는 조항은 없었다. 그래서 뜯어 봤다. 빌린 책을 빨리 반납해 달라는 독촉장이었다.

날짜를 보니 대출한 지 2년이 지난 책이었다. 2년간 반납하지 않은 도정우나 2년 전 대출해 간 책을 반납해 달라고 꾸준히 독촉장을 보내는 도서관이나 대단한 끈기구나 생각했다. 이번에도 반납하지 않으면 다음엔 직접 방문한다는 내용도 있었다. 예상치 못한 방문객과 마주치고 싶진 않았다. 3개월간 이 집에 머문다 해서 연체된 책을 대신 반납해 줄 의무는 없었지만 책을 찾아보기로 했다. 빌린 책의 제목은 에드워드 고리의 『펑 하고 산산조각 난 꼬마』.

아무리 찾아봐도 없었다. 도정우는 깔끔한 사람 같았다. 침대 밑과 주방 서랍장 안, 현관 신발장까지 모두 살펴봤으나 어디에도 불필요한 건 없었다. 사실 필요한 최소한의 물건도 없어 보였다. 같은 용도의 물건으로는 운동화 일곱 켤레가 가장 많은 정도였다. 꺼내어 신어 보니 어떤 건 조금 작고 어떤 건 조금 컸다. 두 사람이 살았던 걸까? 신은 흔적이 거의 없는 새 운동화 한 켤레를 꺼내 놓고 신고 온 신발은 신발장 안에 넣었다. 책은 보이지 않았다. 워크숍을 떠나면서 개인적인 물품은 모두 잠긴 방 안에 몰아넣고 집을 비운 것 같았다.

어디 있니 꼬마야.

우성은 정말 심술궂은 꼬마와 숨바꼭질이라도 하는 심정으로 하루 종일 책을 찾아다녔다. 그만큼 한가했다는 이야기다. 고독사 워크숍이니까 얼마든지 쓸데없고 시시한 일에 몰두해도 좋았다. 그럴수록 워크숍을 충실히 이행하고 있다는 생각에 뿌듯해지기까지 했다.

심야코인세탁소에서 보내 준 워크숍 주소는 인천항 근처였다. 이럴 거면 원하는 고독사 장소는 왜 적으라고 했던 걸까. 신청서에 이상적인 고독사 장소를 묻기에 헬싱키와 코펜하겐, 그리고 더블린을 적었다. 가 본 적도 없고 특별한 이유도 없었지만 그래도 고독사라면 역시 북유럽풍이지라는 생각이었다. 그런데 인천이라니? 도착해 보니 주소가 가리키는 곳에는 지은 지 100년은 족히 되어 보이는 허름한 적산 가옥이 있었다. 1층은 가게로 개조한 상태였는데 닫혀 있었고 2층이 살림집 같았다. 가게 앞에 나무로 된 작은 간판을 보는 순간 실소가 터져 나왔다.

'어쩌다, 아일랜드'

원래부터 그런 이름의 가게가 있었는지 우성의 고독사 장소로 정해진 후 간판을 급조했는지는 몰라도 정말이지 웃기지도 않았다. 그 웃기지도 않는다는 점이 조금 마음에 들기는 했다. 그러니까 고독사 워크숍 같은 걸 기획하는 거겠지. 어디나 시시한 농담으로 대충 일을 처리하고 어떻게든 되겠지란 심정으로 하루하루를 살아가는 사람들이 있다는 게 위안이 되었다. 2층에 올라가 보니 실내는 두 개의 방과 주방 겸 거실, 화장실로 이루어져 있었고 그중 방 하나는 잠긴 상태였다.

열려 있는 방에 짐을 풀었다. 짐이라야 부 감독의 유품 두 개가 전부였는데 방 한쪽에 고독사 패키지라고 적힌 웰컴 배낭이 있었다. 심야코인세탁소에서 미리 보내온 것이었다. 고독사 키트라고 해서 뭔가 근사한 게 들어 있을까 했더니 죄다 시시한 것뿐이었다. 어릴 때 초등학교 앞 문구점에서나 본 것 같은 작은 핀볼 게임기와 진부한 유머가 담긴 깔깔 대마왕 핸드북, 손목에 차는 만보기와 야광 줄넘기, 탱탱볼과 간단한 카드 마술 도구, 변장용 코가 달린 안경, 리코더와 하모니카와 호루라기, 칼림바와 드로잉 북과 12색 색연필과 4B연필, 동식물이 그려진 컬러링 북, 공깃돌과 주사위와 종이 인형 세트, 꽃씨 봉투와 요리책, 12개국 언어가 적힌 기본 회화책, 연필 다섯 자루와 휴대용 연필깎이, 스프링 노트와 포스트잇, 허브차와 발 냄새 제거제, 풍선껌과 동물 모양 비타민 젤리와 헬륨 가스 풍선 등이었다. 모두에게 같은 구성인지 아니면 개별적으로 다른 물건을 보내는지는 알 수 없었다. 그중에 빨간 털실로 만든 가발과 변장용 코가 달린 안경을 꺼내어 쓰고 거울을 보았다. 공포 영화 속의 광대처럼 보였다. 우습고 슬프고 무서웠다. 이곳에서라면 부 감독이 쓰다 만 잔혹 코미디도 완성할 수 있을 것 같았다. 사실 그게 이 워크숍에 참가하게 된 진짜 목적이었다.

*

'복지의 사각지대에 놓인 가난한 예술가의 죽음.'

이것이 부 감독의 고독사에 붙은 제목이었다. 후배 용주가 보내 준 링크를 따라 들어가 보니 기사에는 이미 '슬퍼요'가 일흔여덟 개, '화나요'가 스물두 개, '응원해요'도 네 개나 있었다. '응원해요'에 달린 4라는 숫자를 한참 들여다보았다. 무엇을 누를까 망설이다가 그냥 나왔다. '부끄러워요'가 있다면 그걸 눌렀을 거였다. 자신의 고독사가 빈곤한 아티스트의 죽음에 대한 일종의 불행 포르노로 소비될 줄 알았다면 어떻게든 고독사만큼은 피했을 거였다. 우성이 아는 부 감독은 그런 사람이었다.

부 감독은 부끄러움이 많았다. 3년 전인가 마지막으로 봤을 때 그는 무언가를 부탁하러 우성을 찾아왔었다. 아마도 돈이나 돈이거나 돈 같은 것을. 그런 건 말하지 않아도 몸짓에서, 표정에서, 주저하는 말투에서 다 드러나는 법이었다. 그러나 끝내 말하지 않고 돌아섰다. 그때 먹은 해장국값을 지불한 것도 부 감독이었다. 그것이 그의 자존심을 지켜 주는 일 같아서는 개뿔, 그냥 주저하다가 부 감독이 계산하게 놔두었다. 비싼 것도 아니니까 누가 내든 어쩌랴 싶어서 가만있었는데 비싼 것도 아니면서 선뜻 내가 낼게라고는 하지 못했다. 그 정도로 마음이 궁핍할 때였다. 사실 마음이 풍족할 때란 이전에도 없었고 이후에도 없었다. 다음에 만나면 내가 밥 살게라고 했던가. 기억나지 않는다. 다음은 오지 않았다. 형이 되어 가지고 이런 거밖에 못 사 줘서 미안하다. 부 감독은 또 부끄러운 얼굴로 돌아섰다. 그런 부끄러움이 많은 부 감독에게 필요한 건 다만 완전히 잊히는 일이었을 것이다. 첫 작품이 성공했고 그게 끝이었다. 애매한 명성. 모른 척하기에 첫 영광은 너무 컸고 그다음은 너무 처참했다. 익명이 될 수도 없는 어설픈 명성이 그를 점점 더 부끄럽게 했다. 그를 부끄러움에서 벗어나게 하는 건 고독사뿐이었을지도 모른다. 그러나 그는 고독하게 죽지도 못하는 운명이었다. 아니 고독하게 죽었으나 진짜 고독사는 그가 죽은 후에 찾아왔다. 이상한 깃발과 구호와 때늦은 소란스러운 자기 연민과 함께.

후배들 사이에서 부 감독의 죽음은 다른 이유에서 화제가 되었다. 후배 용주가 연락이 닿지 않는 가족들 대신 받아 온 부 감독의 유품 때문이었다.

"아니 그 선배가 킹사이즈 콘돔이라니 말이 돼요? 그 형 그렇게 쓸데없이 꿈만 커 가지고."

국내에서는 팔지도 않는, 해외 직구로 구입한 게 분명한 매그넘 XXL 사이즈의 콘돔 한 박스 — 쉰 개의 콘돔이 든 뜯지도 않은 형광 분홍색 상자 — 를 육개장이 놓인 테이블 옆에 올려놓으며 용주가 말했다.

"고무장갑으로나 써야겠는데."

선영이 하나를 뜯어 손에 끼워 보며 웃는 듯 우는 듯 중얼거렸다. 조롱의 방식으로밖에 애도하지 못하는 마음에 대해서라면 우성도 잘 알고 있었다. 장례식장에 모인 몇 안 되는 후배들에게 초대형 콘돔을 나눠 주며 용주가 덧붙였다.

"우린 죽더라도 이건 꼭 의미 있게 다 쓰고 죽자고요."

야, 그러면 불로불사해야 되는 거 아니냐, 누군가 말했고 다 같이 낄낄대다가 이내 숙연해졌다. 젠장, 못 할 건 또 뭐야. 그래 내가 이건 꼭 다 쓰고 죽는다. 선영이 콘돔을 낀 주먹을 휘두르며 외쳤다. 우성도 콘돔 여섯 개를 주머니에 넣었다. 그러자 이상하게도 열심히 살아야겠다는 각오 같은 게 불끈 생겼다. 불끈거리는 게 각오가 아닌지도 모르지만 여하튼 무언가 불끈거리긴 했다. 불끈거리는 건 좋은 거였다.

부 감독이 남긴 유품 중에는 오래된 노트북도 있었다. 용주가 누구든 들고 가라고 외쳤으나 콘돔과 달리 후배들 중 아무도 원하지 않았다.

"안 봐도 뻔하죠 뭐."

용주는 그런 말로 부 감독이 노트북에 남겼을지도 모르는 마지막 걸작을 한마디로 정리했다. 괜히 부아가 나서 노트북을 챙긴 건 우성이었다. 그러나 용주의 말은 틀리지 않았다.

안 봐도 빤한 건 보니까 더 빤했다. 완성된 작품 한 편 없이 시작하다 만 트리트먼트만 스물일곱 개 있었는데 대충 봐도 모두 낡은 소재였다. 그래서 자신의 노트북을 봤더니 첫 신만 쓰고 접은 시나리오가 예순두 개 있었다. 첫 장면만 모아도 영화 한 편은 완성될 분량이었다. 첫 신만으로 이어지는 영화를 만들 수 있을까? 괜찮은 아이디어 같아서 검색하다가 어쩌면 그런 영화도 이미 있을지 모른다는 생각에 포기했다. 아직 없다 해도 어차피 진짜 완성할 의욕도 근성도 없었다.

부 감독의 노트북에서 저장 용량을 가장 많이 차지하는 건 야동이었다. 열여덟 개의 짧고 긴 영상들이 저장 공간의 3분의 2를 차지하고 있었다. 많다면 많고 적다면 적은 숫자였다. 이 형도 참. 최소한 열여덟 개의 야동을 남기고 간 이혼남으로 기억되는 죽음은 아니고 싶었다. 우성은 자신의 노트북을 켜고 그 안에 저장된 야동을 모두 삭제하기 시작했다. 그리고 잠시 망설이다가 작품성 있는 두 개를 선별해 다시 복원했다. 보기 위해서가 아니라 수치심을 간직하기 위해서. 술에 취해 한강 다리에서 뛰어내리고 싶어질 때에 살고자 하는 의지를 북돋아 주는 건 친구나 가족보다 죽은 후에 발견될 야동 두 개의 수치심일 거였다. 어떻게 아냐고? 전적이 있으니까.

그 외에 부 감독이 노트북에 남겨 둔 흔적은 많지 않았다.

곧 죽을 걸 알고 미리 정리했거나 애초에 자취가 남지 않는 공허한 삶을 살아온 걸 터였다. 자동 로그인되는 메일로 들어가 봐도 스팸 메일 외에는 별다른 게 없었다. 그나마 흥미로운 건 읽지 않은 한 통의 쪽지였다. '청순 섹시 원하는 스타일이 모두 이곳에!'와 '오늘 밤 짜릿한 저와의 만남 어때요?' 사이에 이런 초대장이 있었다.

☑ 심야코인세탁소: 지금부터 2인용 고독사를 시작하시겠습니까?

*

─부 감독이 실패한 고독사를 완성하는 것, 그것이 내가 할 수 있는 최선의 애도다.

워크숍 첫날 포스트잇에 이렇게 적어 냉장고에 붙여 놓았다. 밤에 배가 고파 냉장고 문을 열다가 너무 민망해서 떼어 버렸다. 그 대신 포스트잇을 뗀 자리에 집주인이 붙여 놓고 간 포스트잇을 옮겨 놓고 주의 사항을 꼼꼼히 확인했다.

절대로 먹지 말라니. 먹어 보라는 말이 아니고 뭐란 말인가.

그래서 옥상에 올라가 화분에 매달린 덜 익은 푸른 방울토마토를 하나 따 먹었다. 아무 일도 일어나지 않았다. 다음 날은 고추를 따 먹었다. 오이고추처럼 생겼는데 먹어 보니 청양고추처럼 매웠다. 아무도 배신하지 않았는데 배신감을 느끼는 일은 이곳에서도 변함없었다. 여전히 아무 일도 일어나지 않았다. 기대했는데 시시해져 버렸다. 도정우는 엄살이 심한 사람인 모양이었다. 하긴 이런 워크숍에 참가하는 사람들이라면 다들 엄살이 심한 사람일 터였다.

4일째 되는 날엔 처음으로 외출을 했다. 도정우가 남기고 간 신발 중 사이즈가 한 치수 큰 런닝화를 구겨 신고 가장 가까운 마트에 갔다. 집 앞 골목을 지나 대로변 쪽으로 조금만 걸어가면 은하수 마트와 프랜차이즈 빵집과 약국과 은행과 정육점과 다이소가 모여 있었다. 필요한 건 반경 십 분 거리 안에 다 있다니. 고독사하기에 좋은 곳이구나 새삼 감탄했다.

마트에서 라면과 생수, 달걀과 아이스크림과 뚫어뻥을 샀다. 변기가 막히진 않았지만 사 두라고 했던 경고가 생각나서 그렇게 했다. 뚫어뻥의 다른 용도는 없을까 생각해 보았다. 음식이 기도에 걸려 하임리히요법 대신 뚫어뻥을 입에 대고 막힌 곳을 뚫어 보려는 어리석은 남자가 떠올랐다. 삶의 편익을 위한 모든 생활 도구들은 쉽게 죽음의 도구가 될 수 있었다.

계산을 하는데 직원이 회원 가입 여부를 물었다. 잠시 고민하다가 회원 가입을 하고 포인트를 적립했다. 1만 점이 모이면 현금처럼 쓸 수 있다는데 영수증을 확인해 보니 오늘 적립된 포인트는 82점이었다. 만점이 모이려면 3년은 여기서 살며 꼬박꼬박 장을 보고 밥을 해 먹고 막힌 변기를 뚫어야 할 것 같았다. 죽을 결심을 하고 마지막 만찬을 위해 근사한 식사를 하러 간 남자가 계산을 하면서 꼼꼼하게 포인트 적립을 하던 장면이 떠올랐다. 어디서 봤더라. 부 감독의 노트북에 있던 시나리오의 한 장면이라는 게 기억났다. 부 감독의 시나리오 속 배우가 된 기분이었다. 핸드폰에 저장해 놓은 시나리오의 다른 장면도 찾아보았다.

S#11

술 취한 부재중이 비틀비틀 편의점에 들어간다. 아이스크림 통을 열고 뒤적이며 소리친다.

부재중: 깐도리 없어요?

직원: (핸드폰을 보며) 네?

부재중: 깐도리 말이에요.

직원: (한심한 표정으로 쳐다보다가 다시 핸드폰을 보며) 거기 없으면 없어요.

부재중: 없으면 없다니요. 없어도 있을 수 있잖아요. 근데 왜 없다고 그래요. 찾아보지도 않고. 열심히 찾아보지도 않고. (아이스크림 통에 엎드려 울기 시작한다.)

직원: (전화 중) 몰라. 또 왔어. 그 진상 깐도리. 잠깐만. (부재

중을 향해) 통 닫고 우세요, 아이스크림 녹아요.

부재중: (아이스크림 통을 닫고 다시 그 위에 엎드려 계속 울며 소리친다.) 녹지 마, 녹지 마.

재미도 없고 의미도 없다. 쓰이지 않은 후반부에 이 신의 존재 이유가 밝혀질 수도 있었겠지만 완성되지 않았으니 영영 모를 터였다. 생각해 보면 삶도 마찬가지다. 완성되기까지는 재미도 없고 의미도 없고 도대체 왜 쓰였는지 알 수 없는 무의미한 장면들로 가득하다. 그 끝에 가면 결국은 이런 맥락에서 필요했구나, 꼭 필요한 장면이었구나 하면서 납득할 수 있게 될까? 예를 들면 지금 내가 이곳에 있는 이유도? 그러나 죽기 직전에야 밝혀지는 진실이라니. 그게 다 무슨 소용이란 말인가.

시나리오 하나를 완성하는 데도 수없이 수정을 거쳐야 하는 법인데. 그러니 한 번뿐인 삶이 엉망인 건 자기 탓이 아니었다. 원래 그렇게 엉망으로 살아가게 생겨 먹은 거였다. 그러니까 자책하는 대신 맛있는 거나 먹여 주며 하루 또 하루 살아 내면 되는 것이다. 엉망인 시스템 안에서도 착실하게 하루에 한 장면씩 무슨 의미가 있을지도 모를 장면들을 써 나가는 자신에게 더 많은 다정하고 단 것들을 선물해도 좋다는 이야기였다. 부재중, 그러니까 부 감독의 시나리오 속 남자에

겐 그게 없었던 거겠지. 깐도리. 사라진 어린 시절의 단맛. 영영 부재중. 녹기 전에 빨리 집에 가서 쌍쌍바나 먹어야지 생각하며 우성은 귀가를 서둘렀다. 손에 든 봉투에는 아이스크림이 있고, 돌아가 쉴 집이 있다. 이만하면 좋은 하루였다. 사실 나쁜 쪽으로만 뻗어 가는 우성의 상상력으로는 이보다 나은 하루를 상상할 수도 없었다.

봉투에서 쌍쌍바를 꺼내며 대문을 들어서는데 마당에서 폐지를 정리하는 노인이 보였다. 꾸벅 인사를 하고 지나치려는데 노인이 물었다.

"혼났지?"

"뭐가요?"

"고추."

그래서 그 고추와 방울토마토가 노인이 키우는 거란 걸 알았다. 노인이 대단한 비밀이라도 알려 준다는 듯 말했다.

"남의 거 함부로 먹으면 혼나. 내가 혼내는 게 아니라 원래 그런 거라고."

그깟 고추 하나 따 먹고 별 시답지 않은 지청구를 다 듣는다 싶었다. 계단을 오르려는데 노인이 뒤에서 말했다.

"난 사람이 자꾸 바뀌는 게 싫어. 사정 같은 건 모르겠고 기왕 이렇게 온 거 살 거면 오래 살아."

기왕이라는 말. 그 말이 차고 달게 느껴졌다. 우성은 손에 들고 있던 쌍쌍바를 반으로 쪼갰다. 한쪽은 크고 한쪽은 작았다. 뭐 하나 제대로 하는 게 없다고 투덜대며 기왕이면 하는 마음으로 더 큰 쪽을 노인에게 건네주었다. 노인이 큰 쪽을 받아 들고 히쭉 웃었다. 뭐 하나 제대로 하는 게 없는 것도 나쁘지 않다고 생각했다.

노인과 우성은 계단에 앉아 오후의 햇볕을 쬐며 반씩 나눈 쌍쌍바를 아주 천천히 핥아먹기 시작했다. 아이스크림은 달고 햇볕은 따뜻했다. 어쩐지 부 감독의 시나리오를 이어받아 괜찮은 코미디를 완성할 수도 있겠다는 근거 없는 희망이 불끈불끈 솟고 말았다.

아니었다.

그렇게 쉬울 리가 없었다. 마지막으로 시나리오를 완성한 게 10년도 더 전이었다. 우성도 부 감독과 다르지 않았다. 노트북에 미완성 시나리오만 수십 개가 있었다.

오래전 영화화된 시나리오에서 한 사람을 죽였다. 얼마 후 그 역을 맡은 배우가 같은 방식으로 죽었다. 그 뒤로 우성은 아무도 죽지 않고 아무도 사라지지 않는 이야기만 썼다. 그러다 스토리가 막히면 누구라도 죽이고 싶었다. 누구라도 사라지게 하고 싶었다. 결국 어떤 시나리오도 완성하지 못했다. 어둠 속에 혼자 있을 때면 시작만 하고 끝내지 못한 이야기 속

인물들의 기척을 느꼈다. 부재로 존재하는 그들을 위해 사라진 채 계속 살아가는 사람들의 땅 '적야'를 상상하기 시작했다. 전처 이경은 우성이 들려주는 적야의 이야기를 좋아했다. 이경의 방송에 출연했던 우는 판다가 사라졌을 때 이경은 자꾸만 적야에 대해 물었다. 우성은 이경을 위해, 그리고 자신과 우는 판다를 위해 적야의 온화한 날씨와 수많은 구석으로 이루어진 광장, 저속으로 느리게 피는 꽃들과 공기 중에 떠도는 산 것들의 기척에 대해 이야기해 주었다. 이경이 귀 기울여 듣는 게 우성이 들려주는 이야기가 아니라 적야의 마른 땅에 내리는 빗소리라는 걸 그때는 몰랐다. 이경을 적야로 보낸 건 우성의 나쁜 상상인지도 몰랐다. 우는 판다 또한.

우는 판다가 남기고 간 우는 판다의 슈트를 생각했다. 자신의 고독사 유품으로는 무엇이 남을까. 죽을 때까지 간직하게 될, 유품으로 발견되어도 부끄럽지 않을 세 가지를 생각해 보았다. 그것은 부끄럽지 않게 살아갈 동력이 되는 세 가지 농담과도 같았다.

문득 부 감독의 유품이 생각났다. XXL 사이즈란 대체 얼마나 큰 걸까. 서랍 속에 넣어 둔 콘돔을 꺼내 보았다. 이대로 고독사한다면 유품으로 남은 초대형 콘돔을 두고 우성 역시 후배들에게 비웃음을 들을 터였다. 비극을 어떻게든 농담으로 바꾸고 싶은 그 심정을 모르지 않았다. 이왕이면 더 제대로 된 농담이 되는 편이 나았다. 여섯 개 중에 하나가 사용된 걸 안다면 용주는 고개를 갸웃하며 실소를 터뜨릴 거였다. 우성 선배가 이게, 가당키나 해요? 도대체 뭐에 쓴 걸까요? 다이어트 풍선으로?

발기되지 않은 성기에 콘돔을 끼워 보았다. 당연하게도 너무 헐거웠다. 발기한 후에 끼웠다 해도 별 차이는 없을 것 같았다. 성기와 콘돔 사이에 우주가 하나쯤 들어와 있는 것 같았다. 결코 채울 수 없는 빈 공간은 실재와 욕망 사이의 간극 같기도 했다. 한 번도 느껴 보지 못한 '충분하다'의 세계가 텅 빈 채 그 안에 있었다.

한 사람이 느끼는 고독의 크기란 결국 모두 XXL 사이즈일지도 모르겠다고 우성은 생각했다. 터무니없이 크지만 세상의 다른 크기에 비하면 한없이 작다.

비어 있기 때문에 채워지는 것들도 있을 터였다. 우성은 지상에 제 몸 하나 누일 곳 없어 우주 바깥을 상상하는 사람들, 물 마른 우물과 어두운 동굴 속으로 파고 들어가는 사람들, 자신만의 비밀 기지에 스스로를 은폐하는 것으로 겨우 사라지지 않는 사람들을 상상하기 시작했다. 그리고 그들이 조용하지만 부산하게, 멈춘 것 같지만 분명하게 움직이는 소리들을 부 감독의 노트북에 옮겨 적었다. 언젠가 부 감독을 만나면 우리가 함께 완성한 웃기는 농담 하나를 건네고 싶었다. 그 형 그렇게 쓸데없이 꿈만 커 가지고란 소리를 듣는다 해도, 이것 역시 시작만 하고 끝내지 못할지라도, 어쨌거나 시작하기로 했다. 오늘 시작하고 내일 시작하고 내일 모레도 시작하고, 그러다 보면 언젠가 그 시작이 끝이 되는 날도 올 거였다. 출발선이 수없이 그어진 트랙에서 달리다 보면 어떤 출발선은 결국 결승선이 되기도 할 거였다. 진짜 안 봐도 빤한 건 그런 거였다.

웃지 않는 공주를 웃기는 광대처럼

웃지 않는 공주 이야기에는 여러 버전이 있는데 정우성이 좋아하는 건 광대가 등장하는 이야기였다. 광대는 공주를 웃기기 위해 공중 곡예를 하다가 떨어져 목이 부러진다. 웃지 않는 공주는 그 모습을 보고 처음으로 웃음을 터뜨리고 광대는 죽는다. 잔혹한 동화였다. 그러나 그것이 정우성이 생각하는 가장 이상적인 고독사의 전형이라고 했다. 고독사가 꿈꿀 수 있는 가장 웃기는 농담이라는 거였다.

이런 잔혹한 농담을 좋아하는 사람을 오 대리는 알고 있었다. 그러나 모른 척했다. 모른 척하자 모르게 되었다. 경이로운 마술에 진심으로 놀라고 애쓴 농담에 진심으로 웃기 위해서는 때로 모른 척이 최선일 때도 있었다. 관객의 윤리는 워크숍 참가자들의 고독사를 목격할 때도 마찬가지였다. 몰라야 하는 것은 모른 척할 것. 아무리 그래도 정우성이라니! 공대규 같은 가명이면 모를까 정우성은 좀 너무한 거 아닌가 싶었으나 결국 그게 모든 아마추어 코미디언들의 꿈일 터였다. 얼굴만 봐도 웃음이 나는 사람. 하여튼 부장님식 농담이란.

지난밤 코미디 클럽 '웃지 않는 공주를 웃기는 광대의 불안'에는 이런 글이 올라왔다.

양치류는 이렇다 할 변화 없이 10억 년의 3분의 1에 해당하는 기간을 살아남았다. 공룡 같은 다른 생물들은 지상에 나타났다가 사라졌지만 겉으로 아주 연약해 보이는 양치류는 지금까지 지구가 겪은 모든 멸종 사건과 그 밖의 흥망성쇠를 이기고 살아남았다. 선사시대라는 세계에 대한 감각, 엄청나게 먼 과거까지 이어지는 시간 감각을 가장 먼저 자극한 것이 바로 양치류의 양치류 화석이었다.*

---

* 올리버 색스, 김승욱 옮김, 『올리버 색스의 오악사카 저널』(알마, 2013), 22~23쪽.

좋은 농담이었다.『올리버 색스의 오악사카 저널』이라는 책에 있는 구절이라고 했다.『아내를 모자로 착각한 남자』의 저자인 신경과 전문의 올리버 색스는 오 대리가 생각할 때 훌륭한 농담을 하는 코미디언 중 한 명이었다.

작곡가 에릭 사티 역시 고독사의 거장답게 농담의 귀재였다. 27년간 파리 빈민가의 한 아파트에서 은둔 생활을 하다 홀로 죽은 그는 특이한 지시문을 남긴 것으로 유명한데, 난해한 그의 지시문을 보면 그가 고독한 농담의 언어를 사용했음을 알 수 있다. 그가 악보에 남긴 지시문은 이런 식이었다.

— 매우 기름지게
— 부드러운 혓바닥으로
— 어금니 끝으로
— 달걀처럼
— 조금 구워서
— 수줍고 차갑게
— 두 배로 인색하게
— 치통을 앓는 나이팅게일처럼
— 확신과 절대적 슬픔을 가지고

이게 농담이 아니면 도대체 뭐란 말인가. 그의 농담을 좀 더 이해하고 싶다는 생각에 오 대리는 에릭 사티가 남긴 일과표에 따라 생활해 보기도 했다. 그의 편집증적이고 고독한 양상은 다음 일과표에 잘 나와 있었다.

예술가는 규칙적인 생활을 해야 한다. 여기 나의 매일의 활동 시간표가 있다. 나는 아침 7시 18분에 일어나 10시 23분부터 11시 47분까지 영감을 받고, 12시 11분까지 점심을 먹은 뒤에 12시 14분에 책상을 떠난다. 건강을 위해 오후 1시 19분부터 2시 53분까지 내 영토를 말을 타고 돌아본다. 또 다른 영감의 한판 승부가 오후 3시 12분부터 4시 7분까지 이어지고, 5시부터 6시 47분까지 다양한 작업들(펜싱, 회고, 부동자세, 방문, 명상, 수영 등)에 매진한다. 저녁 식사는 오후 7시 16분에 시작해 20분에 끝낸다. 밤 8시 9분부터 9시 59분까지 교향곡적 독서(크게 책 읽기)를 한 후, 규칙적으로 밤 10시 37분에 취침하러 간다. 일주일에 한 번씩은 (화요일) 새벽 3시 14분에 깬다.*

에릭 사티식 고독사 첫날 오 대리는 아침 7시 18분에 일어

---

* 에릭 사티, 「건망 회고록」, 조은아, 「'기괴한 천재' 사티 음악엔 서점·소박한 내면 묻어나」, 《경향신문》(2018년 12월 14일)(재인용).

나 10시 23분부터 11시 47분까지 영감을 받기 위해 책상 앞에 무지 노트를 펼쳐 놓고 멍하니 앉아 점심 메뉴를 생각했다. 12시 11분까지 커피와 사과, 통밀크래커로 점심을 먹은 뒤 12시 14분에 책상을 떠나 건강을 위해 오후 1시 19분부터 2시 53분까지 자신의 영토를 말을 타고 돌아보았다——그랬다면 좋았겠지만——영토도 말도 없어서 오 대리는 집 앞 좁은 골목길을 돌아 항구까지 천천히 걸었다. 바닷가에서 비릿한 바람이 불어와 머리카락과 블라우스를 축축하게 적셨다. 집에 돌아오니 몸에서 덜 마른 오징어 냄새가 났다. 또 다른 영감의 한판 승부를 흉내 내기 위해 오후 3시 12분부터 4시 7분까지 책상에 앉아 역시 노트에 의미 없는 낙서를 하고 지키지 않을 줄 아는 고독사 계획표만 짜 보다가 5시부터 6시 47분까지 다양한 작업들(펜싱, 회고, 부동자세, 방문, 명상, 수영 등)에 매진하는 대신 그나마 따라 할 수 있는 회고와 부동자세, 명상을 했다. 그리고 시간이 남아 수영 대신 욕조에 물을 반쯤 받아 반신욕을 했다. 저녁 식사는 오후 7시 16분에 시작해 20분에 끝낸다라고 적혀 있었는데 이십 분간 먹는다는 이야기인지 진짜 사 분 만에, 그러니까 7시 16분에 시작해 7시 20분에 끝낸다는 이야기인지 확실치 않아서 오 대리는 보다 비상식적인 사 분 만의 식사를 선택했다. 지금까지 나뉜 시간 단위로 볼 때 둘 중 선택한다면 덜 일반적인 쪽이 옳은 선택일 것 같았다. 하지만 막상 먹어 보니 사 분 만에 식사를 끝내기는 쉽지 않아서 이십 분 동안 먹는다는 편이 맞는 해석인 듯했다. 밤 8시 9분부터 9시 59분까지 교향곡적 독서(크게 책 읽기)를 한 후 규칙대로 밤 10시 37분에 취침하러 갔다. 그리고 화요일 새벽 3시 14분에 알람을 맞춰 놓고 일어났다.

궁금한 것은 회고록에 나온 무언가 한 시간들이 아니라 회고록에 나와 있지 않은 시간들이었다. 7시 18분에 일어난 후 10시 23분이 되기까지, 4시 8분부터 4시 59분까지, 그리고 화요일 새벽 3시 14분에 깨어나 그는 무엇을 했을까. 양치질이나 체조, 옷을 갈아입고 음식을 준비하는 일 따위의 일상적인 일들이 대부분이겠지만 그 기록되지 않은 빈틈의 시간들은 이렇게 표현할 수도 있었다. 기록으로도 남지 않은 진짜 고독한, 그리하여 XXL 사이즈의 고독 같은 채워지지 않는 농담의 시간.

전규석,

다행이야, 내가 아니라서

라는 말과 함께

그날의 추락 혹은 투신 사건을 접했을 때 전규석이 제일 먼저 떠올린 문장은 이런 것이었다. 다행이야, 내가 아니라서.

안경원 검안실 안쪽에서 점심을 먹고 나오는데 창밖 풍경이 평소와 달랐다. 건너편 아파트 상가 건물 앞에 한 무리의 사람들이 모여 있었다. 구급차와 경찰차 두 대도 보였다. 무슨 일인가 벌어지고 있다는 의미였다. 사람들의 시선을 따라 전규석도 건물 옥상으로 시선을 옮겼다. 누군가 저 위에서 투신 소동이라도 벌이고 있는 걸까? 그러나 옥상에는 사람의 머리나 다리, 사람이라고 생각할 만한 어떤 것도 보이지 않았다. 사람이 아닌 것도 보이지 않았다. 그렇다면 10층이나 9층 건물의 창문으로 누군가 뛰어내리려는 건가. 10층과 9층에는 요양원이 있었는데 창문들은 언제나처럼 모두 굳게 닫혀 있었다. 그제야 전규석은 안경원 문을 열고 밖으로 나가 상황을 살폈다. 건물 1층 프랜차이즈 제과점 앞쪽에 파란색 경찰통제선이 둘러져 있고 그 안쪽 바닥에 녹색 비닐 장판으로 보이는 것이 넓게 깔려 있었다. 시신을 덮어 놓은 것일 터였다. 그제야 상황이 일어났고, 이미 끝났다는 걸 알게 되었다. 누가 죽었는지, 사고사인지 자살인지, 그런 호기심과 함께 처음 든 생각은 이런 것이었다. 아깝다, 볼 수도 있었는데. 사람이 떨어지는 광경을 실시간으로 목격할 기회가 자주 오는 건 아닐 터였다. 어디선가 듣기로는 땅이 쩍 갈라지는 듯한, 건물 하나가 무너지는 것처럼 거대한 소음이 난다고 했다. 진짜일까? 그렇다면 건너편 안경원까지도 들렸을 텐데. 한 사람의 죽음이 그렇게 큰 소리를 만들어 낼 리 없으니 거짓말이겠지. 그리고 생각했다. 만약 누군가 투신한 거라면, 저 건물에서 자살 사건이 일어났다는 소문이 퍼지게 되면 아파트값은 어떻게 될까. 조금이라도 떨어질까? 안경원에서 정면으로 보이는 저 아파트에 입주하는 것은 아파트가 완공된 3년 전부터 전규석의 요원한 꿈이었다.

"봤어요?"

막 건너편에서 돌아온 이웃의 김밥집 남자가 흥분한 채 전규석에게 물었다. 전규석은 고개를 저었다. 남자의 말에 의하면 요양원에 거주하던 노인이 죽었다고 했다.

"투신자살인가요?"

조심스럽게 물었는데 이상하게 설레는 목소리처럼 들려서 전규석은 질문을 던진 후 괜히 고개를 숙인 채 큼큼 잔기침을 했다.

"글쎄요. 단순한 추락사라는 말도 있고 치매 노인이 투신자살한 거라는 말도 있더라고요. 경찰 측에서 어떻게 결론 내릴지는 몰라도 의견이 분분한 모양이에요."

"왜요?"

"가족들 입장에서는 자살이라고 생각하고 싶지 않을 테고, 요양원 쪽에서는 어떻게든 책임을 회피하는 방향으로 결론 나길 바랄 테니까요."

남자가 잇새에 낀 것을 빼내려고 쩝쩝 혀로 이를 훑으며 덧붙였다.

"어차피 요양원에 사는 80대 할머니라는데 자살이든 사고든 진실을 밝히는 게 무슨 의미가 있냔 말이죠. 그냥 산 사람들이 좋은 쪽으로 결론 내리는 거지."

산 사람에게 좋은 죽음이란 건 어떤 걸까. 경찰이 경찰통제선 바깥쪽 도로변 좌판에서 채소를 팔던 노인과 이야기를 나누는 모습이 보였다. 저 노인이라면 가장 가까운 곳에서 실시간으로 그 죽음을 목격했을 것이다. 멀리서 보면 두 사람은 즐겁고 재미있는 대화라도 나누는 듯 활기차 보였다. 경찰이 내게도 물어 올까? 정확한 진상을 파악하기 위해 사고를 목격했을 법한 위치의 상가 주인들에게도 증언을 들으러 올지 모른다는 생각이 들었다.

"혹시 경찰이 뭔가 물어보던가요?"

"나한테요? 아니요. 그냥 목격자 몇 명 이야기 듣고 대충 끝낼 거 같던데요. 뭐 언제 죽어도 이상하지 않은 노인이잖아요. 그나저나 죽으려면 얌전히 죽지 요양원 사람들은 무슨 죄예요. 죽은 사람은 죽은 사람이고 그 사람들만 안됐지."

죽으려면 얌전히 죽지. 남자가 식당으로 돌아간 후에도 그 말이 계속 귀에 남았다. 어떤 애도의 말도 듣지 못하는 노인의 사망 원인이 추락사인지 투신자살인지는 몰라도 한 가지는 확실했다. 죽음의 방식이야 어떻건 노인의 죽음은 고독사라는 점이었다.

안경원으로 돌아온 전규석은 만약 경찰이 심문하러 온다면 어떻게 대답할지를 고심했다. 아무것도 보지 못했다고 솔직히 말하면 그뿐이었다. 모르는 사람이었고 모르는 사람의 죽음에 전규석이 책임질 일은 아무것도 없었다. 슬픔을 느끼지 못하는 데 대해 죄책감을 가질 이유도 없었다. 그럼에도 경찰에게 보지 못한 것을 보지 못했다고 말한다는 생각만으로 괜히 진땀이 났다. 보지 못하는 방식으로 목격자가 될 수도 있다면 책임 없는 방식으로 용의자나 범인이 될 수도 있는 것 아닐까?

전규석은 자물쇠가 달린 유리 케이스를 열고 별도로 보관된 고가의 빈티지 안경테를 꺼내어 하나씩 닦기 시작했다. 안경테를 이루는 경첩과 작은 나사들 모두 숙련된 장인의 손으로 직접 제작한 것으로 1920년대에 만들어진 것도 있었다. 이 안경을 썼던 사람들은 이미 고인이 되었을 터였다. 각각의 안경에 부여된 전쟁이나 황금광 시대, 할리우드 배우와 관련된 사연들이 안경테를 더욱 특별하게 만들었다. 그중 두 개는 1920년대가 배경인 영화의 소품으로 협찬된 적도 있다. 영화에서 독립군 역을 맡은 배우는 이 안경을 쓰고 한 어린아이의 목숨을 구했다. 전규석은 그 영화를 개봉날 두 번 연달아 보았다. 협찬했던 안경을 쓴 채였다. 영화가 끝나고 화장실 거울 앞에서 안경을 고쳐 썼다. 아무도 영화에 나온 안경이라는 걸 알아보는 사람은 없었다. 영화는 관객 수 10만 명도 채우지 못하고 일주일 만에 내렸다. 그것이 한때 영화 일을 꿈꾸기도 했던 전규석의 영화와 관련된 가장 긴밀한 체험이었다.

시간을 들여 천천히 안경테를 모두 닦아 다시 유리 케이스에 넣은 후 고개를 들어 창밖을 살펴보았다. 구급차와 경찰차는 보이지 않았다. 바닥의 녹색 장판도, 경찰통제선도 어느새 사라져 있었다. 시계를 보니 사건이 일어난 지 두 시간이 지난 후였다. 경찰통제선으로 막아 놓았던 1층의 프랜차이즈

빵집으로 사람들이 드나들었다. 나오는 사람들의 손에는 빵이나 음료수가 들려 있었다. 화장실에 가며 김밥집 안을 들여다보니 직원 두 명은 열심히 김밥을 말고 주인 남자는 계산대에 앉아 텔레비전을 보며 웃고 있었다. 화장실에서 손을 씻는데 거울에 붙은 노란 스티커가 거슬렸다. '헬리콥터 구합니다.' 물을 묻혀 떼려고 해도 잘 떼어지지 않았다. 짧은 손톱을 세워 전화번호가 적힌 부분만 긁어내었다.

오후 내내 노인의 죽음과 관련된 기사를 찾기 시작했다. 투신, 안산, 해피 요양원, 동산 아파트, 추락, 자살, 어떤 검색어를 넣어도 오늘 일어난 노인의 죽음과 관련된 사망 기사는 발견되지 않았다. 너무 흔하고 보잘것없는 죽음이라 세상의 온갖 시시콜콜한 사건 사고를 다루는 인터넷 뉴스에도 오르지 못한 걸까. 개죽음이라는 단어가 떠올랐다. 그러나 개죽음으로 검색해 봐도 노인의 죽음에 대한 기사는 없었다.

"할머니가 죽었어."

집에 돌아와 아내 수연이 끓여 준 된장찌개에 밥을 먹다가 전규석이 말했다. 그제야 영화 속 가상 인물이 죽은 게 아니라 안경원이나 편의점, 요양원이 있던 건물의 병원이나 약국에서 한 번쯤 마주쳤을지 모르는 노인이 죽었다는 실감이 났다. 그렇다고 해서 슬프거나 안타까운 감정은 들지 않았다. 모르는 사람인 것은 마찬가지였다. 살아서 아무 의미가 없던 사람이 죽었다고 해서 새삼 어떤 의미로 다가올 일은 없었다. 그런데도 그 소식을 전하고 싶었다. 그래야 이 알 수 없는 체증이 가라앉을 것 같았다. 수연이 물었다.

"누구?"

"안경원 맞은편 건물 요양원에 있던."

"아는 할머니야?"

"아니."

"그런데?"

"옥상에서 떨어졌대."

"그걸 봤어?"

"아니."

수연은 된장찌개에 들어 있는 차돌박이를 모두 골라 전규석의 대접에 넣어 주며 말했다.

"할머니들은 죽어. 그것도 요양원에 있는 할머니라면."

그래. 할머니들은 죽지. 할아버지도. 때로는 소년과 소녀들도. 전규석은 수연이 자신을 위로해 주는 덤덤한 방식이 마음에 들었다. 위로가 필요하다고 생각하지 않았는데 위로가 필요했었는지도 모른다. 알지 못하는 노인의 죽음이 아니라 그것을 목격할 뻔했던 자신과 그것을 보지 못한 것을 '아깝게'

생각하며 집값이 떨어지기를 기대했던, 소름 끼치고 저열한 마음을 계속 품고 끔찍한 인간인 채 살아가야 하는 자신에 대한 위로가 말이다.

돌이켜 보면 진지하게 그런 생각을 한 건 아니었다. 다만 값싸게 취급된 어떤 죽음에 대해서 슬픔이 제거된 자리에 악취 나는 쓰레기 같은 생각들을 채움으로써 그 죽음이 야기할 수 있는 작은 슬픔조차 느끼기를 거부했던 것 같았다. 스스로를 혐오의 상태에 가두고 고립시키는 행위가 슬픔으로부터 자신을 지켜 주리란 어리석은 기만. 그렇게 전이된 슬픔은 이전에도 있었고 이번이 마지막도 아닐 터였다.

식사를 끝낸 후 전규석은 운동화 몇 켤레를 봉투에 넣고 무인 세탁소로 향했다. 늦은 시간에 혼자 있고 싶어질 때면 가끔 집 근처에 새로 생긴 코인 세탁소를 찾곤 했다. 세탁에 삼십 분, 건조에 삼십 분. 아내 수연에게 별다른 핑계를 대지 않고 저녁 시간을 혼자 보내면서 집안일을 하는 좋은 남편인 척도 할 수 있었다.

코인 세탁소는 여느 때처럼 비어 있었다. 이곳을 이용하는 사람은 전규석뿐인 것 같았다. 코인 세탁소도 이전의 가게들처럼 3개월 만에 사라질지도 몰랐다. 세탁소가 들어서기 전 가게는 자주 바뀌었고, 그사이에 땡처리, 폐업 특가 같은 문구들이 크고 붉은 글씨로 적힌 종이들이 유리문에 빼곡히 붙어 있곤 했다. 신발이나 보세 옷, 잡다한 생활용품을 파는 임시 매장들은 밤사이 들어왔다가 밤사이 빠져나갔다. 코인 세탁소만은 오래 이곳에서 불을 밝혀 주기를 바랐다. 어두운 골목 한 귀퉁이에서 밤새 불을 밝힌 채 더러워진 옷과 이불 따위를 빨고 빨고 빨아 내는 세탁소를 생각하면 이상하게 위로가 되었다. 애써 더럽힌 운동화를 세탁기에 넣고 잡지를 펼쳐보았다. 리플릿은 그 자리에 전규석이 꽂아 두었던 그대로 놓여 있었다. 누구에게도 발견되지 않은 채 전규석이 접어 놓았던 개구리 모양 그대로.

*

전규석이 심야코인세탁소의 리플릿을 처음 본 건 한 달 전 겨울 이불을 빨기 위해 처음 코인 세탁소를 찾았을 때였다. 빨래를 넣고 테이블에 앉아 기다리며 빨래 정리함 곁에 비치된 잡지들을 뒤적였다. 《스크린》과 《로드쇼》, 《프리미어》, 《키노》 같이 지금은 폐간된 오래된 잡지들이 대부분이었다. 영화 잡지를 열심히 사 모으던 시절이 전규석에게도 있었다. 조금은 반갑고 조금은 쑥스러운 기분으로 「아비정전」 시절의 장국영이 표지인 2003년도 잡지를 펼쳤다. 한때 국민 여동생이었다가 성인이 되면서 누구의 여동생도 아니게 된 여배우의 인터뷰가 실려 있었다.

―얼마 전 점을 봤는데 그분이 그러는 거예요. 타고난 배우야. 죽을 때까지 영화 같은 삶을 살게 될 거야. 저는 그 말이 좋았지만 무서웠어요. 제 삶은 영화 같지 않기를 바랐거든요. 시시하게 늙고 싶어요. 쪼글쪼글한 할머니 주제에 그래도 내가 과거엔 잘나가는 배우였다고 잘난 척하는, 좀 심술궂고 귀여운 할머니 말이에요. 그런데 한번은 조카가 이런 질문을.

여배우는 시시한 할머니도 심술궂은 할머니도 되지 못하고 이른 나이에 죽었다. 마지막 영화에서 연기한 장면과 유사한 모습으로 자동차 트렁크 안에서 발견되었다는 기사가 이 인터뷰 후 6년이 지나 세간을 떠들썩하게 할 예정이었다. 여배우가 죽기 전 휴가 나온 군인이었던 전규석은 그녀가 나온 영화 속의 노출 장면만 편집되어 떠돌던 영상을 보며 자위한 적이 있었다. 여배우가 죽고 2년이 지난 후 컴퓨터를 정리하다가 하드에 영상이 남아 있다는 걸 알게 되었다. 그런 울적한 기억은 사라지지도 않았다.

여배우의 인터뷰가 이어져야 할 페이지는 찢긴 채였다. 조카가 여배우에게 한 질문이 무엇인지는 영영 알지 못할 거였다. 혹시 찢어진 종이가 어딘가 끼워져 있는지 넘겨 보았지만 발견되지 않았고, 그 대신 반으로 접힌 리플릿이 한 장 떨어졌다.

리플릿에 적힌 글은 하나같이 수수께끼처럼 보였다. 심야코인세탁소라면 여길 말하는 건가. 그러고 보면 낮에 세탁소가 열려 있는 걸 본 기억이 없었다. 버스터 키튼의 밤이라는 게 뭔지도 궁금해졌다. 오늘은 수요일이었다. 수요일 밤 9시라고 했으니 그날이 오늘일 수도 있었다. 전규석은 시간을 확인했다. 8시 40분. 오늘 이곳에서라면 곧 시작될 시간이었다. 새삼스레 전규석은 세탁소 안을 둘러보았다. 어떤 식의 모임이 열릴 만한 공간이 아니었다. 대기할 수 있는 의자도 세 개뿐이었고 대용량 코인 세탁기 두 대에 운동화 세탁기 한 대, 건조기 두 대와 작은 무인 세탁함 아홉 개가 있을 뿐인, 상권이 죽은 시장 골목 안쪽 외진 곳에 자리한 작은 코인 세탁소였다. 그럼에도 이상한 기대감을 가지고 전규석은 무슨 일인가 벌어지기를 기다렸다. 어차피 세탁이 완료되는 동안 다른 할 일도 없었다.

9시가 지났다. 아무 일도 일어나지 않았다. 그동안 세탁이 완료된 빨래를 건조기에 옮겼다. 건조기가 돌아가는 소리만이 코인 세탁소를 가득 메웠다. 괜히 머쓱해서 천장에 붙은 CCTV 카메라를 향해 손을 흔들어 보았다. 누군가 CCTV 화면을 지켜보고 있다면 자신이 무성영화 속 희극 배우처럼 보일지도 모른다는 생각이 들었다. 지금 여기에서 버스터 키튼은 자신이었다.

전규석이 버스터 키튼에 대해 아는 바라곤 찰리 채플린과 함께 무성영화 시대의 코미디언이라는 것뿐이었다. 유튜브에서 그가 주연한 「기구 조종사」라는 영화를 찾아 2배속으로 재생해 보기 시작했다. 계획된 우스꽝스러운 행동은 2배속 안에서 더 과장되었지만 디테일은 사라졌다. 더 빠르거나 더 늦게. 정해진 현실의 속도에서 벗어나는 것. 디테일을 무시하는 것. 그것이 전규석이 원하는 것이었다. 비극도 희극도 사람도 구체화하지 않고 얼버무리면 슬프거나 즐거운 감정과 거리를 두기도 쉬워졌다. 무표정하게 마지막 장면까지 보고 끄려는데 무언가 전규석을 사로잡았다. 전규석은 황급히 영상을 앞으로 돌려 보았다. 그리고 다시 한번, 또 한 번. 마지막 장면에서 버스터 키튼과 여주인공 필리스가 탄 뗏목은 강의 물살을 따라 나아간다. 뗏목은 천천히 폭포가 떨어지는 절벽을 향해 가지만 버스터 키튼과 필리스는 곧 다가올 위험을 알지 못한다. 뗏목이 절벽의 끝에 다다랐을 때 관객들은 위기감을 느끼지만 뗏목은 추락하는 대신 공중에 뜬 채 계속 나아간다. 관객들은 의아해진다. 카메라가 그 비밀을 밝혀 준다. 뗏목은 영화 초반에 나왔던 열기구에 묶여 하늘을 날고 있었다. 해피 엔딩. 그 단순한 트릭에 전규석은 이상한 안도와 슬픔을 동시에 느끼며 되감아 보기를 반복했다. 속도는 2배속에서 1배속이 되었다. 1배속의 세계에서 전규석은 코미디 영화의 해피 엔딩은 왜 항상 슬픈 감정을 일으키는지 잠깐 생각했다.

누구도 속인 건 아니지만 어쩐지 속은 기분으로 전규석은 리플릿을 다시 보았다. 수요일 밤이라고 되어 있을 뿐 정확한 날짜는 없었다. 지난주거나 지난달, 어쩌면 잡지 속 여배우가 살아 있던 아주 오래전이거나 아직 오지 않은 수요일 밤일 수도 있었다. 주최가 심야코인세탁소라고 되어 있을 뿐 주소도 지도도 없으니까 문화 행사를 주관하는 회사의 이름이 심야코인세탁소일 수도 있었다. 잠시 망설이다가 전규석은 리플릿으로 개구리를 접었다. 수연이 알려 준 방식이었다. 꼬리 부분을 손가락으로 누르니 종이 개구리는 톡 튀어 올라 한 뼘 앞으로 나아갔다. 그리고 또 한 뼘 또 한 뼘. 종이는 접는 방식에 따라 어떤 건 하늘을 날기도 했지만 전규석은 이 정도의 비약이 좋았다. 제자리에서 점프. 도약도 추락도 크지 않고 딱 한 뼘만큼. 건조가 끝났다는 알림음이 들렸다. 종이 개구리를 다시 잡지에 끼워 두고 일어섰다. 그게 한 달 전이었다.

운동화를 세탁기에 넣은 후 9시가 되기를 기다렸다. 학생 두 명이 문을 열고 들어서다가 전규석을 보고 얼굴을 찌푸리더니 귓속말을 하며 다시 나갔다. 거리의 취객이 왜인지 유리문 밖에서 전규석을 손가락질하며 웃고 지나갔다. 한 달간 압착된 종이 개구리는 아무리 꼬리를 눌러도 위로 튀어 오르거나 앞으로 나아가지 못했다. 9시가 지났다. 오늘도 버스터 키튼의 밤은 열리지 않았다. 종이 개구리를 펼쳐 리플릿에 적힌 문구를 다시 들여다보다가 구겨서 버리려는데 전에는 보지 못했던 문장이 눈에 띄었다. 전규석은 버스터 키튼의 사진 옆에 연필로 적힌 문장을 소리 내어 읽어 보았다. 그는 형편없는 패가 들어와도 태연했다.*

무슨 말일까. 문장을 그대로 검색창에 넣으니 한 블로그의 글이 나왔다. 2004년에 열린 '버스터 키튼 회고전 ── 우리들

---

* 2015년 시네마테크 문화 학교에서 주최한 버스터 키튼 특별전에 관한 글 「우리들의 환대 ── 버스터 키튼 특별전」에서 인용.
 "2004년을 기억하며 그때와 마찬가지로 버스터 키튼에 대한 '우리들의 환대'를 표하고 싶다. 그는 최선을 다해 불가능한 일을 완수하고 고귀한 형상의 이미지를 남기고 사라졌고, 다시 우리들에게 나타났다. 그는 형편없는 패가 들어와도 태연했고 새로운 방식으로 일하고 우아한 방식으로 움직이고 새로운 리듬으로 사랑하고 이 세계에서 가장 쿨하게 생존했다. 댄 칼라한이 했던 마지막 말을 기억한다. '그가 얻으려고 했던 것은 단지 우리들의 웃음이었지만 우리는 그에게서 모든 것을 얻을 수 있었다.'"
 (https://cinematheque.tistory.com/487)

의 환대'와 관련된 게시물에서 버스터 키튼을 설명하는 내용 중에 그 문장이 있었다. 버스터 키튼에 대한 다른 기사도 찾아보았다. 찰리 채플린과 동시대에 무성영화의 황금기를 이끌었으나 한물간 배우가 된 버스터 키튼은 빌리 와일더 감독의 영화 「선셋 대로」에 단역 배우로 출연한다. 영화에서 버스터 키튼의 대사는 한 마디뿐이었다. 그는 자신의 카드 패를 확인하고 말한다. "패스."

건조가 끝난 운동화를 봉투에 담아 세탁소를 나가려다가 전규석은 입구 옆에 놓인 무인 세탁함을 보았다. 무인 세탁함은 한 번 이용하는 데 코인 세탁기와 마찬가지로 500원짜리 동전 여덟 개가 필요했고, 옆에는 주문서를 작성할 수 있는 포스트잇과 연필이 비치되어 있었다. 무심히 지나치다가 돌아와 다시 살펴보았다. 포스트잇에 워터마크로 '심야코인세탁소'라고 인쇄되어 있었다. 전규석은 아주 잠깐 망설였으나 포스트잇에 이메일 주소와 버스터 키튼의 밤에 초대해 달라는 메시지를 적어 일곱 번째 무인 세탁함에 넣었다. 이것은 전규석의 속도가 아니었다. 2배속. 혹은 0.5배속. 어느 쪽인지는 알수 없지만 속도를 벗어나는 것만으로 궤도는 수정되었다. 어떤 구체성은 얼렁뚱땅과 얼버무림으로 확보되기도 한다. 3일 후 전규석은 심야코인세탁소로부터 한 통의 메일을 받았다. 고독사 워크숍 초대장이었다.

*

오늘의 부고: 마리아 칼라힐(84세, 프리다이버) 지중해에서 잠수 중 실종. 다행이야, 네가 아니라서라는 말과 함께.

죽은 노인에게도 가족이 있었다. 딸과 사위, 그리고 중학생 손자도. 아이는 안경을 맞추러 왔다며 안경테 몇 개를 골라 써 보더니 물었다.

"봤어요?"

"뭘?"

"우리 할머니 죽는 거."

그래서 그 아이가 죽은 노인의 손자라는 걸 알았다.

"요양원에선 할머니가 실수로 떨어졌다고 했어요. 요즘엔 면회도 안 되고 밖에 외출도 못 하니까요, 하루에 십 분씩 옥상에 있는 야외 정원에서 바람을 쐬게 해 주는데 그때 하필 손수건이 날아가서요, 할머니가 그걸 보고 새가 날아간다고 그걸 잡겠다고 막. 진짜 눈 깜빡할 사이였다고요. 그 이야길 하면서 원장이랑 요양보호사인가 하는 사람이 우는데요, 엄마랑 아빠는 화도 못 내고요, 같이 우느라고. 솔직히 저는 말도 안 된다고 생각하거든요. 근데 아빠는 믿어요. 엄마도 믿고요. 그게 마음이 편하니까 그런 거겠죠. 할머니가 맘먹고 뛰어내렸다고 믿고 싶지는 않으니까요. 그게 진짜 사실일 수도 있고요. 그때 다른 할머니들은 아무것도 못 봤대요. 그때 점심 먹고요, 노래 강사가 와서 다들 식당 겸 거실에 모여서 노래를 했대요. 마스크를 쓰고요, 「아모르 파티」를 배웠대요. 「아모르 파티」는 전에도 배웠는데요, 노인들은 자꾸 잊어버리니까, 새로운 걸 배우는 것보다는 아는 걸 또 배우는 걸 더 편해하고요, 더 빨리 배우니까, 아는 노래를 또 배우고 자꾸 배우고 그랬대요. 할머니는 소화가 안 되는 것 같다고 빠졌는데요, 다른 만들기나 그런 시간엔 잘 참여했는데 노래는 싫어했대요. 아주 시끄럽다고요. *할머니가 참 품위가 있으셨잖아요. 그 왜 시끄럽고 소란스러운 걸 싫어하셨잖아요.* 요양원 원장이 그런 이야기를 했는데요, 엄마가 울면서도 움찔하는 걸 전 봤거든요. 사실 전 품위 그런 거 모르겠고요, 할머니는 품위 같은 거 별로 없었거든요. 밖에서 외식할 때도 앉은자리에서 손가락으로 잇새에 낀 음식 찌꺼기를 빼내기도 했고요, 컵에 가래침 같은 걸 뱉으니까 엄마가 끔찍하게 싫어했거든요. 제 얼굴에 뭐가 묻으면 손가락에 침을 묻혀서 닦으려고 해서 저도 짜증이 났고요. 근데 또 생각해 보면 할머니에겐 품위가, 그러니까 품위가 있었던 거 같기도 해요. 할머니는 검사를 받고 치매 진단이 나오니까 스스로 요양원을 알아봤거든요. 그리고 요양원에 들어가면서 요양원 비용 하라고 엄마한테 통장과 카드도 맡기고 가셨고요. 근데 얼마 전에 그런 이야기를 엄마랑 아빠가 하는 걸 들었거든요. 할머니가 맡기고 간 요양원 비용이 이제 두 달 치밖에 남지 않았다고요. 다음 달부터 제 피아노 학원을 끊어야겠다고요. 그런데 할머니가 죽었잖아요. 그러니까 저는 피아노 학원을 그만두지 않아도 되는 건가 그런 생각이 들었고요. 저는 그러니까 그게 제 탓이라고 생각 안 하고요, 할머니의 죽음과 제 피아노 학원비를 바꿨다고 생각은 안 하는데요, 피아노를 칠 때마다 옥상에서 떨어진 할머니 생각이 자꾸 날 거 같고요, 할머니가 그렇게까지 붙잡으려 했다던 손수건은 요양원에서 건네준 유품 중에도 없었고요."

아이가 큰 소리로 침을 삼켰다. 혹시 울먹이고 있는지 봤으나 아이는 덤덤한 표정이었다.

"언젠가 할머니까지 우리 가족 모두 아쿠아리움에 간 적이 있는데요, 제가 그때 고래에 푹 빠져 있었거든요. 저는 그때 어렸고요, 뭐든 좋아 보이는 건 다 될 수 있는 줄 알아서요, 그래서 나는 커서 고래가 되고 싶다고, 그런 바보 같은 이야기를 막 했거든요. 그랬더니 할머니가 될 수 있다고, 네가 원하는 건 뭐든 될 수 있다고 그러더라고요. 저는 기분이 좋아져서 할머니는 뭐가 되고 싶으냐고 물었죠. 그랬더니 할머니가 그러는 거예요. 다이버가 되고 싶다고. 프리다이버. 근데 이상했던 게요, 할머니는 수영도 못했거든요. 같이 휴가

때 수영장이 있는 펜션에 가도 수영하는 거 한 번도 본 적이 없고요, 제가 수영 강습을 받을 때도 수영장 밖 의자에 앉아서 그냥 제가 나올 때까지 조심해라, 조심해라, 계속 조심하라는 말만 하면서 가만히 앉아서 기다리기만 했었거든요. 저는 프리다이버란 말도 그때 처음 들었고요, 그게 뭔가 멋지게 들려서 엄마한테 얘기했더니 막 웃더라고요. 그러더니 할머니한테 혹시 수영이 배우고 싶었던 거냐고, 그러면 저 어린이집에 가 있을 동안 동네 문화센터에서 하는 수영 강습이라도 받으라고 했거든요. 그랬더니 할머니는 괜찮다고, 아니라고, 이 나이에 수영은 배워서 뭐에 쓰냐고, 그러면서 막 손을 저었단 말이에요. 근데 엄마가 어제 울면서 그런 이야기를 하는 거예요. 그때 할머니한테 수영을 배우게 해 줬어야 했다고. 할머니가 바다에 빠져 죽은 것도 아니고요, 수영을 배웠다고 해서 10층 옥상에서 떨어졌을 때 살 수 있는 것도 아닌데 갑자기 그런 이야기를 하면서 우는 거예요. 그게 제가 수영장 다닐 때니까 한참 전 일인데요 갑자기. 저는 그래서 추락사를 대비하는 거라면 차라리 유도를 배우고 낙법을 배우는 게 낫지 않았을까 생각했는데 엄마한테 그런 이야기는 못 했고요. 그런데요, 왜 엄마가 그런 말을 했는지 완전히 알지는 못해도 조금 알 것도 같은 게요, 할머니가 떨어질 때 마지막으로 본 게 아스팔트 바닥이 아니라 푸르고 깊은 바다였으면 좋겠다고, 할머니가 죽은 게 아니라 꿈꾸던 프리다이버가 되어 아주 깊은 바닷속에서 오래오래 잠수하고 있는 거라고 생각하면 이상하게 마음이 편해지고요, 아니 슬프긴 한데 당연히 슬프지만 그래도 좀 평화로운 슬픔 같은 그런 마음이 들거든요. 엄마도 그런 거 아니었을까요? 할머니가 어딘가의 바다에서 고래와 함께 있다고 생각하면 다시 피아노를 연주하는 일이 그렇게 끔찍하지는 않을 것 같고요, 그러니까 어제는 피아노를 치는데 바닷속에서 계속 연주되는 피아노 이야기 같은 게 생각났고요."

당연히 이런 이야기를 전규석에게 해 준 노인의 손자는 없었다. 안경원에 앉아 글렌 굴드의 피아노 연주가 흘러나오는 클래식 채널에 라디오 주파수를 맞춰 놓고 건너편의 일상적인 풍경들을 보며 전규석은 할머니의 죽음에 대한 없는 부고를 고독사 워크숍의 부고란에 대신 적었을 뿐이었다. 그게 위로인지 기만인지는 모르지만. 모르는 할머니가 죽기 전에 깊고 푸른 바다와 프리다이버로서의 짧고 강렬한 생을 생각하는 동안 조금씩 몸 안에 따뜻한 물이 차오르는 게 느껴졌다. 자신이 다행이라고 생각했던 죽음에 대해 할 수 있는 건 그런 것뿐이었다.

*

Q 당신이 고독사 워크숍을 선택한 이유 세 가지를 적어 주세요.

고독사 워크숍 신청서에 있는 문항이었다. 전규석은 잠시 망설이다가 세 명의 이름을 적었다. 송영달과 이수연, 그리고 마리아 칼라힐. 송영달은 초등학생 때 같은 반이었던 전규석의 첫 번째 다행이었다. 특별한 이유 없이 반 아이들에게 따돌림당하던 아이였는데 전규석은 그 아이에게 자신이 '특별하게' 친절히 대했던 것을 기억했다. 그 이면에는 이런 마음이 숨어 있었다. 다행이야, 내가 아니라서. 그래서 송영달이 연필로 눈을 찔렀을 때, 아픔보다는 놀란 마음에 울음을 터뜨리면서도 한편으로는 안도했다. 이제는 다행이라 중얼거리며 죄책감을 느끼지 않아도 되겠다고 생각했다. 애초에 송영달과 자신은 다행의 이편과 저편에 놓여 있는 서로 다른 존재였다. 지금은 같은 반의 앞뒤에 앉아 있지만 결국엔 아주 멀리 떨어져 결코 같은 공간에 속하지 않는 모르는 사람이 될 터였다. 그리고 다시 한번 안도했다. 다행이야, 찔린 사람이 나라서. 다행이야, 찌른 사람이 내가 아니라서. 그런 식으로 전규석은 타인의 불행에 다행이야 내가 아니라서라고 중얼거리는 어른이 되었다.

그러나 정말 내가 서 있는 이편이 다행한 장소일까. 알 수 없었다. 지금 어딘가에 살아 있을 송영달과 자신이 정말 이편과 저편으로 나뉘어 있을 거라는 확신도 없었다. 확실한 것은 하나뿐이었다. 부모님과 누나와 아내 수연이 있고 가끔 만나는 동창과 지인들도 있지만 자신은 고독사할 수밖에 없는 인간이라는 것이었다. 다행이야 내가 아니라서. 처음 그 말을 마음에 품은 순간, 그렇게 안전하다 믿은 이편에 서서 자신의 곁을 스쳐 간 사람들을 하나둘씩 저편으로 밀어내는 동안 고독사에 이르는 긴 여정은 이미 시작된 거였다.

부고를 적고 나서도 다이빙하는 할머니의 잔상이 머리에서 떠나지 않았다. 이건 어디서 온 걸까. 이런 그림을 어디선가 봤던 기억이 났다. 그 노트였다. 전규석은 자물쇠를 열고 유리 케이스에 넣어 둔 A4 크기의 드로잉 북을 꺼냈다. 고객이 두고 간 노트였다. 이름이 뭐였더라. 고객 관리 목록을 열어 확인해 보았다. 도정우. 마지막으로 방문한 게 2년 전이었다. 안경을 맞추러 온 건 네 번이었지만 기억에 남는 특이한 고객이었다. 양쪽 눈의 시력 차이가 심해서 시력 교정용 안경을 맞췄는데 그 후 6개월에 한 번씩 안경을 바꾸러 올 때마다 시력이 나쁜 쪽 눈이 바뀌었다. 전에는 마이너스였던 오른쪽 눈이 6개월 후 시력 검사 결과 0.9로 나오고 정상 시력이던 왼쪽 눈 시력이 0.1로 나오는 식이었다. 그래서 그가 거짓 말을 하고 있다는 걸 알았다. 왜 거짓말을 하며 눈에 맞지 않는 안경을 쓰는지, 도수가 맞지 않는 안경을 쓰면 어지러울 텐데 괜찮은지 궁금했으나 묻지 않았다. 타인의 행동에 의문을 품지 않고 모른 척 넘어가는 것이 전규석이 과거를 통해 배운 유일한 삶의 해법이었다. 정답은 아니지만 틀리지도 않는 답.

도정우는 마지막으로 새 안경을 맞추려고 방문한 날 드로잉 북을 두고 갔다. 고객 연락처를 보고 전화했지만 받지 않았다. 번호가 바뀌었거나 처음부터 틀린 번호를 남긴 것 같았다. 일기장도 아니어서 별생각 없이 노트를 넘겨 보았다. 색연필로 그린 스케치들이었는데 몇 개의 선으로 도약하거나 달리거나 매달린, 주로 운동하는 사람들의 순간의 표정이나 동작을 포착한 인물 드로잉이었다. 언젠가 오면 찾아가지 않은 안경과 함께 돌려줘야지 했는데 다시 오지 않았다. 무슨 이유에서 맞지 않는 안경을 썼는지는 모르지만 맞지 않는 안경을 써야 할 이유가 사라진 거라면 그것으로 좋았다.

전규석은 페이지를 빠르게 넘겨 보았다. 열네 번째 장에 찾던 그림이 있었다. 꽃무늬 수영모와 파란 물안경을 쓰고 보라색 물방울무늬 원피스 수영복을 입은 여자가 파랗고 좁은 동그라미, 물웅덩이로 보이는 파란 동그라미 안으로 다이빙하는 그림이었다. 그림의 여자를 할머니로 생각할 근거는 어디에도 없었다. 주름진 피부나 늘어진 젖가슴이나 처진 엉덩이 같은 것도 없었다. 그 흔적을 찾으며 내가 생각하는 할머니란 그런 모습인가 싶어서 전규석은 조금 민망해지기도 했다. 그런데 나는 왜 그림 속의 여자를 할머니로 기억하는 걸까. 왜 이미 죽은 할머니에게 이 그림 속 여자를 투영했던 걸까. 죽음을 향해 달려드는 모습이라고 은연중에 생각해서?

뒷장으로 넘기니 분홍색 튀튀를 입고 분홍색 토슈즈를 신고 도약하는 뚱뚱한 남자가 있었다. 얼굴은 무표정했다. 도정우가 찾아가지 않은 안경을 쓰고 다시 그림을 보았다. 난시가 심한 교정용 안경이었다. 초점이 맞지 않아 선들이 휘어졌다. 휘어지고 왜곡된 그림 속에서 남자의 무표정한 얼굴에 표정이 생겨났다. 그는 행복해 보였다. 통통한 손끝과 발끝, 위로 뻗은 튀튀의 긴장된 날렵한 선이 그가 기쁨과 쾌락의 춤을 추고 있다는 걸 알려 주었다.

전규석은 연필로 그의 왼쪽 눈 밑에 자신과 같이 점 하나를 찍었다. 어릴 때 연필에 찔린 상처는 점이 되어 전규석의 일부로 남았다. 그것은 일종의 부적이 되었다. 자신은 언제든 타인의 불행에 다행이야라고 중얼거릴 수 있는 사람이니 선을 넘지 않도록 조심했다. 내면의 어둠을 덜 들여다보기해 노력했고 감정의 기복을 누르고 평정심을 지키는 데 충실했고 지나치게 행복해지지 않도록 기쁨 역시 자제했다. 그러나 어차피 이 삶의 끝에 남는 건 고독사뿐이라면 자신이 지켜 내야 하는 건 평정심이 아니었다. 더 많은 기쁨과 더 많은 행복한 춤이었다. 볼품없고 우스꽝스러울수록 좋았다. 전규석은 손가락에 침을 묻혀 남자의 얼굴에 그려진 점을 문질렀다. 보풀이 일어났지만 점은 지워졌다. 흐릿하게 번진 그림 속 남자는 덜 선명해서 더 행복해졌다.

점심을 먹고 건너편 건물 4층에 있는 발레 교습소에 등록했다. 가끔 퇴근을 하고 안경원 앞 버스 정류장 의자에 앉아 4층을 올려다보곤 했다. 창문으로 발레를 배우는 연습생의 몸이라고는 생각되지 않는 커다랗고 둔한 몸짓의 그림자가 비쳤다가 사라지는 걸 오래 지켜보기도 했다. 이제 크고 둥근 그림자를 만드는 사람은 자신이 될 터였다.

어릴 때 전규석은 발레리나를 꿈꾼 적이 있었다. 그러나 누나를 따라서 발레 교습소에 갔다가 하루 만에 그만두었다.

"발레리나가 되고 싶어요."

전규석의 말에 선생님이 다정하게 되물었다.

"발레리노가 되고 싶니?"

"아니요. 발레리나요."

누나가 옆에서 바보라고 비웃으며 말했다. "남자는 발레리노라고 하는 거야."

선생님이 웃으며 덧붙였다.

"열심히 하면 살도 빠지고 발레리노가 될 수 있을 거란다."

다음 날부터 발레 교습소에 나가지 않았다. 전규석이 되고 싶은 건 발레리나였다. 발레리노가 되고 싶은 게 아니었다. 그런 식으로 불가능한 것을 꿈꾸고 포기하는 일은 그 후로도 전규석의 삶에 수없이 많이 일어났다. 전규석은 단련되었다. 쉽게 포기하는 인간이 되었다.

생각해 보면 서른여덟 해 동안 전규석이 꾸준히 포기하지 않고 잘하는 건 포기하는 것뿐이었다. 고독사 워크숍 동안 매일 새로운 것을 포기해 보기로 했다. 그러기 위해서는 매일 새로운 것을 시작해 보는 것도 좋았다. 그리고 매일 새롭게 시작하고 새롭게 포기한 기록을 오늘의 부고에 남기기로 했다. 매일 죽을 수 있다고 생각하니 어떤 것이든 시작하는 게 두렵지 않게 느껴졌다. 먹어 보지 못한 지독하게 매운 음식을 먹거나 매일 안경원 앞을 지나가지만 한 번도 타 보지 않은 8-1번 마을버스를 타는 것 같은 소소한 일들부터 시작했다. 쉽게 포기하는 인간이니까 어떤 것이든 꿈꿔 볼 수도 있는 거였다. 시작이라는 낱말을 입 안에서 여러 번 굴려 보니 시를 습작해 보는 것도 좋겠단 생각이 들었다. 어차피 고독사할 거라면 하루쯤은 시인으로 살다 시인으로 죽어도 좋았다. 발레는 몸으로 쓰는 시가 될 거였다.

2층에 있는 알파 문구에 들러 작은 연습장과 연필, 그리고 파란색과 분홍색 색연필을 샀다. 안경원으로 돌아와 다시 도정우의 안경을 썼다. 맞지 않는 안경을 쓰자 익숙한 풍경이 미묘하게 비틀렸다. 초점이 맞지 않는 세계는 어딘가 조금 만만하게 느껴졌다. 보이는 세계가 흐릿해진 만큼 세계 역시 흐릿해진 자신을 눈치채지 못할 것 같았고, 그러자 저 밖의 세상을 마음 놓고 사랑할 수 있을 것 같았다. 들키지만 않으면 짝사랑을 멈추지 않을 자신이 있었다. 인터넷 쇼핑몰에 접속해 가장 큰 사이즈의 발레복과 분홍색 튀튀를 주문했다. 언젠가 버스터 키튼의 밤에 행복한 발레리나로서 공연하는 모습을 상상했다. 생각만 해도 웃음이 났다. 뻔뻔해지는 데 안경이 도움이 될 터였다. 안경을 쓴 채 노트를 펼치고 아주 작은 동그라미 주위로 넓고 깊게, 스케치북의 여백이 남지 않도록 최대한 넓고 깊게 파란색을 칠하기 시작했다. 파랑 위에 파랑 위에 파랑 위에 파랑 위에 파랑 위에 파랑을 덧칠하는 동안 새로 산 파란 색연필의 길이가 3분의 1쯤 줄어들었다. 분홍색 색연필은 자신을 위해 남겨 두었다. 어떤 것은 아직은 될 수 없지만 어떤 것은 아직은 될 수 있다.

오늘의 부고: 채널 13/전규석/아마추어 발레리나/그는 형편없는 패가 들어와도 태연했다.

고독도 번역이 되나요

전규석의 글 밑에 대신 부고를 써 달라는 부탁의 댓글이
올라오기 시작했다. 그는 원하는 고독사를 위한 세 개의 해시
태그만 제시하면 얼마든지 부고를 작성해 주겠다고 했다. 누
군가는 #사냥개 #불시에 #우연히라고 적었고 채널 20은 #어
림없이 #오매불망 #옴짝달싹이라고 적었다. 오 대리는 #우는
판다 #자전거 #그럴수도있었는데라는 해시태그를 적었다가
이내 지웠다. 어떤 해시태그는 짓궂은 농담 같았지만 농담에
는 언제나 진실이 숨어 있기 마련이었다. 자신의 고독사를 위

해 누군가 시간을 들여 어설픈 농담을 만들어 준다는 작은 즐거움 이상의 것을 바라는 사람은 없었다.

모두가 고독에 대해 말하지만 고독을 표현하는 단어들은 저마다 달랐다. 오 대리에게 고독이란 단어는 떠버리, 노래방 탬버린, 일요일 아침마다 들리는 3년째 늘지 않는 위층 꼬마의 피아노 연주 소리, 은퇴한 벨리댄서의 흔들리는 옆구리 살, 냉장고 문에 찧은 새끼발가락과 무음으로 지르는 비명, 비 오는 날 사람과 사람 사이의 간격과 흘린 채 그대로 굳어져 쉽게 떼어지지 않게 유착되어 버린 끈적하고 얼룩얼룩한 것들과 관계있었다. 어쩐지와 어처구니, 부들부들과 구부러지다, 감히 혹은 마땅하다 같은 말도 고독을 상기시켰다. 다른 참가자들은 어떤 고독의 대체어를 가지고 있는지 궁금해졌다.

#고독도_번역이_되나요

오 대리가 무인 세탁함에 해시태그를 올리자 곧 같은 해시태그를 단 몇 개의 답글이 올라왔다.

고독의 언어를 이누이트어라고 대답한 사람은 송영달이었다. 에스키모의 말이 왜. 송영달이 생각하는 소통되지 않는 전혀 모르는 언어라서일까? 오 대리는 이누이트어를 검색해 보았다. 검색 결과 가장 흔하게 등장하는 정보는 에스키모의 언어에는 눈을 표현하는 단어가 400개가 있다라는 식의 문장이었다. 어떤 이는 500개가 있다고도 했고, 어디서는 스무 개가 넘는다는 설이 있으나 이는 모두 틀린 이야기라고 단언하기도 했다. 이누이트어가 단어와 문장을 구분할 수 없는 언어라서 생긴 오해라는 거였다. 오해는 무엇이고 사실은 무엇인지 알 수 없는 가운데 스무 개와 500개는 단순한 오차로 보기엔 차이가 너무 컸다. 그야말로 고독한 언어일 수밖에 없는 이유라고 오 대리는 생각했다.

송영달이 가장 좋아하는 이누이트어는 '익트수아르포크'라고 했다. 『마음도 번역이 되나요』라는 책에 의하면 익트수아르포크는 이누이트어로 '누군가가, 누구라도, 오는지 끊임없이 들락거리며 확인하고 기다리는 행동', 즉 '누군가 올 것 같아 괜히 문밖을 서성이는'이라는 의미를 담고 있다고 했다. 오 대리는 도서관에 가서 그 문장을 포스트잇에 옮겨 적은 후 파트리크 쥐스킨트의 『비둘기』를 펼치고 37쪽에 붙여놓았다.

채널 17에게 고독이란 단어는 날짜가 지난 쿠폰, 점멸하는 형광등, 수신 감도가 약한 와이파이, 고장 난 이어폰, 수신자 부담, 낡은 담요, 야간 진료, 골절, 수용성 비타민, 중략, 육하원칙, 랜드마크, 패키지여행, 교통경찰, 깃발, 힐링과 치유, 나일론, 푸가, 부역자, 심해어, 경거망동, 급발진, 헐거워진 손잡이, 녹슨 자물쇠, 구멍 난 양말 뒤꿈치, 갈증, 생리혈, 한심한 질문, 정답이 없는 질문에 정답을 찾으려는 지긋지긋하게 학습된 성실함과 관계있었다.

뒤로 갈수록 왠지 화가 난 듯 신경질적인 답변 끝에 채널 17은 원하는 게 뭔지 모르지만이라면서 이렇게 덧붙였다. 고독을 대신하는 말 같은 건 원한다면 얼마든지, 하루 종일, 하루에 열 페이지도 쓸 수 있다고. 그 대신에 당신이 지금 손에 잡히는 어떤 책의 어떤 페이지를 펼치거나 특가 세일, 사장님이 미쳤어요, 한 달에 5킬로그램 감량 보장 따위의 홍보 문구가 적힌 거리의 전단지 어떤 걸 보더라도 그 안에 담긴 말들이 그대로 자신의 고독을 대신하는 말이 될 거라고. 그러니 도대체 뭐가 궁금한 거냐고. 내 고독이 시시하고 남과 다르지 않다는 걸 깨닫는 것? 고독이란 게 원래 다 그렇게 보잘것없고 보편적인 거니까 자기만 고독하다고 착각하지 말라고?

결국 채널 17에게 고독이란 말은 본인이 덧붙인 대로 고독이란 거시기가 거시기해서 거시기하니까 그게 참말로 거시기하지 않나 와 같이 '거시기'한 말, 모든 말을 대체할 수 있는 대체어이며 따라서 그 자체로는 텅 비어 있는 공허한 표현이기도 하다는 의미인 것 같았다. 아닐 수도 있고. 오 대리는 자신의 고독을 대신할 말에 그것 또한 포함시켰다. 아님 말고.

오 대리는 또 고독의 대체어로 발 구르기와 불완전 연소, 낙차와 오름, 비천함, 중력, 무한궤도와 미성년, 사랑니와 미열, 비상과 하강, 결핍과 갈망, 궤적, 첨탑과 등대, 크레인도 덧붙였다. 적고 나서야 그 단어가 앨리스에게서 왔다는 걸 기억했다. 아랫목과 치통, 자명하다와 살얼음은 김자옥 씨에게서 온 것이었다. 이수연에게서 오 대리에게 온 고독의 언어도 있었다. 그것은 누룽지 맛 사탕과 오래 매달리기, 그리고 이십육 초의 시간으로 왔다.

이수연,

반려 고독 기르는 법

전규석의 재킷 주머니에서 명함을 처음 발견했을 때 이수연은 큰 소리로 웃음을 터뜨릴 뻔했다. 오래전 여름방학 때 알몸으로 잠든 아버지를 우연히 목격한 적이 있다. 그 적나라함에 놀라 소리 내어 웃다가 잠에서 깬 아버지가 무의식적으로 휘두르는 손에 뺨을 맞았다. 아버지도 놀라고 이수연도 놀랐다. 그 후로 남자와의 성적인 체험은 이수연에게 우스꽝스러운 희극이었다가 돌연히 뺨을 때리는 변덕스럽고 괴팍한 무엇이 되었다. 이수연이 더러운 속옷이라도 되는 듯 두 손가락으로 명함의 귀퉁이를 집어 살펴보면서 느낀 것은 바로 그런 감정이었다. 우습고 뺨 맞은 기분.

　성인용. 회원 전용. 그런 말들이 적혀 있는 세탁소란 대체 어떤 곳일까? '심야코인세탁소'란 글자가 정중앙에 금색 활자로 인쇄된 명함에는 주소도 연락처도 없었고 오른쪽 하단에 네모난 QR 코드만 있었다. 진짜 코인 세탁소가 이런 식으로 명함을 만들 리 없었다. 뉴스에 나오곤 하던, 이상한 취향의 사람들이 이상한 취향을 나누기 위해 모인 곳인 걸까. 가상 화폐로만 거래 가능하고 다크 웹으로만 접속 가능하다는 그런 변태적인 클럽이 연상되었다.

명함 한 장으로 거북한 상상을 하는 건 전규석에게는 온당치 못한 일이었다. 전규석은 성실하고 평범한 남자였다. 좋은 남편이라는 이야기는 아니었다. 평범한 남자가 좋은 남편이 되기란 쉽지 않은 세상이니까. 그렇다고 해서 문제가 있는 남편도 아니었다. 아내가 걱정할 만한 사고를 친 적도 없었고 크게 화를 내거나 불만을 표출한 적도 없었다. 평정심을 유지하는 것만이 유일한 목표인 것처럼 매우 조심스럽게 흥분할 만한 일들은 알아서 피했고 크게 좋을 것도 크게 나쁠 것도 없는 평상심을 유지하고자 애썼다.

예를 들면 전규석은 야구 중계를 보지 않았다. 야구에 관심이 없어서가 아니었다. 그는 어릴 때부터 '불행하게도' 롯데 자이언츠의 팬으로 태어났다고 했다. 야구 팬이란 한때 팬이었다가 그만둘 수 있는 게 아니라 유전자에 새기고 태어나는 거라고도 했다. 그러나 야구장에 가지도 않았고 중계를 보서 응원을 하는 일도 없었다. 텔레비전에서 시합을 중계하는 날이면 꺼진 화면 앞에서 아주 천천히 이미 다 읽어서 결말을 아는 두꺼운 스릴러 책을 읽었다. 북유럽의 긴긴밤을 견디기 위한 목적으로 쓰인 듯 아주 긴 소설들이었다. 그런 날은 두 시간이 넘도록 책장을 열 장도 못 넘기곤 했다. 경기가 끝나고 승패가 결정되고 나서야 뉴스를 통해 결과를 확인했고 하이라이트 장면을 세 번이고 네 번이고 반복해서 보았다. 이겼다고 크게 기뻐하거나 졌다고 크게 분해하지도 않았다. 경기를 보지 않는 것이 승리를 기원하는 자신만의 징크스여서 그런 것도 아니었다. 전규석이 보거나 보지 않거나 롯데는 자주 졌으므로 그런 징크스가 있었다 해도 이미 깨졌어야 맞았다. 그저 자신을 적정한 수준 이상의 흥분 상태로 몰아가고 싶지 않은 거였다. 이미 결과를 알고 보는 게임에서 느끼는 김빠진 즐거움만이 그가 자신에게 허용하는 최대의 자극이었다.

그래서 알았다. 원래 차분한 사람이 아니라 차분함을 잃지 않도록 매우 오래 단련해 왔고 그 노력은 지금도 신중하게 지속되고 있다는 걸. 알코올의존자에게 금주란 술을 끊었다는 완결형이 아니라 그저 안 마시는 상태를 하루 또 하루 유지하는 미래 진행형이라는 말이 생각났다. 그러니까 전규석은 무언가에 중독되었다가 위험을 감지하고 돌아서서 회복 중인 상태와 비슷했다. 전규석은 무엇을 두려워하는 걸까. 그가 흥분하면 도대체 무슨 일이 벌어지는 걸까. 그는 자신이 극단으로 치달을 경우 무슨 일을 벌일 수 있는지 경험했고, 그것을 통해 무언가 배운 걸까. 그래서 평정심을 잃지 않으려고 부단히 애를 쓰는 걸까. 전규석은 그런 식의 이야기를 이수연에게 들려준 적이 없었다. 궁금했으나 묻지는 않았다. 평온한 결혼 생활을 유지하는 데는 함께 나눈 말보다 함께 나누지 않은 말들이 더 도움이 될 터였다. 이수연이 생각하는 결혼이란 그런 거였다.

전규석이 이수연과 결혼을 결심한 이유도 이수연과 있으면 일상성을 벗어난 어떤 감정적인 혼란도 없으리라고 믿었기 때문인 것 같았다. 다툼도 미움도 없는 미온적인 결혼 생활이 지속되었다. 애초에 패배한 게임인 걸 알고 복기하는 사람만이 가지는 차분한 배려와 무심함이 전규석에게는 있었다.

전규석이 이수연을 사랑하지 않는 건 아니었다. 그 나름대로 최선을 다해 사랑한다고 이수연은 생각했다. 다만 그 사랑이란 게 말하자면 이런 형태일 뿐이었다. #아무려나.

가끔 기울어진 마음에 슬픔이 차오를 때면 전규석의 속옷이나 양말을 손으로 아주 오래 빨았다. 하루치의 내밀한 더러움이 그곳에 있었고 그 더러움과 마주하고 나면 혼자 덥혀진 마음의 온도는 천천히 식고 전규석과 비슷한 정도의 냉정을 찾을 수 있었다.

어쩌면 그렇기 때문에 이수연은 전규석의 주머니에서 나온 명함 하나에 쉽게 흥분할 수 있었다. 그가 비밀을 숨기고 있다는 생각, 그 비밀이 아주 나쁜 걸지도 모른다는 생각, 그 나쁜 상상들이 자신에게서 전규석을 보며 느끼는 작은 슬픔들을 앗아 가 주길 바랐다. 어쩌면 이 슬픔들이 미움으로 바뀔 수도 있었다. 미워지면 힘이 생기게 될 거였다. 약해 빠진 슬픔보다는 미움이 자신을 더 강하게 만들어 줄 터였다. 그러나 사실 이수연은 좀 무서웠다. 나쁜 상상이 현실이 되고 전규석의 나쁜 비밀을 알게 되는 것이 무섭다기보다 그가 어떤 나쁜 비밀을 품고 있어도 이해해 주고 싶어질까 봐 그 점이 두려웠다. 그래서 한동안 심야코인세탁소에 대해서는 잊으려고 했다. 그러나 잊히지 않았다.

며칠이 지난 수요일 밤 전규석이 더럽지도 않은 운동화 몇 켤레를 들고 집을 나섰을 때 이수연은 명함을 다시 꺼냈다. 그리고 어떤 열기와 조급함으로 QR 코드를 스캔했다. 그러자 고독사 워크숍 앱 다운로드 창과 함께 메시지가 떴다.

☑ 당신의 고독사를 위한 1000개의 농담, 1000개의 안부.

고독사라고? 이수연이 상상하던 곳은 아닌 듯했다. 안심되어야 하는데 더 불안해지고 말았다. 사이트에 들어가 봐도 회원 전용 유료 사이트여서 가입하지 않고는 알아낼 수 있는 정보가 없었다. 회원 가입 창에 전규석의 이름과 주민등록번호를 넣어 보았다. 이미 가입한 회원이라는 안내문이 떴다. 예상했던 터라 놀라지는 않았다. 전규석의 이메일 주소와 짐작되는 비밀번호로 접속을 시도해 보았지만 접근이 허용되지 않았다. 직접 가입해서 알아내는 수밖에 없었다. 회원 가입 창에 이름과 주민 번호를 넣었다. 가입한 적 없는데 이미 가입된 회원이라는 안내문과 함께 오늘의 부고가 떴다. 그곳에서 자신은 이미 죽은 사람이었다.

— 오늘의 부고: 채널 33/이수연/오래 매달리기 챔피언/부질없음의 방식으로.

*

서른넷에 이수연은 전규석을 처음 만났다. 그 전에 네 번의 연애 경험이 있었는데 두 번은 평범했고 한 번은 지루했으며 한 번은 매우 잘못된 연애였다. 잘못된 연애가 대개 그렇듯 끝난 후에야 자신이 한 게 연애가 아니라 일종의 자기혐오였음을 알게 되었다. 회사를 그만두고 이모의 페이퍼 아트 스튜디오에서 일하기 시작한 후에는 어떤 인간관계도 맺지 않았는데 전규석은 예외였다. 이수연에게 전규석과의 관계는 사람과 사람의 연결이 아니라 사물과 맺는 정도의 무해하고 담백한 느낌이었다. 그에게서 나는 젖은 나무나 태운 풀 냄새 때문일 수도 있었다. 나중에 그것이 탈모 방지용 한방 샴푸 향이라는 걸 알고 혼자 몰래 웃곤 했다. 한번은 집에 놀러 갔다가 『아직은 대머리가 될 수 없다』라는 책이 테이블에 놓여 있는 걸 보았다. 수연의 시선을 보고 전규석이 얼굴을 붉히며 친구가 두고 갔다고 묻지도 않은 말을 했는데 그 모습에 웃음이 터졌다. 어쨌거나 그 덕분인지 경계심이 무너지고 살금살금 마음이 갔다.

오래지 않아 자신이 가만가만 전규석을 좋아하고 있다는 사실을 깨달았다. 사람이 사람을 열렬하고 뜨겁게, 애틋하게 좋아하지 않고 가만가만 좋아할 수도 있다는 걸 처음 알게 되었고 그래서 좋았다. 그 마음이 조각조각 나 구깃구깃해질 것은 예측하지 못했다.

이전에 다니던 직장은 청소년을 위한 심리 상담 센터였는데 팀장이 상담해 주던 불우한 청소년과 불건전한 관계를 맺는 걸 알게 되었다. 고민하다가 평소에 따르던 좋아하는 선배에게 상의를 했더니 선배가 이수연 대신 문제를 제기해 주었다. 팀장은 해고되었고 그것으로 일은 잘 마무리된 것 같았다. 그러나 아니었다. 센터의 스캔들이 온라인상에 떠돌고 외부에 알려지게 되면서 팀장이 후원금을 착복했다는 비밀도 드러났다. 센터의 관리 부실과 비윤리적인 문제들로 인해 후원자들이 빠져나가기 시작했고 상당 부분 후원금을 통해 운영되던 센터의 운영이 어려워졌다. 직원 감축이 시작되었다. 해고된 두 명의 직원과 남은 직원 모두 선배를 원망했다. 조용히 처리할 수 있는 문제를 괜한 호승심에 시끄럽게 만들었다는 거였다. 남은 직원들의 월급도 삭감되었다. 대놓고 비난할 순 없지만 못마땅해하는 분위기가 센터 내에 감돌았고 선배를 제외한 단체 채팅방이 생겨났다. 이수연은 그곳에 속해 있었다.

물론 처음에는 자신을 대신해 나서 준 선배에게 고마운 마음이 컸다. 그러나 점차 불편해졌다. 선배가 용기 내어 고발했다는 이유로 칭찬을 받을 때는 자신이 마땅히 받아야 할 주목을 선배가 빼앗아 갔다는 생각도 했다. 자신을 대신해서 의연하게 나서 준 것이 아니라 원래 그렇게 앞뒤 안 가리고 나서기 좋아하는 영웅 심리에 취한 사람이라고 매도하며 그랬다. 그 이면에는 언제 어디서나 당당할 수 있는 선배가 자신의 비겁하고 나약한 태도를 속으로 비웃으리라는 자격지심이 포함되어 있었다. 그래서 선배가 회사와 동료들에게 외면당하기 시작하자 차라리 마음이 편해졌다. 부당한 취급을 받는데도 모른 척했다. 어차피 그 이후의 일들은 자신과 상관없는 선배의 문제라고 생각했다. 결국 4개월 만에 선배가 센터를 그만두게 되었다.

다행이야, 내가 아니라서.

그렇게 생각했다. 그 말의 비열함에 스스로 참혹해지면서도 자신에게 일어난 일이 아니라서 다행이라고 생각했다. 선배가 출장을 다녀오며 사다 준 핸드크림과 초콜릿, 마그넷 같은 기념품들이 여전히 책상 서랍에 남아 있었지만 죄책감을 느끼지 않으려고 애썼다. 아무런 행동도 하지 않을 거면서 죄책감을 느끼는 것 자체가 자신이 형편없는 인간이라는 것도 인정하지 않으려는 더 큰 비겁함 같아서였다. 그때는 비겁하지 않은 태도 같은 건 선택지에도 없었다. 비겁함의 더하고 덜함을 고를 수 있을 뿐이었다. 뻔뻔하고 못된 얼굴로 청소년들을 상담하고 조언을 하고 위로를 하면서 1년을 더 다녔다. 자신은 한 번도 좋은 어른인 적 없으면서 좋은 어른으로 커야 한다고 말했다.

그리고 1년이 지나지 않아 이수연에게 비슷한 일이 일어났다. 새로 온 팀장과 짧은 연애를 했다가 헤어졌을 뿐인데 어느 순간 아주 못돼 처먹은 인간이 되어 있었다. 자신이 직원들의 단체 채팅방에서 제외된 것을 알게 되었다. 다행이야 내가 아니라서라는 표정의 얼굴들을 아침마다 엘리베이터에서, 사무실에서, 화장실에서 마주쳤다. 못됨을 처먹기까지 한 얼굴은 어떤 걸까. 화장실에서 한참 거울을 들여다보기도 했다. 자신은 피해자였을 뿐인데 피해자의 얼굴을 한 가해자가 되어 있었다. 소문 속의 여자는 자신이 아니었으나 못돼 처먹은 건 사실이라서 무얼 부정하고 무얼 해명해야 하는지도 알 수 없었다. 다 지겨워졌다. 4개월 넘게 버틴 선배보다 더 빨리 회사를 그만두었고, 그리고 알게 되었다. 선배도 참 지겨웠겠구나. 사람답게 살기 위해 사람다움을 잃어 가는 하루하루가, 저마다 피해자의 얼굴로 가해자의 얼굴을 감춘 채 무리의 습성에서 낙오하지 않기 위해 매일매일 못됨을 처먹어 가는 일상이. 무엇보다도 타인의 불행 앞에서 다행을 챙기는 다행하지 않은 자신의 마음과 자꾸 마주해야 하는 공포가.

그 후에 길에서 선배와 마주친 적이 있다. 선배는 그럴 줄 알았다라고 했다. 내가 편들지 않고 등 돌려 모른 척했던 걸 마음에 품고 있었구나. 그래서 자신과 같은 처지가 된 걸 고소해하는구나. 그렇게 생각했다. 그런데 아니었다. 선배는 명함을 건네주며 말했다. 잘 나왔어. 나는 네가 그런 더러운 곳에서 오래 버티지 못할 사람이란 걸 알고 있었어.

선배와 헤어지고 선배에게 받은 명함을 찢어 쓰레기통에 버렸다. 그 전까지 선배를 미워한 적 없는데 그때부터 선배를 격렬하게 미워하기 시작했다.

누군가를 미워하는 마음이 복통을 일으킬 수도 있다는 걸 그날 처음 알았다. 배가 아파 건물 뒤편에 잠시 주저앉아 있는데 안에서 한 남자가 나오다가 이수연을 보고는 움찔하며 들어갔다. 잠시 후 남자가 다시 나와 괜찮으냐고 물어봤다. 안 괜찮다고 대답했다. 남자는 병원에 가지 않아도 되겠느냐고 다시 물었다. 귀찮았다. 그냥 잠시만 이렇게 앉아 있게 내버려 두라고 대답했다. 남자는 안으로 들어가더니 잠시 후 의자 하나를 들고나왔다. 그리고 수연 옆에 말없이 의자를 두고는 잠시 머뭇거리다가 주머니에서 뭔가를 꺼내어 의자 위에 올려놓고 돌아섰다. 남자가 사라진 후 그가 두고 간 게 무언지 궁금해져 수연은 의자 위를 보았다. 약이라도 놓고 갔나 했는데 사탕이었다. 어디선가 무료로 제공되는 걸 집어 왔을 게 분명한 누룽지 맛 사탕. 이수연이라면 절대로 고르지 않을 맛이었다. 어쩐지 웃음이 났다. 의자에 앉아 누룽지 맛 사탕을 먹으며 이런 남자라면 절대 좋아할 일 없겠다고 생각했다. 그러니까 격렬하게 미워하게 되는 일도 없을 거라고. 그것이 이수연이 기억하는 전규석과의 첫 만남이었다.

전규석에게는 이런 이야기를 한 적이 없었다. 전규석에게 하지 않은 말들은 한 말들보다 훨씬 많았고, 그것은 전규석도 마찬가지일 터였다. 우리가 한 말들이 아니라 하지 않은 말들이, 우리가 나눈 시간보다 나누지 않은 시간들이 우리를 함께 하도록 한다는 것에 대해서 이수연은 종종 생각했다. 우리가 검은 머리가 파뿌리가 되도록 함께하기로 약속했다는 건 서로의 고독을 덜어 주겠다는 약속이 아니라, 고독하게 죽지 않도록 곁을 지켜 준다는 의미가 아니라 다만 각자가 자신만의 고독사를 온전히 완성할 수 있도록 같은 트랙을 돌며 서로의 반려 고독이 되어 주겠다는 의리 게임을 시작했다는 의미인지도 몰랐다. 그것이 전규석이 2인용 고독사 워크숍을 신청한 이유일 거라고 이수연은 막연히 짐작했다.

*

고독사 워크숍만 시작하면 어느 채널이 전규석의 방인지 바로 알 수 있으리라고 이수연은 믿었다. 그러나 아니었다. 고독 채널에 올라온 영상들은 대개 얼굴을 드러내지 않았고, 목소리조차 변조된 경우가 많았다. 고무장갑을 낀 손이나 노란 장화를 신은 발, 뒷목덜미나 마스크를 쓴 입 모양 같은 신체 일부만 카메라에 잡히기도 했다. 전신을 드러낸 경우도 있었지만 벽에 비친 그림자를 통해서였다. 그림자는 너무 길거나 짧았고 몸의 형태를 감춘 커다란 사이즈의 의상을 걸치고 있어서 남자인지 여자인지도 특정하기 어려웠다. 전규석은 채널 1부터 채널 89까지 누구나 될 수 있었고 누구도 아닐 수도 있었다.

누구라도 상관없는. 이수연은 자주 생각하곤 했다. 전규석이 자신과 결혼한 이유는 누구라도 상관없었기 때문에, 수연이 아무려나 상관없는 '누구'에서 조금의 모자람도 넘침도 없었기 때문일 거라고 말이다. 그러니까 이 정체를 알 수 없는 어설프게 수상하고 애매하게 한심한 고독사 모임에서 전규석을 찾아내지 못한다면 자신도 인정해 버리게 될 것 같았다. 전규석의 삶에서 그러했듯 그의 죽음, 어쩌면 설계된 고독사에서도 자신은 그저 상관없는 '누구라도'에 머물 수밖에 없으리라는 것.

전규석을 찾는 동안 심야코인세탁소의 고독 채널을 탐색하며 별반 다를 것 없는 이들의 고독사 브이로그를 지켜보게 되었다. 타인의 고독의 몸짓이란 외부에서 보면 동어반복의 엄살 같아서 어쩔 수 없이 기묘한 수치심을 불러일으켰지만 저마다 진지하게 시시하고 성실하게 응석을 부린다는 점에서 나름의 가치를 획득하고 있기도 했다. 그것이 시시하고 한심하다고 중얼거리면서도 자꾸만 들어가서 보게 되는 이유였다.

이수연이 가장 자주 시청하는 채널은 채널 21이었다. 손톱 끝이 네모반듯하게 다듬어진 작고 통통한 손은 어느 날은 시침이 없는 고장 난 벽시계의 태엽을 매우 느린 속도로 감았고 어느 날은 열두 개의 약통에서 매일 복용해야 할 색색의 알

약들을 일주일 단위로 분리된 휴대용 약 케이스에 나누어 담았다. 어떤 날은 찐 옥수수의 알들을 한 알 한 알 떼어 넓은 쟁반 위에 가지런히 정렬하기도 했고 어떤 날은 수북하게 쌓아 둔 연두색 완두콩의 껍질을 벗기고 완두콩을 찐 다음 실을 꿴 바늘로 완두콩을 한 줄로 길게 잇기도 했다. 흙 묻은 쪽파 한 단을 다듬으며 쪽파를 싸고 있던 신문지의 기사를 웅얼웅얼 읽어 주거나 콩나물을 다듬고 국거리 멸치의 똥을 떼는 날도 있었다. 맑은 날에는 우산을 정리했고 비 오는 날에는 구두를 꺼내어 낡은 광목천으로 꼼꼼하게 닦았다. 보풀이 잔뜩 올라온 겨울 코트를 들고 덕트 테이프로 보풀을 하나씩 제거하거나 어린아이용 파란 스웨터의 올을 붙잡고 하나의 둥근 뜨개실 뭉치가 될 때까지 계속 풀기도 했다. 이수연도 한 번씩은 해 본 일상적이고 반복적인 행위였다. 가끔 잠이 안 올 때 보던 유튜브의 ASMR 영상들과 유사했지만 그 영상에는 어떤 목표 지향도 없어 보였다. 혹시 끝까지 보면 무슨 반전이나 의미를 담은 새로운 장면이라도 나올까 싶어서 지켜봐도 한 번에 하나씩 처음부터 끝까지 한 가지 행위를 반복할 뿐이었다.

영상을 보는 동안 이수연은 두 번씩 세 번 졸았다. 졸지 않고 본 날도 깜박 졸았던 것만 같았고 중요하고 의미 있는 장면은 조는 순간에 지나가 버려 다시 되돌려 보아도 전과 동일

하지 않을 것만 같았다.

이젤에 놓인 캔버스만 찍은 영상도 있었다. 연필로 초상화를 그리는 것 같았는데 일주일이 지난 영상을 보면 어느 정도 윤곽이 잡혀 있다가 2주일 후의 영상을 보면 수없이 겹쳐지고 덧대어진 연필 선 때문에 원래 의도된 스케치가 무엇인지 알 수 없게 되었다. 3주쯤 지나자 얼굴이 좁고 목이 길고 가는 70대의 남자 노인을 그리는구나 짐작할 수 있었는데 4주 후의 영상을 보면 얼굴이 넓적하고 어깨가 둥근 마흔 중반의 중년 여성의 얼굴을 그리는 것 같았다. 매번 새로운 초상화가 아니라 한 사람의 초상화를 그리고 수정하고 덧그리고 지우는 걸 반복하는데도 그렇게 전혀 다른 얼굴이 나왔다. 5주째에는 행복한 어린아이의 얼굴이었지만 7주째의 영상을 보면 기억을 잃은 표정 없는 할머니의 모습만 남아 있었다. 마침내 완성된 얼굴이 어떤 얼굴일지 짐작하기 쉽지 않았다.

채널 6에는 서툰 솜씨로 어려운 곡들만 연주하는 피아니스트가 있었다. 필요 이상으로 힘주어 페달을 밟는 긴장한 발이나 서툰 연주와 무관하게 일정한 리듬으로 움직이는 피아노 위의 메트로놈을 보면 끝까지 실력이 향상되지 않고 서툰 채로 남아 있어도 좋을 것 같았다.

검은 상자 안에 달팽이를 기르는 채널도 있었다. 상추 잎을 먹는 달팽이의 움직임을 가만히 보고 있으면 마음이 고요해졌다. 양지바른 곳에서 마음껏 햇볕을 받으며 낮잠을 자는 고양이가 된 기분이었다. 하루는 달팽이 채널을 보다가 잠이 들었는데 잠결에 울다가 깨어나서도 내내 슬퍼서 소리 내어 울고 말았다. 무슨 꿈을 꿨는지는 기억나지 않았다. 슬픈 꿈을 꾸었거나 너무 행복한 꿈을 꾸어 꿈에서 깬 것이 속상해 울어 버렸을 수도 있었다. 어느 쪽이 나은지는 알 수 없었다.

어떤 날은 모든 채널이 전규석의 방 같았지만 어떤 날은 어느 채널도 전규석의 것이 아닌 것 같았다. 이수연은 자신이 전규석에 대해 아는 게 없다는 걸 새삼 깨달았다. 5개월의 짧은 연애를 했고 4년간의 결혼 생활을 이어 오고 있었다. 대단히 행복한 결혼 생활은 아니었지만 평온하고 안정된 관계였다. 그가 갑자기 고독사를 준비하는 이유를 이해할 수 없어야 했다. 그러나 알 거 같아서, 그냥 알게 되는 거라서 이수연은 비통한 마음 없이 다만 다정한 우울감에 빠졌다.

서로가 의도한 바는 아니지만 각자 자신만의 채널에서 고립을 추구할수록 고독의 양상들은 서로를 복제하고 개별성이 약화된 채 공동의 것으로 기호화되었다. 이곳에서라면 이수연도 전규석을 '누구라도'의 자리에 놓아두고 온전히 잃는 법을 배울 수 있게 될 터였다.

그러다 알리스의 채널을 보게 되었다. 언젠가 의자를 뛰어넘으며 언급했던 알리스의 주희 선배가 누구인지 이수연은 알 것 같았다. 알리스가 말한 주희 선배는 자신이 아는 그 주희 선배였다. 복통을 일으키게 했던, 처음으로 누군가를 격렬하게 미워하게 만들었던. 주희 선배가 오래전 장대높이뛰기 선수였다는 이야기를 술자리에서 들은 적이 있다. 술만 마시면 자꾸만 높은 곳에 올라갔던 것도 기억났다. 언젠가 알리스를 만나면 알려 주고 싶었다. 당신의 주희 선배는 지금도 훌륭한 장대높이뛰기 선수라고. 늘 높은 곳에 선을 그어 놓고 그곳을 뛰어넘는 연습을 했다고. 나는 비겁해서 감히 용기도 내지 못하는 높은 곳을 뛰어넘기 위해 고독을 선택하고 코어를 단단하게 단련하고 있었다고. 내가 아는 주희 선배는 그런 사람이라고. 수연의 주희 선배가 알리스의 주희 선배와 같은 사람이 아닐 수도 있었다. 그러나 돌아보면 누구에게나 주희 선배는 있다. 달라도 다르지 않았다. 주희 선배가 타워 크레인 기사가 되었다는 소식도 반가웠다. 땅 위의 사람들을 위해 높은 곳에서 혼자 일하는 주희 선배를 생각하자 이수연도 가만히 있을 수가 없어졌다. 제자리 뛰기라도 하고 싶어져 이수연은 두 다리를 허공에 띄우고 공중 자전거 타기를 시작했다.

고독사 워크숍을 시작하며 이수연이 깨달은 단순하고 분명한 진리는 누구에게도 침해받지 않는 고독사를 완성하기 위해서는 자신만의 고독의 코어를 단련해야 한다는 거였다. 고독이란 단순히 마음이나 환경의 문제가 아니라 몸의 균형과 근력의 문제였다. 친절과 배려가 탄수화물에서 나오듯 고독할 수 있는 힘 역시 강인한 체력과 단련된 근육에서 나왔다. 타인의 고독을 지켜 주는 힘 또한. 일 분이라도 혼자 플랭크 자세를 해 본 사람은 알게 된다. 혼자 버티며 산다는 건 얼마나 고독한 일인지. 수연 역시 반복된 훈련을 통해 알게 되었다. 우리의 고독은 대체로 단련될 수 있다는 걸.

*

매일 저녁 운동장을 뛰기 시작했다. 곧 재건축이 시작될 거라며 7년 넘게 방치된 아파트 놀이터의 철봉에서 매달리기 연습도 했다. 첫날에는 삼 분 십이 초, 둘째 날은 삼 분 이십삼 초, 셋째 날은 이 분 사십칠 초, 넷째 날 기록은 삼 분 십팔 초였다. 반복하고 연습일이 누적된다고 해서 그래프가 늘 상승 곡선을 그리는 건 아니었다. 어제보다 오늘의 기록이 나아지리란 보장도 없었다. 그러나 수연이 생각할 때 기록되지 않은 과정까지 포함해서 수연은 대체로 나아지고 있었다.

매달리기를 하는 동안 같은 풍경을 반복해서 보게 되었다. 여자아이가 저녁마다 낡은 벤치에 앉아 같은 각도로 맞은편 아파트의 어딘가를 한없이 올려다보는 풍경이었다. 언젠가 여자아이는 손에 여러 장의 엽서를 들고 있다가 결심한 듯 맞은편 아파트로 걸어 들어갔다. 나올 때는 빈손이었다. 수연은 여자아이가 들어갔던 아파트로 가 보았다. 여섯 개의 우편함에 여섯 통의 엽서가 꽂혀 있었다. 여자아이가 앉아 있던 벤치에 앉아 같은 각도로 맞은편 아파트를 보았다. 불이 켜진 거실 안쪽의 소파에 누워 텔레비전을 보는 중년의 사내가 보였다. 여자아이가 보던 게, 혹은 보고자 했던 게 저 풍경은 아닐 것 같았지만 알 수 없었다. 불 켜진 여섯 개의 창에서 여섯 개의 풍경과 여섯 개의 일상이 스쳐 지나갔다. 가만히 앉아 있다 보니 여자아이도 이 의자에서 여자아이만의 매달리기를 하고 있었다는 생각이 들었다.

그 후 오랫동안 여자아이는 놀이터에 나타나지 않았다. 여자아이는 자신만의 매달리기를 끝낸 걸까? 수연은 수첩을 꺼내어 매달리기 기록을 적은 노란 포스트잇을 보았다. 오늘의 기록은 사 분 삼십삼 초였다. 그동안의 기록 중 가장 좋은 기록이었다. 어쩐지 여자아이에게 자신이 여전히 매달리기 연습을 하고 있으며 대체로 나아지고 있다는 걸 알려 주고 싶어졌다. 한 번쯤 여자아이가 다시 이곳에 올 것을 수연은 믿었다. 무언가에 간절히 매달려 본 사람은 안다. 어떤 열망은 절대 끝나지 않는다. 수연은 포스트잇의 마지막에 한 문장을 덧붙인 후 여자아이가 앉아 있던 벤치 팔걸이에 붙여 놓았다.

Q 오늘의 고독사 — 대체로 나아지고 있습니다.

대체로 나아지고 있다. 이보다 확실하고 의지가 되는 믿음을 수연은 알지 못했다. 언제나 혹은 자명하게 매일 나아진다는 건 얼마나 두려운 일인지. 대체로 나아진다는 말은 실패해도 괜찮다는 여유와 내일은 나아질 수 있다는 기대를 다 포함하기에 좋았다. 처음 프러포즈를 했을 때 전규석의 말도 그런 것이었다.

"날 어떻게 생각해요?"

"……"

"좋아하기는 하는 거예요?"

"대체로요."

"네?"

"대체로 좋아한다고요."

서운해야 하는데 그 말이 좋았다. 생각해 보면 자신도 전규석을 완전히 좋아하는 것은 아니었다. 좋은 날도 아닌 날도 있었는데 따지고 보면 대체로 좋았다. 그렇게 여백이 있는 관계라서 오래 함께할 것 같았다. 좋지 않은 부분도 수긍하고, 그것까지 포함해서 좋음을 향해 나아가는 의지와 포용의 말로 들렸다. 그것이 이수연이 전규석과의 관계에서 오래 매달리기를 끝내지 않을 수 있는 이유였다.

전규석과 결혼하기 전에 오래 매달리기를 한 적이 있다. 두 사람은 이수연의 아파트 공원 벤치에 앉아 아이스크림을 먹으며 심야 라디오를 함께 들었다. 디제이는 여름밤 공포 특집으로 무서운 이야기를 들려주었다. 어린 시절 종말론에 심취한 어머니를 따라 1년간 세상이 끝난 줄 알고 교회 지하실에 살았다는 소년의 이야기였다. 사연이 끝나고 라디오에서 사연자의 신청곡이 흘러나오자 전규석이 서툴게 따라 부르기 시작했다. 이수연은 처음 듣는 노래였다.

"그대는 내 혈관의 피

그대는 내 심장의 숨."*

노래를 듣다 보니 이상하게 눈물이 날 것 같아서 이수연은 벌떡 일어났다. 그리고 철봉에 매달리기 시작했다. 어릴 때 어머니가 일찍 돌아가시고 아버지와 언니와 이수연 셋이 살기 시작하면서 눈물이 날 것 같으면 초등학교 운동장으로 달려 갔다. 그리고 철봉에 거꾸로 매달려 물속에 머리를 처박은 것처럼 숨을 참았다. 거꾸로 매달린 채 눈을 떴다 감았다 반복하면 세계가 빙글빙글 도는 것 같았다. 그러고 나면 눈물이 쏙 들어갔다. 이수연에게 슬픔과 무서움은 같은 감정이었다. 이수연이 철봉에 매달리자 전규석이 라디오를 껐다.

---

* 9와 숫자들의 노래 「창세기」에서.

"노래를 들려줘요. 아까 그 노래."

수연의 말에 전규석이 핸드폰에서 노래를 찾아 들려주었다. 수연은 철봉을 두 팔로 잡고 말했다.

"이 노래가 끝날 때까지 떨어지지 않으면 나랑 결혼해요."

전규석은 대답하지 않았다. 음악 소리 때문에 듣지 못했을지도 몰랐다. 깊게 숨을 들이쉬며 철봉에 매달리기 시작했다. 오래 매달리자 잠수를 할 때처럼 숨이 차고 호흡이 가빠 왔다. 노래의 후반부가 아주 천천히 지나가고 드디어 끝이 났다. 이수연은 철봉을 잡은 두 손을 풀고 흙바닥에 주저앉았다. 길게 숨을 토해 내는데 노래가 끝나지 않고 이어졌다. 노래는 끝이 난 게 아니었다.

이수연이 눈물을 터뜨렸다. 전규석은 가만히 옆에 주저앉아 우는 이수연을 신기한 듯 쳐다보았다. 철봉이 너무 차가워 오래 매달리지 못했다고 나중에 이수연은 변명했다. 그날은 이틀째 열대야가 지속되던 한여름 밤이었다.

"해요, 결혼."

전규석이 이수연의 손을 잡고 일으켜 세워 주며 말했다. 그리고 석 달 후 두 사람은 결혼했다. 나중에 찾아보니 노래는 삼 분 구 초밖에 안 되는 짧은 곡이었다. 이수연이 떨어진 건 노래가 끝나기 마지막 이십육 초 전이었다.

이십육 초를 채웠다면 우리는 무언가 달라졌을까? 채우지 못한 이십육 초에 대해서 이수연은 결혼 후에도 때때로, 실은 꽤 자주 생각했다. 전규석과 이십육 초만큼 어긋난 시간대를 사는 일은 결코 채워지지 않는 고독을 안고 사는 일이었다. 그러나 사실은 그렇기 때문에 지나치게 가까워지거나 기대하지 않고, 서로의 고독을 침범하지 않고 함께 살아갈 수 있는지도 몰랐다.

이수연은 이십육 초만큼 어긋난 시간대를 산다는 게 대체로 마음에 들었다. 이십육 초는 '대체로'를 가능케 하는 시간이었다. 그 이십육 초 때문에 결혼을 결심한 전규석의 마음에 대해서 이수연은 알지 못했다. 그러나 짐작할 수 있었다. 대체로.

지상에서 딱 10센티미터만 공중 부양

고독을 훈련하는 방법이라며 가장 성실하게 영상을 업로드하는 참가자는 채널 19의 철희와 채널 43의 리바운드였다.

철희는 우주 비행사였다. 그는 우주에 나가 본 적이 없고 우주와 관련된 일을 하는 것도 아니었다. 심지어 우주 공포증도 있었다. 그럼에도 우주 비행사라고 했다. 언젠가부터 울다가 잠들면 자꾸 우주를 떠돌며 변기를 고치는 꿈을 꾼다는 거였다. 그건 우주 비행사보다 변기 수리공에 가까운 거 아닌가요? 오 대리는 생각했으나 묻지는 않았다.

철희가 워크숍에 참가하며 조 부장에게 요구한 건 하나였다. 우리나라에서 가장 큰 트램펄린을 마련해 달라는 거였다. 우리나라에서 가장 큰 트램펄린인지는 몰라도 빈 차고 한가운데 실치된 트램펄린이 철희의 고독사 워크숍 장소가 되었다. 철희는 무중력 훈련을 한다며 탄성이 좋지 않은 낡은 트램펄린 위에서 힘껏 점프를 한 후 공중에 뜬 상태로 시시하고 평범한 일들을 연습했다. 중력에 의해 두 발을 딛고 있는 상태에서라면 그다지 어렵지 않은 일들, 예를 들면 울지 않고 청양고추 세 개를 연달아 먹거나 악보 없이 리코더로 '옛날에 금잔디 동산에 메기'를 불거나 십 초 안에 쑥떡 세 개를 먹고 휘파람을 불거나 바늘귀에 실을 꿰는 일 같은 것들이었다. 그런 행동이 우주인 훈련과 무슨 연관성이 있느냐고 물으면 철희는 대답했다. 이런 것도 해내지 못한다면 어떻게 우주에서 변기를 고치겠어요?

무중력 훈련에서 철희가 가장 좋아하는 부분은 사실 트램펄린 위에 있을 때가 아니었다. 오 분 정도 전력을 다해 점프한 후 트램펄린 밖으로 내려왔을 때, 다리에 힘이 풀리고 어지러워 비틀거리며 중심을 잡기 힘든 그 상태가 철희에게는 이상적인 '정돈된 혼돈'의 순간이라고 했다. 똑바로 서려고 해도 자꾸만 기울어지는 그 각도, 넘어지고 있는 상태에서 철희는 자신이 최적으로 기능한다는 안정감을 얻었다.

고등학생 때 철희는 다리를 다쳐 깁스를 한 적이 있다. 한 달 정도 절뚝거리며 걸었는데 깁스를 푼 후 한 달이 더 지나도록 절룩거림을 멈출 수 없었다. 병원에서는 다 나았다고 하는데도 그랬다. 정신적인 문제라며 정신과 진료를 권하기도 했다. 그날 이후 오해받지 않기 위해 남들 앞에서는 절룩거림을 멈추고 똑바로 걸었다. 그러나 연기일 뿐이었다. 자신에게 정상적이고 편안한 상태는 절룩거림을 유지하는 보행이었다. 아무도 보지 않을 때는 왼쪽 다리가 오른쪽 다리보다 짧은 것처럼 절룩거리며 걸었다. 계단을 오를 때는 왼쪽 다리의 힘을 빼고 질질 끌고 다니기도 했다. 오른쪽 신발과 왼쪽 신발의 닳기가 차이 나기 시작했고, 그러고 나자 절룩거리는 걸음걸이를 신발 밑창의 탓으로 돌릴 수 있었다.

잘못 착지한 상태를 유지하려는 관성, 그건 한계를 넘어 도약하고자 애써 본 사람만 가능한 영광의 제스처라고 말한 건 리바운드였다. 그는 가짜 깁스와 가짜 절룩거림은 중학생 시절 농구 선수였던 자신이 고된 훈련에서 벗어나기 위해 개발한 것인데 철희가 그 아이디어를 훔쳤다며 비난했다. 리바운드는 '가짜로 절룩거리기'라는 몸짓에 독점적 소유권이라도 가진 듯 굴며 어디서 들었는지 이런 말을 중얼거리기도 했다. 절름발이가 먼저 올 것이다.*

리바운드는 부상으로 농구를 그만둔 후 지금은 요양 병원

---

* 플래너리 오코너의 단편 제목이다. 리바운드가 이 단편을 읽고 인용했는지는 확실치 않다.

에서 재활 치료사로 근무했다. 한때 잘나가던 노인들도 죽을 때가 되면 하나같이 타인의 돌봄을 필요로 하는 하찮은 몸뚱어리에 지나지 않게 된다는 걸 목격하는 게 이 일의 가장 웃기고 슬픈 점이라며 리바운드는 울다가 웃었다.

그가 근무하는 요양 병원은 저녁 8시면 모든 병실의 불이 꺼졌다. 당직 간호사와 의사, 몇 명의 간병인들이 있었지만 재활 치료실이 있는 2층에는 아무도 남지 않았다. 리바운드는 가장 마지막까지 남는 사람이었다. 불이 모두 꺼진 요양 병원 복도에서 그는 제자리멀리뛰기를 하고 그 영상을 고독 채널에 올렸다. 한 번, 두 번, 세 번. 여러 번 시도한다고 해서 늘 나중이 처음보다 나은 건 아니었다. 리바운드는 매일매일 제자리멀리뛰기를 한 후 날짜를 적은 x선과 거리를 적은 y선으로 이루어진 좌표에 그날의 최고 기록을 점으로 표시했다. 그리고 그 선들을 이어 나갔다. 줄곧 상승 곡선을 그리는 건 아니었고 주춤하거나 하강할 때도 있었지만 그 선들은 지속적으로 나아가고 있었다. 상승이거나 하강이거나 멈추지 않고 나아가고 있다는 것이 중요했다. 허공의 좌표에 찍힌 점들은 그런 식으로 어제에서 오늘로 이어졌고 그렇게 내일도 이어질 터였다.

영상을 본 다른 참가자들이 어떤 표정으로 어떤 근육을 썼을 때 가장 멀리 뛰었는지를 댓글로 알려 주었다. 좋은 기록이 나왔던 날씨와 배경 음악을 언급하기도 했다. 정확한 데이터를 위해 리바운드는 재활을 돕는 환자의 명단에 자기 이름을 적고 매일의 운동량과 식사, 수면 패턴과 배변 활동, 그날의 몸 상태와 감정과 체온과 바이오리듬까지 잊지 않고 기록했다. 이렇게 매일 기록한다고 해서 제자리 뛰기 기록이 눈에 띄게 향상하는 건 아닐 터였다. 다만 스스로에 대해 좀 더 들여다보게 되었고 알게 되자 더 잘 보살필 수 있게 되었다. 알고 보니 자신은 꽤나 까다로운 환자였고 재활 의지도 부족했다. 자신과 비교했을 때 다른 노인들은 상당히 괜찮은 환자들이었다. 생각해 보면 괜찮은 사람이 되는 것보다 괜찮은 환자가 되기가 더 어려운 일이었다. 그들은 하찮지 않았다. 절로 존경심이 생겨났는데 그러자 환자들 역시 리바운드에게 더 좋은 환자가 되어 주고 싶어 했다.

제자리 뛰기 기록은 그다지 나아지지 않았다. 상관은 없었다. 그래도 앨리스가 3인용 의자를 넘은 날은 영상을 보면서 내 일처럼 기뻐서 박수를 치고 댓글을 남겼다.

─도약과 착지를 위한 근육을 키우는 데는 농담이 도움이 됩니다. 농담은 용기와 비겁, 도약과 추락의 간극에서 만들어지니까요. 매일 비타민과 함께 3회 이상 농담을 복용하는 걸 추천합니다. 제가 요즘 가장 좋아하는 농담은 이것입니다. #대체로_나아지고_있습니다.

조문남,

부활시키기 버튼

미국의 버몬트주 워터베리에 있는 벤앤제리스 공장에는 없어진 아이스크림 맛을 추모하기 위한 묘지가 있다. 1997년 공장 뒤편의 언덕에 마련된 이 묘지에는 단종된 맛을 기리기 위한 서른네 개의 묘비가 세워져 있고 묘비마다 아이스크림의 짧은 생애에 관한 장난스러운 묘비명이 새겨져 있다.

문남은 이 이야기를 2년 전 라디오에서 처음 들었다. 사랑스러운 이야기라고 생각했다. 결혼한 아들이 머물고 있는 버몬트주와 관련된 소식이어서 더 기억에 남았는지도 모른다. 얼마 후 아들 내외 초청으로 버몬트에 갔을 때 문남은 그 이야기를 다시 떠올렸고, 아이스크림 묘지 투어를 제안했다. 손녀 앨런이 다섯 살 때였다. 아들 부부와 앨런, 그리고 문남까지 네 명이 묘지 투어를 했다. 묘비에는 탄생 연도와 소멸 연도, 아이스크림이 죽은 이유가 소개되어 있었다.

옐레나 씨의 고구마파이는 감사하는 사람이 없어 죽었다. 화이트러시안 맛 아이스크림은 칼루아 향신료의 가격이 인상되어 어쩔 수 없이 단종되었다고 적혀 있었다. 인기가 없어 선반에만 놓여 있다가 태어난 해에 사라진 아이스크림도 있었지만 인기가 있어도 다른 요인 때문에 어쩔 수 없이 생산이 중단된 아이스크림들도 있었다. 아들이 묘비에 적힌 아이스크림의 묘비명을 읽고 해석해 주면 네 사람은 각각의 아이스크림 묘비 앞에서 짧게 묵념을 했다. 피너츠! 팝콘! 맛 아이스크림은 2000년에 태어나 2000년에 죽었다. 왜인지 이름에도, 묘비의 문구에도 느낌표가 가득했다. 피너츠 버터 앤드 젤리 맛은 1998년에 태어나 1999년에 죽었다. 거북이 수프 맛 아이스크림은 2006년에 태어나 2010년까지 5년을 살았다. 앨런과 나이가 같다고 문남이 말했다. "그럼 친구네. 근데 죽었어." 앨런이 해맑게 말하며 거북이 수프 맛 묘비 앞에서 좀 더 오래 고개를 숙였다.

그때 왜 그런 말을 했지? 이미 죽은 아이스크림과 앨런이 나이가 같다는 말 따위를, 그런 불길한 말을 왜 한 거람. 앨런과 함께한 얼마 안 되는 추억을 되짚으며 문남은 그때 그 행동이 그 후에 일어난 일에 영향을 미친 것 같아서, 드라마에서 지나치듯 던진 말이 복선으로 작용하듯 아무 의미 없는 말 한마디가 비극적 결말에 지대한 작용을 한 것 같아서 불현듯 소름이 끼치곤 했다. 그 후로 문남은 자주 오줌을 지렸고 요실금 팬티를 입기 시작했다.

그날 묘지를 나서며 문남과 앨런은 입구에 있는 아이스크림 가게에서 절대 단종되지 않을 클래식한 맛 — 딸기 맛과 바닐라 맛 — 아이스크림을 먹었다. 아들 내외는 초콜릿 퍼지 맛 아이스크림을 먹었다. 앨런은 이렇게 맛있는 아이스크림은 처음이라고 했다. 커서 딸기아이스크림이 될 거라고도 했다. 그 전달에는 마시멜로였고, 그 전엔 부활절 토끼, 언젠가는 눈사람이었던 적도 있다고 아들이 앨런을 놀렸다. 지금 생각해 보면 모두 쉽게 사라지는 것들이었다.

"거북이 수프 맛은 어떤 맛이야?"

딸기 맛 아이스크림을 다 먹고 나서 앨런이 물었다. 아들이 대답했다.

"글쎄. 안 먹어 봤지만 거북이 맛이 나지 않을까?"

"거북이 맛이 어떤 건데?"

"그건……."

아들이 곤란하다는 듯 문남을 보며 눈을 찡긋했다. 그 익살스러운 표정이 어릴 때의 아들, 앨런과 같은 나이일 때의 아들의 얼굴을 상기시켜서 웃음이 났다. 난처해하는 아들 대신 문남이 대답해 주었다.

그때 뭐라고 대답했지?

생각이 나지 않았다. 그때 제대로 대답했다면 그런 일은 일어나지 않았을까?

생각하지 않으려 해도 그 순간으로 자꾸 되돌아가게 되었다. 그러나 그때 무어라 말했는지는 도무지 기억나지 않았다. 한밤중에 깨어 아들에게 전화를 걸어 물어보기도 했다.

"그때 내가 뭐라 했었는지 기억하니?"

아들은 대답 대신 침묵했고 오랜 침묵 후에 한숨을 쉬며 말했다.

"어머니, 밤이 늦었어요. 이제 그만 주무세요."

아들은 한 번도 문남에게 화를 내지 않았다. 며느리 윤서도 마찬가지였다. 두 사람은 그 일 이후 1년이 지나 헤어졌다. 이혼하고 석 달이 지나서야 문남은 그들이 이혼했다는 걸 알게 되었다. 윤서에게 전화했는데 당연하지만 받지 않았다.

어쩌면 앨런은 기억할지 몰랐다. 그때 문남이 무어라 대답했는지. 그러나 그 대답을 돌려줄 앨런은 이곳에 없었다. 거북이 수프 맛 아이스크림처럼 단 5년간 생존하다가 앨런은 죽었다. 앨런에게는 묘도 없고 묘비명도 없다. 거북이 수프 맛 아이스크림도 있는 비석이 앨런에게는 없다. 그 대신 나무가 있다. 앨런의 이름을 딴 왕벚나무.

앨런은 유치원 승합차에서 내려 문남의 차를 보고 달려오다가 후진하는 문남의 차 범퍼에 치였다. 앨런은 강한 아이였다. 하룻밤을 견디고 새벽에 죽었다. 강한 아이가 아니었다면 더 나았을까. 즉사했다면 차라리 덜 고통스러웠으리란 이야기를 나중에 전해 들었다. 문남 역시 충격으로 쓰러져 병원에 입원한 상태였다. 앨런이 가는 길도 보지 못했다. 볼 수 있다 해도 가지 못했을 거였다. 장례식에도, 화장터에도, 수목장을 한 평온의 공원에도 따라가지 못했다. 갈 수가 없었다. 그게 문남이 자신에게 내릴 수 있는 최고의 형벌이었다.

일상은 회복되는 게 아니라 겨우겨우 이어 가는 거였다. 그리고 어느 날 잊고 있던 묘지에 대한 이야기를 다시 듣게 되었다. 마을버스를 타고 방산 시장에 킨츠키 수업에 쓸 재료를 사러 가던 길이었다. 세상에서 가장 달콤한 묘지가 어디일까요? 라디오에 누군가 보낸 퀴즈였다. 라디오 디제이는 묘지가 달콤하다니 그게 가능한가요? 하고 반문했다. 2년 전에 오프닝 멘트에서 했던 이야기를 디제이는 기억하지 못했다. 아이스크림 묘지. 대답한 건 문남이었다. 기억은 못 했지만 디제이는 아이스크림 묘지에 대한 새로운 정보를 알려 주었다. 현재 34종의 아이스크림이 묻힌 묘지는 웹 사이트로도 둘러볼 수 있는데 각 묘비 옆에 부활시키기 버튼이 있다는 거였다. 특정한 맛을 돌려 달라고 여러 사람이 청원하면 한 번씩 살아 돌아오기도 한다고 덧붙였다. 그 이야기를 듣다가 내려야 할 정류장을 지나쳤지만 문남은 개의치 않았다.

그날 밤 문남은 처음으로 벤앤제리스 사이트에 들어가 보았다. 34종의 단종된 아이스크림 묘비 중에 거북이 수프 맛 묘비도 있었다. 한국어 사이트에는 부활시키기 버튼이 없어서 영어 사이트에 들어가 버튼을 누르고 더듬더듬 영어로 된 질문에 답을 했다. 그리고 이름과 주소까지 입력한 후 메일을 전송했다. 문남은 그 모든 순서를 하루에 세 번, 아침과 점심과 저녁 식사 후에 반복했다. 거북이 수프 맛 아이스크림을 돌려받길 원하는 이유가 무엇인지 매번 다르게 답하기 위해 어떤 날은 토끼와 거북이의 경주 이야기를 구글 번역기를 이용해 옮겨 적기도 하고 때로는 한국의 거북이 아이스크림을 소개하기도 했다. 거북이를 길러 볼까 하고 거북이 분양에 대해 알아본 적도 있다. 앨런이 보던 그림책 중에 바다거북에 관한 책을 읽으며 바다거북이 공룡 시대에도 있었다는 설명에는 왈칵 울음을 터뜨리기도 했다. 마음 같아서는 하루에 스무 번씩 서른 번도 더 부활 버튼을 누를 수 있었지만 어떤 공격으로 보이길 원하지 않았다. 처음에는 하루에도 몇 번씩 버튼을 눌렀다. 그 결과 이상한 움직임이 감지되었다는 경고 창과 함께 스물네 시간 동안 웹 사이트에 대한 접근이 차단되었다. 그 후에는 하루에 세 번씩만 눌렀다.

버몬트주의 아이스크림 회사는 한국에 거주하는 조문남이란 사람이 석 달 동안 하루도 빠짐없이 거북이 수프 맛을 돌려받길 원하는 메일을 보내는 것에 대해 어떻게 생각할까. 궁금했으나 응답은 없었다. 메일을 확인하기는 하는지도 알 수 없었다. 문남이 석 달 동안 지켜보았지만 부활한 아이스크림은 단 한 종도 없었다. 애초에 속임수인지도 몰랐다. 한번 녹아 버린 아이스크림은 돌아오지 않는다. 다시 얼린다 해도 같은 맛이 아닐 것이다. 그럼에도 불구하고.

거북이 수프 맛을 돌려놓는다고 앨런이 돌아오는 건 아니었다. 그쯤은 문남도 알고 있었다. 그러나 문남은 부활시키기 버튼을 누르는 것을 그만둘 수 없었다. 세상에서 묘비 하나를 지우는 것만이 지금 문남이 할 수 있는 전부였다. 그것이 아이스크림 묘비일지라도. 그마저 할 수 없다면, 이거라도 할 수 있다고 믿고 매일 반복하지 않는다면 도대체 앨런이 죽은 세상에 자신은 왜 살아남았단 말인가.

그렇게 석 달 하고 열흘이 지났을 때 문남은 '디어 문남'으로 시작하는 첫 번째 답장 — 어색한 번역체의 다음과 같은 메일 — 을 받게 되었다.

친애하는 문남
한 달 전부터 우리 홈페이지를 방문하는 한국인들이 늘어났다. 그들은 매일 거북이 수프 맛을 부활시켜 달라고 요구한다. 한국에서 갑자기 거북이 수프 맛을 부활시켜 달라는 운동이 벌어진 이유가 무엇인가. 추적한 결과 당신이 3개월 전부터 거북이 수프 맛을 부활시켜 달라는 메일을 하루에 세 번씩 우리에게 보냈음을 파악했다. 그리고 한 달 전부터 다른 한국인들 열두 명이 당신의 운동에 동참하고 있다. 당신은 왜 거북이 수프 맛의 부활에 그토록 집착하는가. 무엇이 당신을 열망하게 하는가. 그리고 지금 한국에선 무슨 일이 벌어지고 있는가. 우리는 그것이 매우 궁금하다. 지금 우리는 거북이 수프 맛의 부활을 계획하고 있지 않다. 그러나 당신들의 열정에 감탄했으며, 그 이유를 들을 수 있기를 희망한다. 그에 따라 어쩌면 우리는 당신들이 좋아할 만한, 당신들의 요구에 부합하는 결정을 내릴 수 있을지도 모른다. 언젠가는 당신의 의지와 성실한 기도에 합당한 보상이나 감사를 표할 수 있기를 기원한다. 그러니 지금 한국에서 무슨 일이 벌어지고 있는지 내게 알려 주실 수 있습니까? '심야코인세탁소'의 회원들은 왜 거북이 수프 맛 아이스크림을 구원합니까? 혹시 이것은 일종의 테러입니까 아니면 게임입니까. 우리는 희망합니다. 당신의 답변을. 그리고 감사를 보냅니다. 당신의 충실한 열정과 존경할 만한 테이스트에.

안 될 줄 알면서 안 되는 걸 하는

고독사 워크숍이 중반을 넘어서면서 조 부장과 오 대리는 2교대로 근무하기 시작했다. 오 대리가 오전 10시에 출근해 7시에 퇴근하면 조 부장이 저녁 8시에 출근해 새벽 4시에 퇴근하는 식이었다. 각자의 고독사 워크숍을 위한 거리 두기가 필요하다는 오 대리의 결정에 따른 것이었다.

조 부장은 아침에 잠들었다가 오후 늦게 깨는 것 같았다. 오후 4시쯤 되면 2층에서 조 부장이 일어나 움직이는 소리가 들렸다. 슬리퍼를 끌며 걷는 소리, 화장실에서 물 내리는 소리, 의자 옮기는 소리, 벽에 고무공 같은 것을 던졌다 받는 소리, 알 수 없는 경고음과 취사 완료 소리 같은 것들이 무람없이 건너왔다. 조 부장은 같은 사무실에 있을 때보다 보이지

않는 곳에서 소리의 형태로 더 존재감을 드러냈다. 이상하게
도 싫지 않았다. 오 대리는 오후 4시가 되면 사무실에 틀어
놓은 교통 방송 라디오의 볼륨을 낮추었다.

아침에 출근하면 단정하게 깎아 놓은 연필이나 새로운 포
스트잇의 형태로 조 부장의 흔적이 남아 있기도 했다. 대개는
이런 메모였다.

Q 오늘의 고독사 — 보사노바, 휘파람, 혀로 팔꿈치 핥기.

자신이 할 일을 적은 건지 오 대리에게 해 보라고 남겨 둔
건지 알 수 없었는데 굳이 묻지는 않았다. 보사노바는 패스하
고 휘파람은 불어 봤지만 실패, 혀로 팔꿈치 핥기는 성공이었
다. 찾아보니 성공하는 사람이 많지 않다고 했다. 연두색 색연
필로 휘파람에 세모, 혀로 팔꿈치 핥기에 동그라미를 그렸다.
다음 날 아침이 되면 체크된 포스트잇은 사라지고 또 새로운
포스트잇과 함께 색연필과 빈 화분, 이면지 같은 것들이 놓여
있었다. 그러면 이면지에 색연필로 방울토마토 모종이나 선인
장을 그린 후 오려 내어 빈 화분에 꽂아 두었다. 다음 날 출
근해 보면 화분에는 진짜 방울토마토나 꽃이 핀 선인장이 심
어져 있기도 했다. 어떤 날은 화분에 몽당연필을 심고 물을
주었는데 며칠 지나서 보니 연필이 진짜 자라 있었다. 조 부

장이 다른 연필로 바꿔 꽂아 놓은 걸 터였다. 그런 농담이 싫지 않았다. 그러는 동안 심야코인세탁소에는 새로운 소모임이 또 하나 생겼다. 모임의 이름은 '안 될 줄 알면서 안 되는 걸 하는 사람들.'

모임을 처음 만든 회원은 자신의 고독사를 위한 궁극의 BGM을 완성하기 위해 소리를 모은다는 폴리 아티스트였다. 그가 운영하는 채널 51에는 이런 소리들이 올라왔다. 볼펜 꼭지 똑딱이는 소리, 손가락 관절 꺾는 소리, 빗길에 급정차하는 차 소리, 자전거 바퀴 바람 빠지는 소리, 손톱으로 칠판 긁는 소리, 밥솥에서 김 나는 소리, 양철 지붕 위에 빗방울 떨어지는 소리, 배달 가방 안에서 빈 그릇이 달그락거리는 소리, 신경질적으로 타자기 치는 소리, 자다 깬 아이가 손가락 빠는 소리, 고장 난 피아노 메트로놈 소리, 다 먹은 과자 봉지 부스럭거리는 소리, 주저앉을 때 무릎 꺾이는 소리, 녹슨 태엽 감는 소리, 나무젓가락 떼어 내는 소리, 물에 젖은 종이 찢는 소리, 주파수가 맞지 않는 라디오의 노이즈 소리, 낡은 나무 계단이 삐걱대는 소리, 반창고 떼는 소리, 비에 젖은 지푸라기 타는 소리, 찢어진 북 치는 소리, 빈 페트병을 꾹꾹 누르는 소리, 다 먹은 음료수를 빨대로 빨아 먹는 소리, 폭설에 나뭇가지가 부러지는 소리 같은 것들.

조 부장이 내는 소음도 채널 51에 가면 고독사를 위한 좋은 배경 음악이 될 거였다. 오 대리는 사무실에 고인 조 부장의 소리들을 녹음해 두기로 했다. 어느 일요일 밤 텅 빈 집의 적막이 견딜 수 없을 때면 낯설지만 아주 낯설지는 않은 타인의 소음과 기척이 도움이 될지도 몰랐다.

워크숍 기간에 고독사를 위한 향수를 제조한다는 조향사도 있었다. 그가 고독사 향수를 위해 모집하는 냄새는 이런 거였다. 헤어진 연인이 남기고 간 보풀 인 낡은 담요 냄새, 침 묻은 자국이 남은 애착 인형 냄새, 비가 그친 새벽 4시의 편의점 야외 테이블에서 먹고 남은 컵라면 냄새, 잘근잘근 씹어 흐물흐물해진 침 묻은 종이 빨대 냄새, 폐쇄된 동물원 냄새, 헌책방에서 본 작가 사인이 들어간 오래된 시집의 초판본 냄새, 수영장 염소 냄새, 버스에 두고 내린 젖은 우산 냄새, 출근길 지하철역 앞의 토스트와 퇴근길 지하철역 안의 델리만주 냄새, 가방 안에서 쉬기 시작한 소풍용 김밥 냄새, 닳기 시작한 초록색 형광펜 냄새, 사건은 종결되고 남은 건 길고 긴 에필로그뿐인 오래된 탐정소설 냄새 같은 것들. 그는 이런 냄새를 채집해서 보내 달라고 모집 공고를 내기도 했는데 보내는 방법은 알려 주지 않았다.

안 될 줄 알면서 안 되는 걸 하는 모임에 가입한 후 오 대리는 친애하는 문남으로 시작하는 답장을 쓰기 시작했다.

친애하는 문남

당신이 원한다면 우리는 당신을 버몬트로 초청하고 싶다. 그리고 당신이 원하는 조합의 아이스크림을 만들 것이다. 당신은 어떤 맛을 선호하는가? 당신의 손녀 앨런이 좋아하는 맛을 우리는 안다. 그러나 당신이 좋아하는 맛을 우리는 알지 못한다. 나는 당신의 아이스크림이 내가 어린 시절 할머니 집에서 맛본 콘스프나 갓 짠 산양의 젖, 아니면 오트밀 쿠키 반죽 맛이라고 상상해 본다. 그 아이스크림 이름은 조 할머니의 맛이라고 붙여도 좋을 것이다. 아니면 다정하고 성가신 맛. 어쩌면 나는 당신에게 할머니의 맛이란 진부하고 강제된 기호를 주입하고 있는지도 모른다. 나는 당신이 나의 편협함을 비웃어 주기를 희망한다. 그러니 당신의 아이스크림을 위한 세 가지 맛을 선택해 주세요. 나는 상상한다. 캐러멜과 옥수수, 그리고 절인 건포도의 조합을. 혹은 위스키 봉봉이 박힌 칼루아 민트 맛 아이스크림을.

친애하는 문남

저에게 고독사는 미래보다 과거와 연관되는 단어입니다. 밤에 잠에서 깨어 문득 그때 왜 그랬을까 하는 중얼거림이나 그때 왜 그렇게 하지 못했을까 하는 물음들이 제 고독사를 키워 온 문장들입니다. 그랬으면 좋았을 텐데, 그러지 않았으면 좋았을 텐데. 혹은 그때 그랬더라면. 그러지 않았더라면. 회한으로 남은 과거의 이름과 태도들이 차곡차곡 저를 고독사로 이끌어 주었고 그것이 또한 미래의 문장이 되리라는 걸 저는 압니다.

사촌 정우가 그 화재로 죽기 전, 그리고 죽은 후에도 그를 둘러싸고 많은 말들이 떠돌았습니다. 그를 방송에 노출시킨 후 추문 속에 몰아넣은 프로그램의 책임론도 불거졌습니다. 정우의 죽음 이후 저는 수없이 많은 질문을 받았는데, 가장 중복되는 질문은 넌 알았냐였습니다. 뭘 알았느냐고 묻지도 않았습니다. 넌 알았니? 혹은 넌 알고 있었지? 같은 질문에 저는 무엇을 알았느냐고 묻는지도 모른 채 고개를 저었습니다. 아니, 몰라. 그 앞에 생략된 목적어가 무어건 저는 몰랐고 모를 터였습니다. 그리고 우리가 알아 버린 것이 정우를 괴롭혔는지, 알고자 하지 않음이 정우를 더 괴롭혔는지에 대해서 오래 생각했습니다. 그게 무어건 정우에 관한 거라면 오래 생각했습니다. 아침에는 정우는 왜라는 문장과 함께 눈이 떠졌습니다. 그렇게 문장이 완성되면 그것에 대해 하루 종일 누워서 생각했습니다. 그리고 한 사람이 고독하게 살다가 고독하게 죽을 권리에 대해서도 오래오래 생각했습니다. 한 사람이 고독하게 살아가기 위해, 그리고 고독하게 살다 죽기까지도 얼마나 많은 사람이 그의 고독을 지켜 주어야 하는가에 대해 생각하지 않을 수 없었습니다. 죽을 때는 누구보다 고독했을 정우에게 그의 죽음을 둘러싼 소란한 말 대신 절대적인 고독을 돌려줄 방법이 무언지도 저는 고민했습니다. 그리고 조 부장의 고독사 워크숍을 만나게 된 겁니다.

—죽은 사람을 위한 고독사 워크숍도 가능할까요?

한번은 무인 세탁함에 익명으로 이런 질문을 올렸더니 오 분도 안 되어 댓글이 달렸습니다.

—고독사 워크숍이란 애초에 이미 죽은 사람을 위한 것 아니겠습니까. 저는 생각해요. 산다는 건 참 더럽다고요. The Love. 네, 사랑은 참 더럽고, 더러운 게 사랑인 거죠.

네? 사랑이라고요? 갑자기요?

다른 질문에 대한 대답이 잘못 온 것도 같고 맞게 보낸 것 같기도 해서 저는 그 답변을 자꾸만 읽고 또 읽었습니다. 그리고 어쩐지 그 어딘가 어긋난 대답 덕분에 저는 고독사 워크숍에 참가자로 함께할 수 있게 되었습니다.

사라진 건 정우만이 아니었습니다.

함께 정우를 취재했다가 그 일 이후 프로덕션을 떠난 서 피디와는 그 후 딱 한 번 만난 적이 있습니다. 서 피디가 싱크홀에 떨어져 하룻밤을 어두운 구덩이 속에 갇혀 있었다는 소식을 들은 직후였습니다. 서 피디는 제게 함께 다큐멘터리를 찍지 않겠느냐고 제안했습니다. 그러면서 아프리카 남서부 나

미비아 초원에 사는 야생 코끼리의 이야기를 들려주었습니다. 매우 뜨겁고 건조한 장소라서 그곳에 사는 코끼리들은 우기에 맞춰 생존을 위한 이주 활동을 하는데 240킬로미터나 떨어진 먼 지역의 빗소리를 듣고 떼로 이동한다고 했습니다.

"240킬로미터나 떨어진 먼 곳의 빗소리를 듣고 생존을 위해 이동하는 코끼리 떼를 생각해 봐."

서 피디가 말했습니다.

"코끼리 떼를 찍으려고요?"

저의 질문에 서 피디는 고개를 저으며 대답했습니다.

"코끼리 떼 말고. 코끼리가 듣는 그 먼 곳의 빗소리를."

그날 서 피디는 많은 이야기를 쉬지 않고 했습니다. 이야기를 멈추면 다른 무언가, 자기 의지를 배반하는 무언가가 끼어들기라도 한다는 듯이. 피해자와 가해자, 혐오와 대립, 캔슬 컬처와 사이버 불링, 냉소와 낙관, 낭만적 대상화와 자기부정한 무명 코미디언의 죽음과 실종된 사람들이 간다는 땅 적야와 그 이야기를 들려준 시나리오 작가라는 전남편에 대한 이야기까지 쉴 새 없이 떠들어 대며 서 피디는 자신을 소음 속으로 몰아붙였습니다. 그러다 어느 순간 갑작스러운 적막이 찾아왔습니다.

잠시 후 서 피디가 말했습니다.

"들었어?"

"뭘요?"

"빗소리."

혹시 비가 내리나 싶어 창밖을 내다보았지만 미세 먼지만 가득한 건조한 날이었습니다. 서 피디는 무엇을 들었던 걸까요. 어쩌면 어디선가 자전거 바퀴에 바람이 새는 소리 같은 건 아니었을까요. 서 피디가 사라지기 전 마지막에 들은 근황은 서 피디가 자전거만 보면 바퀴에 구멍을 내고 다닌다는 거였습니다. 그 때문에 여러 번 신고당하고 벌금을 내기도 했다고요. 그러니까 길을 가다가 서 있는 자전거를 보면 슬며시 다가가 귀에 꽂은 피어싱을 빼내어 집요하게 구멍을 낸다는 거였습니다. 미친 걸까? 그 소식을 전해 준 과거의 동료는 그렇게 말했습니다. 저는 왜인지 그 이유를 알 것 같았습니다. 싱크홀에 떨어졌다는 것도 사고가 아니라 스스로 찾아가 머물렀으리란 것도. 알고 싶지 않아도 어떤 것들은 그냥 알게 되는 법이었습니다. 그리고 저는 그렇게 사라지는 사람들의 시간 뒤에 남으며 또한 자명하게 알게 됩니다. 자연사로서의 고독사가 제게 허락되는 유일한 해피 엔딩이라는 걸 말입니다.

친애하는 문남.

우리는 언젠가 고독사할 겁니다. 다만 저는 생각합니다. 누구에게도 슬픔이 되지 않고 죄의식을 남기지 않는 고독사를 위해 지금 우리가 할 수 있는 건 우리가 만들어 놓은 슬픔을 지우기 위해 더 오래 애써 살아 내는 것 아닌가 하고 말입니다. 세상은 이미 너무 슬프고 우리가 하루에 지울 수 있는 슬픔이란 아주 작으니까요. 어찌어찌. 비틀비틀. 비겁하게. 꾸역꾸역. 이런 말이 아무런 위로가 되지 않으리란 걸 압니다. 그래서 저는…….

보내지 못할 것을 알면서 오 대리는 조 부장이 깎아 놓은 연필로 노트에 편지를 쓰고 지우기를 반복했다. 문남이 벤앤제리스 아이스크림 회사의 부활시키기 버튼을 클릭하면서 자기 안의 어떤 버튼이 눌렸던 것처럼 자신이 여기에서 쓰고 지운 문장들도 어떤 식으로건 문남에게 닿을 거라고 오 대리는 믿었다.

쓰는 마음은 쓰이지 않은 마음과는 다르다. 그것은 지워진 종이로, 글자를 지워 낸 지우개 가루로도 남는다. 그것이 단지 쓰레기를 만드는 행위라 해도 안 하는 것보다 나은가라고 묻는다면 오 대리는 대답할 수 없었다. 다만 쓰지 않으면 그것이 쓰레기인지도 알지 못한 채 간직하게 될 수도 있었다. 보내지 못해도, 닿지 않아도 쓰는 마음은 남는다.

쓰다 만 편지를 지운 후 지우개 가루로 남은 마음들은 빈 딸기잼 병에 모았다. 나중에 누가 고독의 무게에 대해서 물어 보면 이 부스러기들을 보여 줄 생각이었다. 물론 누구도 자신에게 고독의 무게 따위를 물어볼 사람은 없을 터였다. 질문 없는 대답을 준비하는 건 보내지 못하는 편지를 쓰는 것처럼 고독사 워크숍에서 흔히 반복되는 시시하고 선량한 일들 중 하나였다.

때로 모든 게 서 피디의 연출이 아닐까 하는 생각도 했다. 사라진 서 피디가 남은 사람들을 만나게 한 건 사라진 사람들이 남겨 둔 이야기가 계속 쓰이기 바라서였을 것이다. 우리가 쓰는 이야기가 그들이 꿈꾸던 이야기와 같은지는 알 수 없었다. 할 수 있는 건 그저 멈추지 않고 무언가를 쓰고 지우기를 반복하는 것뿐이었다. 그들이 돌아올 수 있는 길을 만들기 위해서가 아니었다. 길을 지우기 위해서였다. 돌아오지 않아도 된다고, 길은 어디에나 있다고, 떠난 곳에서 이야기는 멈추는 것이 아니라 시작된다고. 어떤 이야기는 지워진 자리에서 시작된다. 그곳에 있어라. 어디에서든 안녕하시라. 그러는 동안 우리는 증발되지 않는다. 이곳에 머문다. 머무는 동시에 사라진다. 사라지지 않는다.

친애하는 문남

우리는 고객의 모든 요청을 매일 확인합니다. 그것이 일정 기준에 도달하면 그 맛은 재생산됩니다. 포기하지 마세요. 매일 당신이 꾸준히 우리에게 부활을 요청한다면 그것은 같은 방식은 아닐지라도 반드시 되돌려질 겁니다. 저는 고객의 메일을 확인하는 부서에 있을 뿐이어서 언제 부활될 거라고 약속할 수는 없습니다. 하지만 당신의 꾸준한 메일이 저의 마음을 움직였듯 언젠가 당신의 노력이 묘지에 묻힌 거북이 수프 맛 아이스크림을 부활시킬 수 있을 것을 저 또한 기대합니다. 여기 당신의 메일을 매일 기다리는 사람이 있습니다. 오래도록 당신의 안부를 전해 주세요. 당신의 안녕이 여기 있는 나의 안녕과 연결된 순간 우리는 함께 내일도 안녕할 것을 약속해야 합니다. 그것이 우리가 미래의 거북이 수프 맛 아이스크림을 위해 지켜야 할 오늘의 작은 상냥함입니다.

오주영 드림

앨런,

친애하는 타인용

고독사 매뉴얼

—사라져 버릴 생각들을 적어 보세요 FREET.

한때 트위터에 접속하고 프로필을 누르면 이런 문구가 떴다. 트위터는 앨런에게 매일 무너지고 매일 새롭게 세워지는 벽이었다. 학교에서 누구와도 대화를 나누지 않는 대신 하고 싶은 말들은 트위터에 남겼다. 제발 좀 조용히 해. 너의 MBTI가 무언지 조금도 궁금하지 않아. 내 MBTI에 대해서 너희들끼리 짐작하고 같을지도 모른다는 사실에 소름 끼쳐하고 낄낄대지 말라고. 나에 대해서 뭘 안다고. 아무것도 모르면서. 이런 말들과 함께 때로는 달걀초밥이 먹고 싶다거나 어릴 적 고양이 이름은 메메, 내 퍼스널 컬러는 짙은 녹색 따위의 의미 없는 글들을 적었다. 스물네 시간이 지나면 사라져도 좋을 말들, 사실은 처음부터 없어도 상관없는 말들만 남겼다. 트위터 피드에는 오래전에 죽은 배우 한오수의 사진과 인터뷰 자료, 영화 속 대사들만 가끔 올렸다. 때로 알 수 없는 계정들이 마음을 누르거나 리트윗을 했다. 그건 상관없었다. 그러나 자신을 팔로우한 경우에는 모두 차단했다. 누구와도 지속적으로 소통하거나 연결되고 싶지 않았다. 필요한 건 다만 하루, 하루만 유효한 모든 소리를 흡수해 버리는 벽이었다.

마르탱은 달랐다.

마르탱은 앨런이 처음으로, 그리고 유일하게 사귄 트위터 친구였다. 마르탱은 앨런도 모르는 배우 한오수에 대해 많은 것을 알고 있었다. 대부분은 죽은 한오수의 죽음에 대한 것이었다. 마르탱이 모르는 건 한오수가 앨런의 고모라는 것뿐이었다. 앨런이 아직 보지 않은, 앞으로도 볼 생각이 없는 고모의 마지막 영화에 대해서 마르탱은 기나긴 감상을 트위터에 남겼는데 대부분은 전도유망한 여배우를 변태적인 도구로 전락시킨, 그래서 결국은 극단적 선택을 하게 만들었음에 틀림없는 남자 감독 이규에 대한 분노와 혐오의 감정을 토로하는 내용이었다. 마르탱은 곧 개봉되는 이규의 새 영화 시사회에 갈 한오수의 팬들을 모집하고 있다고 밝혔다. 한오수가 이규의 영화에서 속옷 차림으로 뒤집어썼던 달걀보다 더 많은 달걀을 감독에게 던질 거라는 거였다. 3주 후의 시사회에 사용하기 위해 신선한 달걀 두 판을 사서 침대 밑에 놓아둔 채 썩기를 기다리고 있다고도 했다. 벌써 방 안에는 비 오는 날 장화 속의 발 냄새 같은 악취가 스멀스멀 퍼지고 있다고도 덧붙였다. 그러다 병아리가 부화하면 어떡해요? 누군가의 질문에 마르탱은 대답했다. 병아리도 함께 던지면 되죠.

먼저 팔로우 신청을 해 온 건 마르탱이었다. 앨런은 자신을 팔로우한 마르탱의 계정을 차단하는 대신 팔로잉 버튼을 눌렀다. 앨런의 트위터에는 한 개의 팔로우와 한 개의 팔로잉이 생겼다. 3일 후 마르탱으로부터 첫 번째 쪽지가 왔다. 감독 시사회는 4월 14일, 예술이라는 명목하에 한오수를 죽음으로 몰아넣은, 그리고 자기 죄를 속죄하겠다며 새로운 영화 속에서 한오수의 죽음을 또다시 값싼 흥행의 도구로 삼은 기만적인 감독을 함께 처단하자는 내용이었다. 마르탱은 그것을 부활절 토끼의 밤이라고 불렀다. 이런 직관적인 분노와 혐오와 실행력을 가진 마르탱을 어떻게 애정하지 않을 수 있었을까? 앨런은 다시 그 4월로 돌아간다 해도 마르탱을 사랑하게 되리란 걸 알았다.

부활절 토끼의 밤 같은 건 없었다. 누구도 왜 실행하지 않았느냐고 마르탱을 비난하지 않았다. 트위터의 세계 안에서만 벌어지는 시위와 폭동과 불꽃놀이와 축제는 끊임없이 이어졌고 그것은 그것으로 좋았다.

마르탱이 알려 준 것 중 가장 좋은 것은 혐오하는 힘이었다. 외부의 어떤 것을 혐오하는 것은 자신을 사랑하는 것보다 더 쉬웠고 더 강력했다.

— 혐오가 유행이야.

마르탱이 말했다.

— 너도 누군가나 무언가나 어떤 것을 혐오해야 해. 아무것도 혐오하지 않는 사람은 배덕자야. 배척당하게 될 거야.

— 누구로부터? 무엇으로부터?

— 모든 것으로부터. 네가 아닌 모든 것. 어쩌면 너 자신에게도. 정체성이나 취향이나 색을 가지기 위해서는 우선 혐오하는 힘을 길러야 해. 아무도 혐오하지 않는 건 아무것도 사랑하지 않는 것과 마찬가지야. 넌 오해될 거고 혐오당하게 될 거야. 열심히 적극적으로 충직하게 혐오해야 해. 좋아하는 것보다 싫어하는 것에 에너지가 더 쓰이기 마련인데 그건 그만큼 힘든 일이고 힘들지만 해야 하는 일이기 때문이야. 네가 사람들과 어울리고 무리에서 벗어나지 않기 위해서는 하루에 하나씩 네가 혐오할 대상을 정하고 성실히, 하루 세끼 밥을 꼬박꼬박 먹듯이 일상적으로 혐오를 키워 나가야 해. 혐오는 열심히 키우지 않으면 쉽사리 소멸되기도 하니까. 그 혐오가 너를 완전히 잠식할 때까지. 그래야만 너도 혐오의 대상이 되는 대신 혐오하는 사람으로 남을 수 있어.

앨런은 마르탱이 본인도 알지 못하는 이야기를 한다는 걸 알고 있었지만 마르탱이 말하는 방식이 좋았다. 그 사랑을 지키기 위해 남몰래 마르탱이 하는 허세 가득한 말들을 열렬히 혐오했다.

*

마르탱이 같은 학교의 한 학년 아래 학생이라는 걸 알게 된 건 마르탱과 하루에도 수십 개가 넘는 트위터를 주고받은 지 3주가 지날 무렵이었다. 앨런에게 트위터는 더 이상 벽이 아니었다. 트위터는 마르탱과 앨런 두 사람만을 위한 광대한 우주 정류장 같은 곳이었다. 두 개의 위성이 만나 유일하게 각자의 주파수로 고독한 혼잣말을 나눌 수 있는 곳. 서로가 서로의 벽이 되어 주었는데 그것은 소리를 흡수만 하고 되돌려 주지 않는 벽과는 전혀 달랐다. 벽은 하루가 지나도 허물어지지 않았고 매일 굳건해졌으며 따뜻한 기척을 가지고 호흡을 돌려주었다. 우연히 같은 학교라는 걸 알게 된 후에도 앨런은 마르탱과 트위터에서 만나는 걸 멈출 수 없었다.

트위터에서의 마르탱과 달리 학교에서의 마르탱은 매우 수줍고 눈에 띄지 않는 학생이었다. 두 사람은 서로를 모른 척했고 학교에서는 마주쳐도 인사조차 나누지 않았다. 그러나 앨런은 급식실에 갈 때도, 음악실에 갈 때도, 운동장에 가거나 화장실에 갈 때도 복도를 돌아 마르탱의 교실을 지나치곤 했다. 교실에 앉아 있는 마르탱의 모습을 창문 너머로 얼핏 볼 때도 있었지만 보지 못하고 지나는 날이 더 많았다. 운이 좋은 날은 복도에서 스치기도 했지만 그런 날은 정말이지 드물었다. 그러나 마르탱이 있는 곳으로 가까이 다가갈수록 빠르게 뛰는 심장 박동, 가벼워지는 발걸음, 뜨거운 호흡, 그런 것들이 앨런은 좋았다. 우연을 바라며 자신이 하는 행동들, 그 모든 것이 기적을 위한 작은 실천으로 여겨졌고 그럴 때마다 자신이 구도자가 된 기분이었다. 누군가를 애정하는 마음, 그것은 가장 신에게 가까워지는 일이었다.

　—나의 시스젠더. 우리는 트위터 안에서 서로에게 자유할 거야.

　같은 학교 학생이라는 걸 알게 된 후 마르탱은 말했다. 트위터에는 트위터의 세계관이 있고 그 세계는 현실 밖으로 끌려 나오는 순간 파괴되고 만다는 거였다. 그것은 확실한 거부였다. 그러나 트위터 밖 세계에서도 마르탱을 알고 싶은 욕구를 앨런은 누를 수 없었다.

　여름방학이 되었다. 마르탱은 말없이 트위터에서 사라졌다. 열흘 동안 아무것도 업로드되지 않았다. 쪽지를 보내면 확인했지만 답장은 없었다. 아무 일도 없었기 때문에 갑작스러운 침묵에 두렵고, 화가 났고, 무섭고 슬퍼졌다. 마르탱이 예전에 올린 트위터의 글들만 하나씩 다시 읽고 또 읽었다. 그러다가 언젠가 달을 찍은 사진을 보았다. 방 안에서 창밖의 보름달을 찍은 사진이었다. 그 달 아래 아파트 놀이터가 보였다. 그 사진 속의 놀이터가 있는 아파트를 찾아다니기 시작했다. 학교까지 걸어서 등교했으니까 학교에서 멀지 않은 아파트 단지일 거였다.

일곱 번 만에 사진 속의 놀이터를 찾아냈다. 그리고 사진 속 놀이터의 방향에 따라 마르탱의 방을 가늠해 보았다. 대략 104동 6층에서부터 11층 사이, 어쩌면 4층에서 13층 사이, 그쯤에 마르탱이 살고 있을 것 같았다. 때때로 그곳에 앉아 마르탱의 방으로 짐작되는 곳에 불이 켜지는 것을 보다가 돌아오곤 했다. 혼자 앉아 있어도 외롭거나 무섭지 않았다. 그 놀이터에는 왜인지 늘 철봉에서 매달리기를 하는 어른 여자가 있었다. 다이어트라도 하는 걸까. 늘 같은 시간에 성실하게 타이머를 맞춰 놓고 매달리기를 하고 아파트 단지의 조깅 코스를 뛰는 여자를 보면 조금 웃기고 많이 안심이 되었다. 그동안에도 마르탱의 트위터에는 아무것도 올라오지 않았다.

일주일 후 같은 내용의 엽서를 여섯 장 썼다. 그리고 같은 라인의 6층부터 11층까지의 우편함에 엽서를 넣었다. '그해 여름'으로 시작해서 '여름이었다'로 끝나는 엽서였다. 아직

'여름이었다'의 밈에 대해 알지 못했을 때였다. 여름방학이 끝날 때까지 답장은 오지 않았다. 인터넷에서 여름이었다와 관련된 조롱의 문장들을 몇 개 찾아 읽었다. 그러자 여름이었다는 더 이상 이전의 여름이었다와 같아지지 않았다. 작은 떨림이나 설렘으로 반짝이는 무언가를 한순간 우습고 민망한 것으로 만드는 힘에 대해 앨런은 아무것도 알지 못했다. 다만 앨런은 그해에 여름이었다를 잃어버렸다. 여름비와 여름 별장, 여름 숲과 그해 여름도 빛을 잃었다. 마르탱의 침묵 역시 여름이었다로 끝나는 문장 때문이라고 앨런은 생각했다. 여름방학이 끝날 무렵 마르탱은 앨런의 계정을 차단했다. 그리고 비공개 계정이 되었다.

마르탱이 죽었다고 생각했다.

그것이 앨런이 생각할 수 있는 유일한 해피 엔딩이었다. 개학 날 마르탱의 교실을 지나쳐 가며 앨런은 안을 들여다보았다. 마르탱이 그곳에 없기를 간절히 바랐다. 그러나 있었다. 작고 하얗고 여전히 누구의 눈에 띄지 않는 것만이 유일한 목표인 듯 이상한 방어막을 친 채 소란한 교실 한가운데에 고요히 앉아 있었다.

매일 상처받을 것을 알면서도 마르탱의 교실을 지나쳤다. 그때마다 연필 깎는 칼로 손목을 그을 때의 짜릿한 고통과 쾌감을 동시에 느꼈다. 마르탱에게 보낸 메시지들을 하나씩 되짚어 보기 시작했다. 갑작스레 자신을 떠난 이유를 알고 싶었지만 알고 싶지 않기도 했다. 아무 이유도 없어 보였지만 실은 모든 것이 이유가 될 수 있었다. 앨런이 앨런으로 존재한다는 것 그 자체가 거부의 이유일 수도 있었다. 마르탱에 대한 사유들, 감탄들, 책과 음악, 영화와 식물과 고양이와 음식과 의자에 대한 텍스트와 이미지에서도 알 수 있는 마르탱에 대한 동경과 열망들, 그것에 대한 길고 긴 찬사들에 부담을 느낀 걸 수도 있었다.

얼마 후 떠도는 소문을 들었다. 마르탱에 대한, 그리고 앨런에 대한. 누군가 마르탱과 앨런을 트위터 세계 밖으로 끌어낸 거였다. 소문 속에서 앨런은 트위터에서 마르탱을 성추행한 명예 한남이 되어 있었다.

나의 시스젠더.

마르탱은 앨런을 그렇게 불렀다. 처음에 마르탱이 시스젠더라고 했을 때 그것을 앨런은 시스터, 나의 자매라는 의미라고 생각했다. 그러나 아니었다. 시스젠더의 정의는 단순하게는 지정 성별과 성 정체성이 일치하는 경우를 의미했다. 그러나 그 말을 마르탱은 매우 지루하고 재미없고 시시하고 볼품없다는 의미를 담아 말하곤 했다. 성 정체성의 결정권을 스스로 갖지 못하고 부여된 성에 적응해 그 밖의 가능성을 탐색하지 않는 사람들은 어리석고 도태된 존재라고들 했다. 덜 진화된 구시대의 인물이라는 거였다. 그리고 그런 옛날 사람을 나는 사랑하지. 안드로진과 데미젠더를 거쳐 지금은 논바이너리로 자신을 규정했다는 마르탱은 말하곤 했다.

트위터에서 앨런은 반복되는 꿈에 대해 이야기한 적이 있다. 스스로를 논바이너리라고 규정한 마르탱이 자신을 평범하고 지루한 시스젠더라고 생각하는 것이 싫어서 과장한 걸 수도 있지만 그런 꿈을 꾼 건 사실이었다. 꿈속에서 앨런은 자주 자기 몸에 거대한 성기가 달리는 꿈을 꿨다. 남자가 되고싶다는 생각은 해 본 적 없다. 그러나 꿈속에서 앨런은 단단하고 큰 성기를 가졌고, 그것을 가진 앨런은 더 이상 나약하고소극적인 앨런이 아니었다. 앨런은 높은 건물과 건물 사이를성큼성큼 건너고, 절벽에서 뛰어내리고, 앞을 막아선 벽에 성기를 꽂아 벽을 무너뜨리고, 그리고 어떤 날은 마르탱과 함께있었다. 앨런의 몸에 달린 거대한 성기를 마르탱은 장난감처럼재미있어했다. 앨런은 자기 몸에 깔린 마르탱의 작고 부드러운몸이 좋았다. 거대한 성기가 두 사람을 긴밀하게 연결해 주었다. 그러니까 그런 이야기를 트위터에서 한 적이 있었지만 그건 마르탱이 앨런에게 들려주던 이야기, 환유된 성적인 꿈 이야기에 비하면 아무것도 아니었다. 그렇다고 생각했다.

다시 공개 계정으로 돌아온 마르탱에게는 새로운 트위터

친구가 많이 생겼다. 앨런은 트위터 계정을 삭제했다. 벽이 사라져도 벽에 대고 소리쳐야 할 말은 남았다. 그러나 어떤 벽은 무너져 자신을 덮치고 상처 입히기도 한다는 걸 알게 된 후에는 새로운 벽을 세우는 것이 두려워졌다.

교실에서 자리를 비웠다가 돌아오면 앨런의 책상 서랍에는 포스트잇이 붙어 있었다. 혐오를 담은 문장들이었다. 가끔 에어드롭으로 저주의 말이나 사진이 오기도 했다. 안 받으면 그만이지만 모든 것을 수락하고 차곡차곡 저장했다. 완전히 배제되는 것보다 혐오의 말 속에서라도 마르탱과 연결되어 있다고 느끼고 싶었다. 언제까지 버틸 수 있을까를 매일 생각했다. 어쩌면 오늘. 어쩌면 어제.

그 어른 여자는 지금도 그곳에서 매달리기를 하고 있을까? 문득 놀이터의 여자가 떠올랐다. 여전히 매달리기를 하는 여자를 보면 앨런도 좀 더 버틸 수 있을 것 같았다. 오랜만에 놀이터에 가 보았다. 벤치에 앉아 여자가 나타나기를 기다렸다. 여자는 보이지 않았다. 매달리기는 그만둔 건가? 그렇게 쉽게 포기해도 되는 건가? 그러면 매일 매달리던 그 시간들은, 그 노력들은 다 어디로 가나. 알 수 없는 분노를 느끼며 벤치에서 일어서려는데 의자의 팔걸이에서 무언가 버스럭거리는 게 보였다. 쉽게 떨어지지 않게 하려고 누군가 머리 끈으로 단단하게 매어 놓은 포스트잇이었다. 펼쳐 보니 수수께끼 같은 글이 적혀 있었다. 대체로 나아지고 있다니. 오늘의 고독사라니. 무슨 비밀 편지 같은 걸까. 하단에 스티커로 된 QR코드가 붙어 있기에 접속해 보니 팝업 창이 떴다.

☑ 면역력 향상을 위한 간헐적 고독사 워크숍에 참가하시겠습니까?

*

마르탱. 너니.

근거는 없지만 앨런은 그것이 마르탱으로부터 온 메시지라고 생각했다. 그것은 너는 죽을 때까지 고독하게 살다가 고독하게 죽을 거라는 저주일 수 있었다. 그러나 그건 어쩌면 앨런에게 새로운 벽으로 가는 길을 알려 주려는 마지막 호의일지도 몰랐다. 어쩌면 아무에게도 들키지 않을, 두 사람이 다시 접속할 수 있는 더 멀고 따뜻한 우주의 정거장으로 가는 궤도를 알려 준 걸 수도 있었다. 앨런은 그렇게 믿고 싶었다. 믿기로 선택했다. 그래서 의심 없이 링크를 따라 심야코인세탁소에 접속해 가입 버튼을 눌렀다.

19세 이상 성인 인증이 필요한 사이트였다. 죽은 한오수의 주민등록번호를 입력했으나 가입되지 않았다. 죽은 사람은 주민등록번호가 상실된다는 사실을 앨런은 처음 알게 되었다. 앨런은 잠시 망설이다가 할머니 문남의 주민 번호로 가입했다. 문남은 앨런이 아는 가장 단단한 사람이었다. 고모가 수많은 소문 속에 극단적인 선택을 한 후에도 슬픔에 주저앉지 않았다. 장례식이 끝나고 한 달 후 문남은 구청의 수영반에 등록해 일주일에 세 번씩 수영을 했고, 운전 학원을 다니더니 세 번의 도전 끝에 운전면허증을 땄다. 그때 문남의 나이가 69세였다. 북 코디네이터 자격증을 취득한 후 아파트 게시판에 무료로 초등학생과 청소년, 성인을 위한 책들을 추천하는 전단지를 붙였고 도서관의 수요 독서 클럽 회원으로 매주 한 권씩 책을 읽고 토론을 했다. 일주일에 두 번 성당의 레지오 회원들과 함께 호스피스 병원으로 봉사 활동을 갔고 그곳에서 만난 자매님의 도움으로 킨츠키 수업을 듣더니 성당의 교리실을 빌려 교인들과 인근 주민들을 위한 킨츠키 강좌를 진행하기도 했다. 깨진 그릇을 새롭게 복원하는 킨츠키 수업은 수어로 동시에 진행되었다. 누군가 고모가 죽으며 남긴 돈으로 문남이 속 편하게 하고 싶은 것만 하고 산다고 했다는 이야기를 전해 들었다. 그 말을 들은 문남이 어떤 기분이었는지 앨런은 알지 못했다. 살아남는다는 것에 대해서, 먼저 죽은 사람 이후에 남겨진 사람들의 삶에 대해서 생각해 보려 했지만 앨런이 짐작할 수도 없는 이야기였다.

언젠가 문남이 말한 적이 있다. 너는 클수록 네 고모를 닮아 가는구나. 그 말은 앨런을 두렵게도, 기쁘게도 했다. 요양병원에 입원하기 전 문남은 앨런을 한참 들여다보다 혼란스럽다는 듯 물었다. 네가 오수니 앨런이니?

하루빨리 할머니가 되고 싶었다. 넷플릭스에서 할머니가 나오는 영화와 다큐멘터리만 골라 보기 시작했다. 뉴욕의 빨래방에 사는 미미와 조지아 오키프, 모지스 할머니의 이야기를 보았다. 아녜스 바르다의 영화를 반복해서 보았는데 바르다가 또래의 누구보다 친한 친구처럼 느껴졌다. 그들이 처음부터 할머니는 아니었다는 사실이 앨런을 슬프게 했다. 할머니로 태어나 할머니로 죽을 수 있다면 사는 게 조금은 수월할 것 같았다. 기억을 잃은 문남을 보며 부럽다는 생각을 했다. '치매에 걸리기 쉬운 생활 습관' 같은 주의 사항을 검색해 자신의 습관으로 만들었다. 가끔은 뜨거운 물을 받은 욕조 안에서 잠이 들었다. 깨어나 쭈글쭈글한 손과 발을 보며 지나간 미래를 점쳐 보기도 했다.

그러다 문남이 죽은 앨런을 위해 매일 아이스크림 부활 버튼을 누른다는 이야기를 듣게 되었다. 문남은 이제 고모의 죽음을 기억하지 못했다. 그 대신 어릴 때 사고를 당했지만 살아남은 앨런의 죽음을 기억했다. 식사도 거부한 채 슬픔에 잠긴 문남에게 아이스크림 부활 버튼을 알려 준 건 병원의 재활 치료사였다. 전직 농구 선수였다는 재활 치료사는 문남에게 아침과 점심과 저녁 식사 후 아이스크림 부활 버튼을 누르도록 했다. 그리고 일주일간 잘해 내면 선물로 아이스크림을 주었다. 매일 버튼 하나를 누를 힘을 유지하기 위해 문남이 하루 세 번 밥도 잘 먹고 재활 치료도 잘 받게 되었다며 아빠가 웃었다. 그리고 앨런은 알게 되었다. 자신이 매일 밤 이대로 깨지 않기를 꿈꾸며 잠들었다가도 아침이 되면 다시 앨런으로 깨어나는 건 문남이 자신을 위해 아이스크림 부활 버튼을 눌러 주기 때문이었다.

문남의 이름으로 고독사 워크숍 참가 신청서를 쓰면서 앨런은 죽은 자신을 추모하기 시작했다. 아침마다 학교에 가기 전에 심야코인세탁소에 접속해 오늘의 부고를 남겼다. 어떤 날은 아이스크림을 먹다 죽기도 했고, 어떤 날은 지루한 농담에 질식사하기도 했다. 어떤 날은 날이 너무 좋아서, 어떤 날은 너무 흐려서 죽기도 했다. 죽은 심장을 안고 학교에 가면 하루가 조금은 견딜 만해졌다. 이미 죽은 것들에 다정해지기는 쉬웠다. 잃어버린 것은 어쩐지 더 소중하게 느껴졌다. 죽은 앨런은 살아 있는 앨런보다 더 애틋했다.

그러나 견딜 만해진다는 건 다른 견딜 수 없는 새로운 고통이 곧 시작되리라는 걸 의미했다. 앨런이 아는 고등학교란 그런 곳이었다. 그렇다 해도 매일 죽을 수 있다면 매일 새로 살아 낼 수도 있었다.

자기 전에는 저마다 우주에서 길을 잃은 행성 같은 고독 채널을 떠돌며 마르탱을 찾았다. 근거는 없지만 마르탱이 있을 것만 같았다. 그곳에서 마르탱을 찾는 게 자신에게 주어진 퀘스트라 믿었다. 그래, 마르탱 같은 아이와 친구가 되는 일이 그렇게 쉬울 리 없었다. 쉬워서도 안 되었다. 이 퀘스트를 마치면, 그러면 다시 앨런은 마르탱과 소문이 제거된 고요한 우주 정거장에서 서로의 고독을 나누게 될 거였다.

각각의 고독 채널은 일정한 주기로 자신의 고독사 과정을 업로드했다. 그중 누가 마르탱인지 찾기는 쉽지 않았다. 자신이 이곳에서 앨런이 아니라 조문남으로 존재하듯 마르탱 역시 누구도 될 수 있었다. 남자도 여자도 노인도, 심지어 플라타너스 나무나 고양이 시시, 어쩌면 의자나 노래일 수도 있었다. 고독 채널에 올라오는 짧은 영상이나 오늘의 부고, 고독사 훈련 일지와 추모사 같은 것들을 통해 숨은그림찾기를 하듯 마르탱을 찾아내야 했다. 너를 찾는 일, 너의 궤도를 쫓는 일. 그것이 앨런의 고독사였지만 그것만이 앨런을 충만하고 오롯한 자신으로 존재하게 해 주었다. 앨런은 종종 문남의 나이가 되어 마르탱과 재회하는 일에 대해 생각했다. 나는 너를 찾아 외면당하고 너로부터 완전히 벗어나 고독사하기 위해 평생에 걸쳐 너를 찾았다고 말하는 장면을 상상하니 언젠가의 고독사가 기대되기 시작했다.

고독사를 시작한 지도 몇 주가 지났다. 그리고 메일을 받게 되었다. 친애하는 문남으로 시작하는 메일들. 그것은 문남을 수신인으로 쓰였지만 의도된 착오를 거쳐 앨런에게 도달했다. 기억을 잃은 문남이 어떻게든 되살리고 싶어 하는, 살아 있기를 바라는 간절한 존재로서의 앨런에게.

수요 혁명 클럽

친애하는 문남

고독사 워크숍을 시작하며 저는 충직한 개처럼 앉아서 하루 종일 연필을 깎습니다. 언젠가 완벽한 연필을 깎으면 그것으로 먼저 죽은 강아지들을 위한 긴 이야기를 써야겠다고 생각하면서 말입니다. 그러나 완벽한 연필을 깎기란 얼마나 어려운지요. 저는 매일 한 자루의 연필이 더 이상 손에 쥐고 쓸 수 없을 정도로 작아질 때까지 깎고 또 깎지만 제가 무심히 죽게 만든 하나의 생명을 위한 짧은 추모글을 남길 정도로 완벽한 연필을 깎는 건 불가능했습니다. 저는 그렇게 완벽한 연필을 기다리기만 했습니다. 완벽주의나 노력, 정성이 아니라 다만 두려움 때문이었습니다. 진실에 다가가야 한다는 두려움 말입니다.

버튼 하나를 누르는 용기. 제게 필요한 건 단지 그뿐이었는데 말입니다.

친애하는 문남. 제가 완벽하지 않은 연필로 당신께 편지를 쓰는 것을 용서해 주시기 바랍니다. 어쩌면 우리는 죽은 아이스크림 하나도 세상에 되돌려 놓을 수 없을지도 모릅니다. 우리 힘은 그토록 미약한지도 모릅니다. 하지만 우리는 최소한 그것을 기록할 수 있겠지요. 완벽하지 않은 뭉툭한 연필 한 자루로. 어떤 시시하고 선량한 일들은 완벽하지 않아서 쉽게 시작할 수 있고, 완벽하지 않아서 계속할 수 있게 되는지도 모르겠습니다.

친애하는 문남

조카가 물었습니다.

"삼촌은 이제 글 안 써?"

저는 오래전 시나리오 한 편을 끝으로 단 한 작품도 완성하지 못한, 한때의, 가족들만 기억하는 전직 작가였습니다.

"써야지."

"매번 쓴다면서."

"이제 정말로 쓸 거야. 벌써 쓰기 시작했어."

조카에게 한심한 삼촌으로 보이기 싫어 저는 자신에게 다짐하듯 힘주어 말했습니다. 사실이기도 하고 거짓이기도 했습니다. 조카가 미심쩍은 듯 다시 질문했습니다.

"뭘 쓰는데?"

"고독한 사람이 고독하게 죽는 이야기."

그것은 벌써 몇 년째 시작만 스물일곱 번 넘게 하다가 만 이야기였습니다. 그동안 소재는 낡았고 이야기는 식상해졌지만, 그러나 시든 화분처럼 버리지도 못한 채 저는 그곳에 쓰다 만 연필을 꽂아 두고 언젠가 싹이 돋기를 기다리며 쓰고 지우는 멍청한 작업을 반복해 왔습니다.

조카는 대답이 없었습니다. 잠시 후 조카가 명랑하게 물었습니다.

"그거 삼촌 이야기야?"

친애하는 문남. 당신의 노력에도 불구하고 거북이 수프 맛 아이스크림은 부활하지 못할지도 모릅니다. 그러나 당신의 이야기는 저를 다시 쓰게 만들었습니다. 이것은 아주 오랜만에 제가 누구에게 닿기를 바라며, 읽히기를 기원하며 쓰는 글입니다.

저는 마흔이 넘었고, 혼자이며, 앞으로도 오래 혼자일 겁니다. 저는 제가 고독하게 살다 고독하게 죽을 것을 압니다. 그렇기 때문에 고독한 사람들의 이야기에 더 귀 기울일 수 있게 됩니다. 그리고 그 이야기를 평생에 걸쳐 오래오래 쓸 것을 설레는 마음으로 기다립니다. 당신이 어디선가 부활 버튼을 누르면 제게 그랬듯 그 에너지가 고독한 누군가의 등을 떠밀어 줄 것을 저는 압니다. 제가 키보드를 누르는 작은 힘 역시 언젠가는 사라진 것들, 잊힌 것들, 버려진 것들을 되살리는 기억의 지도의 밑그림이 되리라 믿고자 합니다. 그렇게 매일 성실하게 각자의 의자에 앉아 안 되는 줄 알면서 안 되는 일들을 꾸준히 하고 난 어느 날 우리는 바밤바나 메로나를 먹으며 중얼거리게 될지도 모릅니다. 이 아이스크림에선 어쩐지 거북이 수프 맛이 난다라고 말입니다.

친애하는 문남

오늘은 요양 병원에 계신 아버지의 면회를 다녀와 이 편지를 씁니다.

치매 진단을 받고 7년 만에, 가족의 이름을 잊은 지 2년 만에, 대소변을 가리지 못하게 된 지 1년 만에, 가족의 얼굴도 알아보지 못하게 된 지 6개월 만에 아버지는 병원에 입원했습니다. 아버지가 입원한 다음 날 저는 아버지의 핸드폰에 깔려 있는 은행 앱에 접속했습니다. 아버지의 계좌로 매달 입금되는 연금을 확인하고 병원비에 보탤 생각이었습니다. 이체를 하려는데 가장 최근 이체 기록에 제 계좌가 있었습니다. 최근이라고 해도 3년 전이었습니다. 그때만 해도 아버지는 폰뱅킹 사용이 가능했던 것입니다. 꼼꼼한 아버지는 이체할 때

송금 내역을 다 적어 놓곤 했습니다. 제 계좌 옆에는 이렇게 적혀 있었습니다. 우리막내용돈.

우리막내용돈으로 저는 고독사 워크숍을 시작했습니다. 제가 고독사를 할 때 단지 몇 개의 기억만 가져갈 수 있다면 저는 그중의 한 액자에 이 기억을 넣겠습니다. 그리고 이 장면이 당신에게도 어떤 따스함이 되기를 바랍니다. 우리가 느끼는 슬픔은 사실은 사랑에서 비롯된다는 걸, 슬픔은 그래서 포근한 온기를 동반한다는 걸 당신은 이미 아시겠지만 그저 말하고 싶었습니다.

아버지는 코로나도, 코로나로 인해 비접촉 면회마저 아주 드물게 허용된다는 것도 모릅니다. 그럴 때면 차라리 아무것도 몰라서 다행이라고, 가족들에게 잊힌 상실감조차 못 느끼는 지금의 상태가 나을지도 모른다고 생각합니다. 그러나 짧은 면회를 끝내고 돌아올 때면 어쩔 수 없이 저는 자책합니다. 내가 더 잘 돌봐 드렸다면 증상을 늦출 수 있었을 텐데, 치매에 대해 더 공부하고 돌봄 노동 교육을 제대로 받았더라면, 그랬다면 이렇게 빨리 아버지가 먹고 싸는 기본적인 기억도 잊어버려 마침내 육신의 건강까지 잃게 되는 상태까지 이르지는 않았을 텐데 하고 말입니다.

그러나 저는 압니다. 아버지는 당신의 막내가 당신에게 미안해하거나 죄책감을 느끼기를 원하지 않습니다. 아버지와 특별한 유대 관계가 있던 딸도 아니었고, 아버지가 치매를 앓아 도움이 필요해지기 전까지는 손잡고 함께 걸어 본 적도 없는 무덤덤한 부녀 사이였지만 저는 그것을 압니다. 그 믿음이 제가 아버지께 받은 가장 큰 유산입니다.

그렇게 아버지를 만나고 돌아오는 날이면 저는 제게 우리 막내용돈을 줍니다. 그것으로 뭔가 달콤한 것을 먹거나 향기 나는 펜을 사거나 새 입욕제 혹은 도서관에서 대여해 이미 읽었지만 좋았기에 간직하고 싶어진 책을 사기도 합니다.

저는 자주 같은 실수를 반복하고, 자주 후회하고, 가끔은 자기혐오에 빠지기도 합니다. 그럴 때도 제게는 우리막내용돈이 있습니다. 어떤 날은 작은 다육 화분이나 멜로디 카드를 사고 어떤 날은 스노볼이나 오르골, 혹은 '내가 해냈다'가 새겨진 도장 같은, 대체로 꼭 필요는 없지만 다정한 물건들을 고릅니다. 평소라면 절대 열지 않을 편의점의 작은 냉장고에 놓여 있는 하겐다즈 아이스크림을 사거나 온라인 몰에서 생리대를 사서 어딘가로 보내기도 합니다. 우리 막내가 그것으로 인해 조금이라도 자신을 보듬게 된다면 그것으로 좋다고 생각하면서요. 수고로운 일주일이 지나고 주말이 되면 우리막내용돈으로 좋아하는 시집을 사서 좋아하는 카페의 창가에 앉아 새로 산 연필로 맘껏 밑줄을 그으며 천천히 다시 읽기도 합니다. 그리고 그것을 두고 나옵니다. 누군가에게 그 책이

제게 주었던 기쁨과 위로를 전해 주기를 바라면서요.

저는 제가 바보짓을 할 때마다, 한심하고 미워질 때마다 저를 우리 막내라고 불러 봅니다. 그렇게 저를 바라볼 때 저는 제게 다정해지는 법을 배웁니다. 저를 용서하고 다독이는 법을 저는 배웁니다.

당신에게도 우리할머니용돈이 있으면 좋겠습니다. 그것으로 당신이 좋아하는 아이스크림을 먹고, 당신이 좋아하는 영화를 보고, 당신이 좋아하는 식물을 사서 당신의 공간을 푸른 생명력으로 물들이면 좋겠습니다. 당신의 앨런은 당신과 함께 오래 살아 있을 테니 그동안 앨런이 당신에게 사랑을 표현할 기회를 자주 주셨으면 좋겠습니다.

저는 오늘 우리막내용돈으로 새로 산 보송보송한 수면 양말을 신고 이 편지를 적습니다. 다음에는 당신이 우리할머니용돈으로 플렉스한 이야기를 듣고 싶습니다.

친애하는 문남

저는 요즘 함께 일하는 사서 선생님이 참 귀엽습니다. 꼬박꼬박 선생님이라고 부르지만 사실 제 눈에는 조카딸처럼 귀엽기만 합니다. 한번은 집 앞 과일 가게에서 산 오렌지가 너무 달기에 가져와서 슬쩍 건넸더니 깜짝 놀라며 말했습니다. "어머, 저 주시는 거예요? 잘 먹을게요." 별것도 아닌데 눈이 반달이 되어 웃기까지 했습니다. 그 후로 뭐든 맛있는 것, 단것, 좋은 것, 예쁜 것을 보면 윤영 샘이 생각나기 시작했습니다. 그 나이의 여자아이들이 좋아할 만한 것이 뭔지 궁금해서 향이 좋은 허브차나 필링이 가득 든 마카롱 가게를 검색해 보기도 했습니다. 언젠가는 슬쩍 들여다본 핸드폰 배경 화면에 고슴도치가 있는 것을 보고 물었더니 고슴도치를 키운다고 하더군요. 이름이 호야라고요. 그날부터 유튜브로 고슴도치 영상을 찾아보기 시작했습니다. 일주일간 열심히 사전 정보를 습득한 끝에 윤영 샘에게 말했습니다.

"나도 좋아해요."

"뭘요?"

"고슴도치요. 혹시 『고슴도치의 우아함』이란 책 읽어 보셨어요?"

저는 도서관에서 검색해서 본 고슴도치와 관련된 책으로 이야기를 시작했습니다.

"어머. 저도 그 책 좋아해요. 그 책이 좋으셨으면 같은 작가의 책 중에 이것도 읽어 보실래요?"

윤영 샘이 직접 책을 찾아 건네주었습니다. '맛'이라는 제목이었습니다. 그날 일이 끝나고 집에 돌아가 책을 읽기 시작했습니다. 좋았습니다. 좋지 않아도 그저 좋았습니다. 먹어 보고 싶은 음식들을 포스트잇에 옮겨 적으니 모두 열두 장의 포스트잇이 만들어졌습니다. 그리고 주말마다 그 책에 나오는 음식을 찾아 먹기 시작했습니다. 오렌지소르베나 베이징오리고기를 사 먹은 날은 사진을 찍어 다음 날 윤영 샘에게 자랑하기도 했습니다. 육두구 껍질로 양념한 고티에비둘기경단 같은 건 찾기 힘들었지만 파를 넣은 진한 고등어수프나 구운 정어리는 직접 만들어 보기도 했습니다. 처음 맛보는 맛이었습니다. 역시 좋았습니다. 맛이 있으면 있어서, 없으면 없어서 다 좋았습니다. 책에 나오는 음식을 찾아다니며 먹는 것도, 따라 만드는 것도, 그것을 기록해 두고 다음날 윤영 샘에게 보여 주며 함께 웃는 것도 다 좋았습니다. 그 후 윤영 샘이 추천해 준 책 『바베트의 만찬』과 『달콤 쌉싸름한 초콜릿』도 얼마나 좋았는지요. 언젠가 책에 나오는 초콜릿케이크를 만들어 윤영 샘에게도 선물하겠다고 약속했습니다. 그때 미소 짓던 윤영 샘의 반달눈과 이마의 흔들리는 잔머리를 보며 저는 이 부풀어 오르는 마음이 사랑이어도 좋겠다고 생각했습니다. 60년 넘게 살았지만 아직도 처음 맛보는 것이 많은 것도, 새로운 책, 새로운 사람과 마주하며 예상치 못한 기쁨과 실망을 느끼고 낯선 익숙함과 익숙한 새로움들을 만난다는 것까지 매일이 설레기 시작했습니다. 마지막이라는 거 말입니다, 생각해 보면 마지막을 맞이하는 건 늘 처음 경험하는 거니까요, 모든 마지막을 시작하는 설렘으로 맞이하고 싶다는 생각을 저는 이제 합니다.

한 사람을 좋아하기 시작하자 또 다른 좋은 것들이 저를 찾아왔습니다. '좋아해'의 출구로 들어서니 좋아하는 것들로 이루어진 또 하나의 새로운 세계가 펼쳐진 거였습니다. 그렇게 하나씩 좋아해의 문을 만들고, 그 문으로 들어가다 보면 어느 순간 저 멀리 있던 고독사의 문도 좋아해 하면서 들어가 즐거이 고독하게 죽을 수 있게 되지 않을까요? 그동안 '좋아해'로 이루어진 문을 가능한 한 많이 만들어 두고, 누구든 그 문으로 자유롭게 드나들도록 하고 싶습니다. 저는 당신이 누른 부활시키기 버튼 역시 좋아해로 향하는 모든 문의 비밀번호라고 생각합니다. 우리가 사라진 것들을 되살리고자 하는 건 좋아해 중에서도 아주아주 좋아해에 속하는 최선의 노력일 테니까요. 그것이 당신에게 또 다른 좋아해의 문들을 많이 열어 주기를 바랍니다.

요즘엔 또 다른 용무로 바쁩니다. 저의 일은 아니지만 오래 반납하지 않고 연락도 받지 않는 연체자들의 목록과 주소록을 윤영 샘 책상에서 우연히 보고 사진으로 찍어 핸드폰에 저장해 두었습니다. 그리고 그곳으로 반납 독촉 편지를 하루에 한 통씩 보내기 시작했습니다. 제가 책에서 옮겨 적은 문장이 담긴 포스트잇과 함께 말입니다. 그것이 무엇을 할 수 있을지 모릅니다. 아마 아무것도 할 수 없을 겁니다. 그러나 저는 얼마 전 고독사한 지 1년 만에 발견된 젊은이의 기사를 읽었습니다…….

1년, 2년 넘게 반납되지 않는 책들, 그중 어떤 책의 제목은 저를 무섭고 슬프게 합니다. 당신이 아이스크림 부활 버튼을 누르듯 저는 이 슬픔과 무서움의 힘으로 제가 할 수 있는 무용한 일을 할 뿐입니다.

저는 포스트잇의 비밀도 알게 되었습니다. 책 속의 문장들을 베끼는 것, 그것을 옮겨 적는 것은 또 다른 좋아해로 들어가는 주문 같은 것이었습니다. 그러니 문장 앞의 Q는 퀘스천이나 퀘스트가 아니라 어쩌면 어딘가와 접속되는 QR 코드의 줄임말인지도 모르겠습니다. 저는 포스트잇에 더 많은 문장을 적기 시작했습니다. 그리고 그것을 버스 정류장 의자에, 병원 대기실의 철 지난 잡지에, 터미널 화장실 문의 장기 기증 스티커 위에도 붙여 놓기 시작했습니다. 저는 어제 이런 문장을 옮겨 적었습니다. 어린이 자료실에 있는 『팍스』라는 책의 서문이었습니다. 저는 당신에게도 그 문장을 들려주고 싶습니다.

Q "여기에서 일어나지 않은 일이라고 해서 일어나지 않았던 것은 아니다."*

---

* 사라 페니패커, 김선희 옮김, 「서문」, 『팍스』(아르테, 2017).

친애하는 문남

저는 하루빨리 할머니가 되고 싶었습니다. 열여섯 앨런의 삶보다 여든한 살 조문남의 삶은 훨씬 더 견디기 쉬울 거라 생각했습니다.

당신의 이름으로 고독사를 시작하면서 저는 가끔 오래된 미래를 떠올렸습니다. 어쩌면 나는 이미 늙었고 치매에 걸려 스스로가 어린 소녀인 줄 아는 할머니가 아닐까 하는 생각도 했습니다. 그러자 어쩐지 이미 지나가 버린, 기억하지 못하는 잃어버린 과거 속의 나, 열여섯의 앨런에게 상냥해지고 싶어 졌습니다. 할머니처럼 손녀 앨런에게 좋은 것을 먹이고 좋은 것을 보여 주며 좋은 기억들을 남겨 주고 싶어졌습니다.

토요일이면 일주일간 잘 버틴 앨런에게 귀여운 캐릭터가 그려진 새 양말을 한 켤레씩 사 주었습니다. 새 양말을 신고 걸으면 어쩐지 제가 새로 빤 뽀송뽀송한 당신의 애착 인형이 된 느낌이었습니다. 무언가가 저를 견딜 수 없게 만들 땐 그 양말에 검은 펜으로 걱정 양말이라고 적었습니다. 언젠가 당신과 함께 본 영화 「괴물들이 사는 나라」의 주제곡 「워리드 슈즈(Worride Shoes)」를 들으며 걱정 양말을 신고 더 이상 걸을 수 없을 때까지 걷고 또 걸었습니다. 그리고 그곳에 양말을 벗어 두고 새 양말을 사서 신고 돌아오는 겁니다. 그것으로 해결되는 건 없지만 그런 날이면 저는 깊고 단 잠에 빠집니다. 다음 날이면 또 다른 걱정들이 저를 사로잡습니다. 그러나 저는 알게 됩니다. 당신의 소중한 앨런에게 다정해지기 위해 제가 다정 근육을 단련하고 있고, 다정 근육이 충분히 단단해지면 큰 노력 없이도 제게 일상적으로 더 다정하고 상냥하게 되리란 걸 말입니다. 그리고 나면 이 다정함을 제가 아닌 사람에게도 나눌 수 있게 되겠지요. 어떤 것도 쉽지 않기 때문에 버티고 견뎌 내기 위해 제 두 다리는 점점 더 튼튼해지고 점점 더 멀리 갈 수 있게 됩니다. 어떤 날은 걱정 양말을 벗어 두는 것을 잊고 돌아오기도 합니다. 그리고 어떤 날은 걱정 양말을 신은 채 잠들기도 합니다. 그래도 악몽에 시달리지 않고, 꿈속에서 울다가 깨어 혼자 울지도 않고 아침까지 깊은 잠을 잘 수 있다는 걸 알게 됩니다.

친애하는 문남. 제가 하루빨리 할머니가 되고 싶었던 이유는 지금 생각해 보면 당신이 제 할머니이기 때문입니다. 금이 가면 금이 간 대로 감추지 않고 그것과 함께 때로는 단단하게, 때로는 무르게 살아가는 당신의 모습 말입니다. 회복해야 하는 삶이 아니라 회복해 가는 과정이 삶이라는 걸 저는 당신께 배웁니다. 저는 이제 아주 오래도록 천천히 할머니가 되는 꿈을 꾸겠습니다. 당신이 고모의 꿈인 할머니가 되기 위해 얼마나 오래 매달리고 버텨 왔는지 저는 이제야 조금 알 것 같습니다.

저는 귀여운 할머니 같은 건 되고 싶지 않습니다. 현명하고 자애롭게 늙지도 않을 겁니다. 가끔 제가 원치 않는 부당한 상황에 처할 때 누구에게든 빌어먹을! 우라질! 그래서 어쩌라고! 밉지 않게 웃으며 말할 수 있는 조금은 괴팍하고 시시하고 파렴치한 할머니가 되고 싶을 뿐입니다. 잘생기지도 않은 채소 가게 총각의 작은 다정에 쉽게 물러지는 마음을 안고 그런 자신을 조금은 비웃고 조금은 애틋해하면서 말입니다. 그러고 나면 저 역시 어우 이 나이에 연정이라니 지겨워, 못살아 하면서 작은 다정들을 외로운 이들에게 빵 조각처럼 나누며 늙을 수 있게 되겠지요. 저는 상상합니다. 2006년에 태어나 2010년에 사라진 거북이 수프 맛 아이스크림 맛을. 첫맛은 조금 아리고 끝 맛은 비리지만 알알이 작은 다정들이 씹히는 아주 평범하고 시시한 맛을 말입니다.

어제는 책에서 이런 문장을 읽었습니다. 할머니들이야말로 세상에 혁명을 일으킬 수 있는 유일한 존재라는 겁니다.*

그러니까.

친애하는 문남. 당신의 앨런을 위해 저는 마지막으로 이 부고를 옮겨 적습니다.

---

* 키키 키린, 현선 옮김, 『키키 키린』(항해, 2019), 116쪽.

거북이 수프

Turtle Soup

2006~2010

퍼지로 코팅한 캐러멜 캐슈너트와

캐러멜 물결무늬가 들어간 바닐라 아이스크림

Vanilla ice cream with fudge-covered

caramel cashews & a caramel swirl

꾸준한 자가 경주에서 이기는 법.

거북이 수프는 계속 달렸습니다

당신은 반대할지도 모르지만

거북이 수프는 이제 쉬어도 됩니다.*

* 벤앤제리스 홈페이지의 '맛의 무덤'에 안치된 거북이 수프 맛 아이스크림의 묘비명.(https://www.benjerry.co.kr/flavours/flavour-graveyard)

라이프가드,

이 모티브를

진지하고 부담스러운 자세로

840번 반복하시오

소년의 꿈은 라이프가드. 책을 읽다가 그 단어가 좋아서 노트에 옮겨 적었다. 600페이지가 넘는 소설이었는데 다 읽은 후에 남는 것은 그 단어뿐이었다. 구체적으로 무슨 일을 하는 지는 몰랐지만 그 말에서는 파도가 넘실대고 바다 냄새가 났 다. 바닷가를 뛰노는 몸집이 큰 래브라도종의 구조견과 호루 라기를 목에 건 건장한 수상 안전 요원의 청량한 웃음소리도 떠올랐다. 장래 희망은 라이프가드. 누군가 물으면 그렇게 대 답하리라고 소년은 결심했다. 하지만 한 번도 소리 내어 대답 할 일은 생기지 않았다. 라이프가드. 소년은 그 말을 자꾸 입 안에서 굴려 보았다. 꽝꽝 언 고드름을 입에 문 것처럼 그 말 은 혀에 달라붙어 입 안을 얼얼하게 했다. 그 쩽하고 알싸한 느낌이 좋았다. 훗날 어른이 되어 직업란에 라이프가드라고 쓸 수 있게 된다 해도 그것은 영원히 이루고 싶은 꿈으로 남을 것 같은 단어였다. 그래서 좋았다. 라이프가드.

여름이 시작되자 소년은 외삼촌 부부가 관리하는 펜션으로 내려가 머물렀다. 오전에 세 시간가량 청소 일을 돕고 나면 저녁 시간까지는 자유였다. 그러나 소년의 진짜 일은 그때부터 시작이었다. 펜션에는 수영장이 있었다. 깊이가 1미터 20센티 정도 되는 깊지 않은 풀장이어서 안전 요원이 필요하지 않았지만 소년은 풀장 곁에 의자를 두고 스스로 라이프가드가 되었다.

목에는 오렌지색 호루라기를 걸었지만 호루라기를 사용할 일은 생기지 않았다. 그 대신 불평하는 사람들이 생겨났다. 아홉 살, 열두 살 된 딸과 놀러 온 엄마가 외숙모에게 항의했다. 키가 껑충하게 큰 남학생이 수영복을 입은 어린 딸을 지켜보는 게 꺼림칙하고 불편하다는 이유였다. 그럴 수 있겠네요, 소년은 납득했다. 풀장 바로 옆에 놓아둔 의자를 들어 1미터쯤 떨어진 나무 그늘 밑에 두었다. 그리고 그곳에 앉아 문고판 책을 손에 들고 읽기 시작했다. 책을 읽다가 가끔 생각하듯이 시선을 들어 수영장을 쳐다보는 것마저 문제 삼는 사람은 없었다. 소년의 모습은 한낮에는 그늘 밑에 숨겨졌지만 해가 저물 무렵에는 어슴푸레 드러났다. 그러나 곧 어둠에 잠겼고 어두워지면 소년은 책을 덮고 조명이 비친 수영장의 검은 장막과 어두워진 후 아무도 없을 때만 수영장을 이용하는 장기 투숙 중인 여자를 지켜보았다.

여름이 오기 전 제일 바깥의 동떨어진 펜션 한 채를 빌려한 달째 묵고 있는 여자는 자신을 여배우라고 조심스레 밝히고는 사람들에게 방해받고 싶지 않다는 뜻을 분명히 했다. 외숙모는 이름을 들어도 모르겠다며 무명 배우 주제에라고 중얼거렸다. 소년은 펜션 숙박객의 리스트를 살펴보았다. 분명히 여배우의 이름이 적혀 있었다. 한오수. 버젓이 이름이 있는데 무명이라니. 소년은 이름을 가지고 있음에도 이름 없는 사람들에 대해 생각했다. 그리고 그 생각 밑에 밑줄을 긋고 잘접어 놓았다가 밤의 노트에 적었다. 이어지는 근사한 문장이생각날 것 같았는데 아무것도 떠오르지 않았다. 이름이 없으니까 그래. 소년은 생각했다. 이름이 없는 것들은 기억도 상상도 제한했다. 그래서 좋았다.

무명의 소년. 소년은 자기 이름에도 무명을 붙여 보았다. 그저 이름으로 부를 때보다 오히려 그럴듯하게 느껴졌다. 무명의 소년은 누구나 될 수 있고 누구도 될 수 없었다. 무명의 범죄자도. 무명의 살인자도. 무명의 사마리아인도. 이럴 수가. 아무것도 아닌 것은 특정한 무엇이 되는 것보다 더 대단하고 위험한 자격을 부여받는 거였다. 소년은 자신이 깨달은 것이 마음에 들었다. 흥미로운 것은 무명이었다. 유명이 아니었다.

펜션에 머물렀다 떠나는 무명의 손님들에게 이름을 붙여
주기 시작했다. 피비나 모나, 캐럴, 모리스 같은 이름들. 수영
장 곁에서 읽은 책에 나왔던 이름들이 살아 움직이는 걸 보
는 건 유쾌하기도 하고 역겹기도 했다. 이름이 생긴 것들은
쉽게 하찮아졌다. 한낮에는 래시가드를 입고 바나나 보트를
타러 가고 밤에는 바비큐 파티를 하며 작은 폭죽을 터뜨리고
지나치게 깔깔대던 피비나 모나가 떠나고 나면 또 다른 숙박
객이 들어와 그 주간의 피비나 모나가 되었다. 그동안 소년은
기다렸다. 시빌이라고 부를 수 있는 여자아이를.

시빌은 J. D. 샐린저의 단편 「바나나피시를 위한 완벽한 날」
에 나오는 여자아이의 이름이었다. 소년은 그 단편이 실린 소
설책을 여배우의 펜션을 청소하면서 처음 보았다. 여배우는
하루에 한 번, 오전 11시부터 12시 반까지 펜션 뒤편의 숲길
로 산책을 떠났는데 그 시간을 틈나 펜션을 청소하는 건 소년
의 일이었다. 처음에는 호기심에 옷장도 열어 보고 화장대 서
랍 따위도 살펴보았지만 평범한 옷 몇 벌과 여행용 화장품 몇
개가 있을 뿐 흥미로운 건 없었다. 보여 주고 싶지 않은 사적
인 것은 잠겨 있는 트렁크 안에 다 넣어 둔 것 같았다. 몇 번
비밀번호를 조합해 눌러 보았지만 맞지 않았다. 접근 가능한

물품 중 유일하게 여배우의 취향이 담겨 있는 건 그 책뿐이었다. 낡은 표지를 넘기자 첫 페이지에 "*시빌에게, 1983년 7월.*"이라고 어색한 필체로 적혀 있는 게 보였다. 시빌이 여배우를 지칭하는 걸까? 다른 사람에게 선물한 책을 여배우가 빌렸거나 헌책을 구입해서 들고 온 걸 수도 있었다. 소년은 책이 출간된 연도를 찾아보았다. 초판본이었는데 출간 연도는 1997년이었다. 1983년이라고 쓰인 건 오기인가? 의아해하며 소년은 책을 서둘러 제자리에 놓고 청소를 계속했다. 화장실 휴지통을 비우고 새 수건을 걸어 놓는 동안에도 계속 그 책의 내용에 대해 생각했다. 첫 번째 단편소설의 제목은 '바나나피시를 위한 완벽한 날'이었다. 바나나도 피시도 익숙했지만 두 단어의 조합은 낯설기만 했다.

그날 밤 소년은 인터넷 중고 서점에서 같은 책을 주문했다. 소년이 받은 책은 초판본이 아니라 1998년에 나온 책이었고 첫 페이지에 아무것도 적혀 있지 않았다. 정가 1만 3500원이라고 적힌 바코드 위에 5500원이라는 가격표가 붙어 있었다. 왠지 아쉬운 마음에 소년은 첫 페이지에 연필로 *시빌에게*라고 적었다. 잠시 후 소년은 꾹꾹 눌러쓴 글씨를 지우개로 지워 버렸는데 희미하게 흔적은 남았다. 그러자 책이 좀 더 특별해 보였다. 그 후 소년은 나무 그늘에 앉아 수영장을 지켜볼 때면 늘 그 책을 들고 나갔다. 특히 「바나나피시를 위한 완벽한 날」은 수영장 곁에서 읽기에 적합한 단편이어서 소년은 그해 여름 내내 그것을 여러 번 읽었다. 그리고 자신의 시빌을 기다렸다.

하루 종일 노란색 래시가드를 입고 뛰어다니는 배가 나온 아홉 살의 여자아이가 시빌일 수도 있었다. 그러나 아니었다. 여자아이는 또 다른 모나일 뿐이었다.

두 딸의 엄마는 더 이상 항의하지 않았다. 그 대신 3박 4일이 지나고 돌아갈 때까지 소년에게 마뜩잖은 시선을 보내며 슬금슬금 소년을 피했다. 그것은 소년에게 이상한 힘으로 작용했다. 펜션의 손님들 중에는 술에 취하면 소년을 지나치게 친근하게 대하는 이들이 있었다. 맥주 한잔을 권하며 다 마실 때까지 못 가게 하거나 노래를 부르라고 강요하고 거절하면 흥을 깼다고 투덜거리는 식이었다. 소년이 원하지 않는 친근함은 호의가 아니라 무례였다. 언제든 무례해도 되는 만만한 상대가 되기보다는 불편한 사람이 되는 편이 나았다. 대놓고 불쾌감을 표시하기는 애매하지만 미묘하게 기분 나빠서 경계하게 되는 피하고 싶은 대상. 중요한 것은 거리였다. 물리적 폭력이나 기타 개입이 불가한 상태에서 껄끄러운 정서적 거리를 유지하는 것. 그것이 손님들과의 관계에서 자신이 우위를 점할 수 있는 유일한 권력이라는 것을 소년은 금세 깨우쳤다. 그해 여름에 시빌은 오지 않았다.

*

펜션에서 소년이 가장 좋아하는 일은 수영장 청소였다. 일 주일에 한 번 이른 새벽에 수영장의 물을 모두 빼내고 난 후 락스를 뿌려 파란색과 흰색이 교차된 타일의 틈새 구석구석 을 소독했다. 수챗구멍을 향해 쿨럭쿨럭 빠져나가는 물소리 와 맨발에 닿는 수영장 바닥의 미끈거리는 감촉, 물이 다 빠 져나가도 떠도는 염소 냄새를 소년은 사랑했다. 햇볕에 달아 오른 어깨가 따끔거리고 이마에서부터 흘러내린 땀으로 입 안에 짭짤한 소금기가 감도는 것도 좋았다. 여름이 자신을 축 복하며 머무는 것 같았다. 물이 빠져나간 자리에는 머리카락 이나 사람의 몸에서 떨어져 나온 머리카락은 아닌 털들, 머리 끈과 실로 만든 팔찌, 소금쟁이나 방아깨비의 사체, 떨어진 나 뭇잎이나 누군가 씹다 뱉었거나 떨어뜨린 껌과 뽀로로가 그 려진 모기 패치 같은 것들이 상투적인 추억의 잔해물처럼 모 습을 드러냈다.

소년에게 그해 여름의 추억이란 그 후 오래도록 그런 이미 지로 남았다. 잃어버렸지만 아무도 찾으려고 애쓰지 않는 싸 구려 팔찌나 언제 입에서 떨어뜨렸는지 모르는 단물 빠진 껌 같은 것으로. 소년은 물 빠진 수영장에 들어가 집게로 그것들 을 집어 봉투에 담은 후 쓸 만한 것들만 골라 제 방에 놓아

둔 커다란 유리병 안에 옮겨 담았다.

수영장에 떠다니는 살아 있는 사마귀나 소금쟁이를 뜰채로 건져 내는 것도 소년의 일이었다. 가끔 어린 남자아이들에게 보여 주고 원하면 선물하기도 했다. 어른들은 대체로 그 선물을 싫어했다. 선물에 감사할 줄 모르는 아이의 부모에게는 산 곤충 대신 죽은 나방이나 매미를 은밀히 선물해 주었다. 신발이나 양치용 컵 안에서 죽은 나방을 발견하는 모습을 상상하는 동안 여름 한낮의 더위도 한풀 꺾였다.

하루는 물이 빠져나간 텅 빈 수영장에 락스 한 통을 다 뿌리고 청소하는 소년을 보고 외삼촌이 락스 좀 작작 쓰라고 소리쳤다. 멍청한 놈이 일도 멍청하게 한다며 멍청하게 굴지 말라는 거였다. 소년은 신경 쓰지 않았다. 소년은 자신이 락스 냄새에 중독되었다는 걸 알았지만 벗어나고 싶지 않았다.

—락스의 주성분인 '차아염소산나트륨'은 주로 세정, 방취, 표백, 산화 등의 목적으로 사용하며 이 세정제의 주성분인 염소는 휘발성이 강하고 순식간에 기화해 염소 가스로 바뀌는 특성이 있고, 이를 흡입하면 콧속이 헐거나 호흡 곤란 증상이 나타나며 기관지염 등 호흡기계 질환을 유발할 수 있다. 드문 경우이지만 신경 심리학적 후유증이 나타나기도 한다.

외삼촌이 보내 준 락스에 관한 정보를 포스트잇에 옮겨 적고는 침대 머리맡에 붙여 놓았다. 그 후부터 수영장을 청소할 때는 마스크도 장갑도 끼지 않은 채 더 많은 락스를 뿌리고 더 오래 꼼꼼하게 수영장을 청소했다.

"그러다 네가 먼저 녹아 버릴 거야."

노량진의 고시원에서 경찰 공무원 시험을 4년째 준비 중인 사촌 형이 주말에 내려왔다가 락스로 수영장을 청소하는 소년을 보며 중얼거렸다.

"내가 시험에서 계속 떨어지는 건 락스 때문이야. 뇌가 녹아 버렸다고. 너도 조심해. 그러다 전부 녹아 버리는 수가 있어. 완전히 사라져 버린다니까. 락스가 그렇게 위험하다고."

그날 밤 소년은 손님이 들지 않은 펜션에 몰래 들어가 욕조에 뜨거운 물을 받은 후 락스를 세 스푼 정도 떨어뜨렸다. 발가락 끝부터 조심스레 넣고 목까지 물에 담갔으나 아무 일도 일어나지 않았다. 한 시간이 지났다. 깜빡 잠이 든 소년의 귀에 어디선가 녹는 소리가 들렸다. 추운 겨울밤 좋아하는 여자아이의 집 앞에서 벌벌 떨며 만들어 놓았던 눈사람이 소리 없이 녹는 소리, 퇴화된 꼬리뼈나 여섯 번째 손가락 따위가 녹는 소리가 찰랑찰랑 턱밑까지 차올랐다. 차갑게 식은 물속에서 화들짝 놀라 깨어 몸 구석구석을 더듬어 보았다. 녹은 것은 아무것도 없었다.

사촌 형은 시험에서 여덟 번 떨어지고 같이 공부하다가 먼저 시험에 붙은 여자 친구와도 헤어진 후 락스를 마셨다. 그러고는 직접 119에 전화를 걸고 응급실에 가 위세척을 받았다. 애초에 죽으려던 건 아니고 잡생각이 너무 가득해서 잡념을 없애고 뇌를 깨끗하게 만들기 위해 락스를 먹었다고 했다. 친척들은 사촌 형이 락스를 마신 후 멍청해졌다고 수군댔지만 그 말은 틀렸다. 원래 멍청했으니까 락스 같은 걸 먹은 거였다. 다만 락스를 마신 후에는 멍청함에 대한 확실한 핑계가 생겼을 뿐이었다. 그 후 사촌 형은 시험에 떨어진 것도, 멀쩡하게 같이 텔레비전을 보다가 자신을 비웃었다며 갑자기 소년에게 발길질을 하고 두드려 팼던 것도, 여자 대학생들이 예약한 펜션에 몰래카메라를 설치하려다 외숙모에게 들킨 것도 모두 락스 때문이라고 했다. 락스가 자신을 망쳐 났다는 거였다. 개소리였다. 락스는 아무것도 하지 않았다. 사촌 형은 망쳐져 있는 자신을 위한 변명이 필요했을 뿐이었다. 락스는 소년이 아는 가장 순결하고 무해한 것이었다.

청소를 끝내고 수영장에 물을 새로 채울 때면 물 대신 락스를 가득 풀어 놓고 그 안에서 수영하는 자신을 상상해 보기도 했다. 어디까지나 상상일 뿐이었다. 그 대신 염소를 정량보다 조금 더 풀었다. 그리고 수영장 가득 늙고 병든 염소 떼수십 수백 마리가 서로 아우성치며 바둥대는 상상을 했다. 수영장은 곧 염소 떼가 서로 상처 입히며 흘린 피로 붉게 물들 거였다. 락스로 온몸을 적신 후 물에 뜬 염소들 사이로 유유히 수영하는 모습을 떠올려 보았다. 피비린내가 무겁게 내려앉아도 수영장에서 올라온 소년의 몸에는 핏빛 얼룩 하나도 묻지 않을 터였다. 수영장의 염소라니. 소년은 상상하며 킥킥 소리 내어 웃었다. 그 후 소년은 웃고 싶을 때면 수영장의 염소를 떠올렸다. 소년은 잘 웃지 않았지만 소년을 웃기기 위해서는 두 마디면 충분했다. 수영장의 염소. 그해 여름 이후에는 울고 싶을 때도 떠올렸다. 수영장의 염소. 어째서 웃기고 울리는 말이 같은 건지 알지 못했지만 이상하다는 생각은 들지 않았다.

소년은 자신이 소독약 냄새에 조금 중독되었고 조금 멍청하고 조금 미쳤다는 걸 알고 있었지만 사촌 형만큼 지나칠 정도로 중독되거나 멍청하거나 미치지는 않았다는 것 역시 알고 있었다. 그래도 만약 누군가를 살해하게 된다면 락스를 이용할 거라는 생각을 했고, 왜 죽이고 싶은 사람도 죽이려는 살의도 없으면서 이런 생각을 해 보는지는 자신도 알지 못했다.

*

소년은 가끔 충직한 개의 삶에 대해 생각했다. 수영장의 라이프가드 의자에 앉아 펜션 바깥의 2차선 도로를 하염없이 쳐다보고 있으면 여름 내내 자신을 충직한 개로 살게 해 줄 주인을 기다리는 떠돌이 개가 된 기분이었다. 그리고 어쩌면 그 주인은 어린아이의 모습으로 나타날 수도 있겠다는 생각을 했다. 어린 소년 소녀들, 무엇이 될지 아직 알 수 없는 무한의 가능성을 품은 아이를 주인으로 삼는 것은 이미 무엇이 되어 버려 미래를 꿈꾸기보다 과거를 바꾸는 데 급급한 어른을 주인으로 삼는 것보다 훨씬 고결해 보였다. 어린아이는 누구나 왕이나 여왕이었고 세상의 볼품없는 어른들보다 언제나 높은 자리에 있었다. 그들의 충직한 개가 되기란 어렵지 않을 터였다.

가끔은 그곳에 앉아 수에 대해 생각하기도 했다. 소년에게 세상은 곱셈이나 덧셈이 아니라 뺄셈의 수식으로만 이루어져 있었다. 소년이 열두 살이었을 때 동생은 일곱 살이었다. 두 사람은 같이 자전거를 타고 도로에 나갔다가 사고를 당했다. 소년은 팔 한쪽을 깁스했을 뿐이지만 동생은 병원으로 이송 중 구급차 안에서 죽었다. 소년은 열일곱이 되었고 동생은 여전히 일곱 살이었다. 그날 아직 자전거를 잘 타지 못하는 동생을 밖으로 데리고 나간 건 소년이었다. 동생은 앞서가는 소년을 비틀거리며 쫓아왔다. 소년이 오르막길을 자전거로 힘겹게 오르고 나서 뒤를 돌아보니 동생이 보이지 않았다. 자전거를 돌려 내려가려는데 막 모퉁이를 도는 동생의 자전거가 보였다. 직진하던 학원 차량이 머뭇거리며 끼어든 동생의 자전거를 뒤늦게 발견하고 급브레이크를 밟았으나 동생은 이미 자전거와 함께 튕겨 나간 후였다. 그 광경을 보고 브레이크를 잡지 못한 소년 역시 자전거와 함께 길바닥에 나뒹굴었다. 그 후 소년은 자기 삶이 덧셈이 되거나 곱셈이 되지 않도록 조심했다.

그 결과 소년은 어디에서나 쉽게 뺄셈의 대상이 되었다. 친구들의 생일 초대에서 빠졌고, 네 명이 탈 수 있는 차를 타고 이동할 때는 늘 다섯 번째가 되어 뒤에 홀로 남았다. 빠져도 되는, 꼭 빼야만 하는 사람은 아니었으나 빠져도 무관한. 그런 삶의 편리함과 안전함에 대해 소년은 알고 있었다. 어차피 소년에게도 지금 만나고 헤어지는 사람들은 모두 뺄셈의 대상일 뿐 누구도 덧셈이나 곱셈, 제곱, 집합의 개념은 아니었기 때문에 상관없었다. 그 이상의 수리적인 부분에 대해서는 비유하거나 생각할 수 있을 정도로 잘 알지도 못했다.

펜션은 뺄셈으로 지내기에 좋은 장소였다. 주말이나 휴가철이면 사람들이 몰려왔지만 이내 빠져나갔다. 잠시 채워졌던 공간은 늘 조금씩 더 큰 빈자리로 남았다. 장마가 시작되면서 숙소에만 있는 날도 늘어났다. 그런 날이면 하루 종일 그리스 비극을 소리 내어 읽었다. 빈 소년 합창단과 파리 나무 십자가 합창단의 영상들만 열 시간 넘게 보기도 했다. 가끔 새로운 단어를 만나면 그것에 대해 오래 생각했다. 하루는 '전유'와 '전유물'에 대해서, 다음 날은 '환대'에 대해서, 어떤 날은 '에피파니'에 대해서. 그것들은 밀물처럼 소년에게 들어왔다가 소년 안의 어떤 것들을 데리고 함께 빠져나갔다. 무엇을 보거나 읽거나 듣거나 그것이 다만 뺄셈의 수식 안에서 이루어지도록 했고 그것은 늘 크게 노력하지 않아도 성공적이었다. 여름은 그렇게 흘러갔다.

여름이 지나면 소년도 집으로 돌아가야 할 터였다. 집에는 엄마와 아빠, 그리고 동생이 있었다. 그때 두 살이었던 막내는 올해 일곱 살이 되었다. 죽은 동생과 같은 나이였다. 셋째였다가 둘째가 된 막내의 삶은 뺄셈인지 덧셈인지 헷갈렸다. 소년은 자주 자신이 무서워졌다. 어떤 악의도 없이 가장 사랑하는 사람 중 한 명을 죽음에 이르게 하는 힘이 자신에게 있다고 믿었다. 집에서 아주 먼 곳으로 떠나고 싶었지만 여름방학 때마다 외삼촌의 펜션에 머무는 게 전부였다. 이번 여름에도 시빌은 오지 않았다. 평생 시빌은 오지 않을지도 몰랐다. 시빌이 누구냐고 물으면 소년은 이렇게 대답할 거였다. 방아쇠를 당기게 하는 이름. 지금, 방아쇠를 당길 때라고 알려 주는 이름.

시빌을 기다리며 소년은 자두를 한 입 깨물었다. 달고 끈적한 즙이 손등을 타고 허벅지에 떨어졌다. 104호에 머물던 안티고네가 주고 간 거였다. 가끔 남은 음식들을 소년에게 주고 가는 손님들이 있었다. 안티고네가 준 자두는 한쪽이 까맣게 물러 있었다. 그녀는 흰 원피스를 입고 흰 샌들을 신고 왔는데 도착했을 때 초록색 페디큐어를 칠했던 발톱이 떠날 때는 파랗게 멍들어 있었다. 왼쪽 복숭아뼈 근처에는 영어 필기체로 작은 타투가 새겨져 있었는데 어떤 내용인지는 알지 못했다. 한번은 수영장 근처에서 이니셜이 새겨진 하트가 달린 골드 체인 발찌를 잃어버렸다고 소년에게 혹시 보지 못했는지 물어보았다. 소년은 고개를 저었다. "소중한 건가요?" 소년이 묻자 안티고네가 잠시 생각하다가 말했다. "그런 건 아니지만. 그래도 찾으면 알려 주세요."

다음 날 새벽에 소년은 수영장 청소를 하다가 선베드 아래 떨어진 발찌를 발견했다. 하트에는 J. D.라는 이니셜이 새겨져 있었다. 숙박 명부에 적혀 있는 안티고네의 이니셜은 J. D.가 아니었다. 누군가의 이니셜이 새겨진 소중하지 않은 것을 발목에 차고 다니다가 잃어버리는 사람에 대해서 소년은 급작스러운 분노와 함께 이상한 경멸을 느꼈다. 발찌는 돌려주지 않았다. 소년은 그것 역시 유리병 안에 넣어 두었다. 유리병 안에는 이미 그해의 전리품들, 태양이 그려진 헤나 스티커와 작은 곰 인형이 달린 키 링, 반짝이는 스티커, 무한을 닮은 은

색 귀걸이, 하늘색 플라스틱 집게 핀, 빨간색 작은 털실 뭉치
가 들어 있었다. 무엇을 채워 넣어도 소년의 삶은 덧셈이 되
지 않았다. 분실된 물건과 상실로 채워진 유리병은 분명하게
뺄셈의 공식 안에 있었다.

*

집에 돌아온 후에도 소년은 라이프가드로서의 삶을 멈추
지 않았다. 소년은 학원에 간다고 집을 나와 버스를 타고 집
에서 열두 정거장 떨어진 곳으로 갔다. 여름에 소년이 수영장
에서 구해 준 토끼 인형을 가진 여자아이의 집이 그곳에 있
었다. 소년은 낮에는 가까운 도서관에서 책을 읽었다. 아주
작은 것들에 대한 이야기, 원소나 포자나 균에 관한 이야기
를 아주 천천히 읽었고 가끔은 아주 큰 것들, 사라진 공룡이
나 달에 간 사람들, 우주나 아스테카 문명에 대한 이야기들
을 읽었다. 아주 작은 것은 작아서 아주 큰 것은 커서 경이롭
고 모두 아름다웠다. 저녁이 되면 밤이 늦도록 여자아이의 집
근처 골목을 순찰하기 시작했다. 토끼 인형을 건네줄 때 여자
아이의 종아리에 있던 푸른 멍을 기억했다. 조심성 없이 자꾸
넘어지고 그래. 아이의 엄마가 말했다. 토끼 인형을 꼭 끌어안
는 여자아이의 팔에도 보라색 멍이 있었다. 알고 있었다. 큰

비극은 집 안에서 일어난다. 그러나 소년이 할 수 있는 건 없었다. 다만 여자아이의 집 주변을 돌며 깨진 보도블록이나 불이 들어오지 않는 가로등이 있으면 기록했다가 신고했다. 그리고 불이 들어오지 않는 가로등 주변을 오래 맴돌았다. 다음 날 도서관에서 책을 읽다가 자경단이라는 단어를 알게 되었고 그 단어가 마음에 들었다. 가끔은 어둠 속에서 사람의 기척을 향해 호루라기를 불기도 했다. 호루라기를 불면 사람들은 머뭇거리며 오던 길을 돌아 나가거나 빠른 걸음으로 서둘러 소년을 지나쳐 갔다. 어두운 계단에 쭈그려 앉아 담배를 피우던 어린 남학생은 어둠 속에서 울리는 호루라기 소리에 욕설을 내뱉으며 담배를 버리고 달아났다. 그날 그 골목과는 멀리 떨어진 곳에서 화재가 발생했다. 그럼에도 소년은 그 꺼지지 않은 담뱃불이 화재의 원인일 거라고 생각했다. 세상의 모든 비극과 재앙이 자신의 어떤 선의에서 비롯된 것 같았다.

일주일이 지난 후 진짜 순찰차가 소년을 데리러 왔다. 수상한 남자가 거리를 배회한다는 신고가 들어왔다는 거였다. 경찰서에 있는 소년을 데리러온 건 자퇴한 고등학교의 방과 후 연극반 지도 교사 조기오였다. 그가 연출한 연극에서 소년이 맡은 역할은 텅 빈 들판의 파수꾼이었다. 대사는 없었지만 그후 소년에게는 말하지 못한 많은 파수꾼의 언어가 생겼다.

차에서 내릴 때 소년은 차 뒷좌석에 있는 책을 한 권 훔쳤다. 집에 와서 보니 어슐러 K. 르 귄의 소설이었다. 책을 넘기다가 접힌 페이지를 펼쳤더니 밑줄이 그어진 문장이 있었다.

"하지만 오멜라스 사람들의 눈물, 분노, 자비를 베풀려는 시도 그리고 자신들의 무력함을 인정하는 태도야말로 오멜라스 사람들이 풍요로운 삶을 영위할 수 있도록 해 주는 진정한 근원이리라."*

소년은 밤새 그 책의 단편들을 읽었다. 그리고 새벽이 될 무렵엔 「오멜라스를 떠나는 사람들」이라는 단편을 노트에 옮겨 적기 시작했다. 다 적고 보니 자신이 오래된 미래에 쓴 일기처럼 느껴졌다.

책의 마지막 장에는 포스트잇이 한 장 붙어 있었다. 소년은 그것이 조기오의 글씨라는 걸 알아보았다. 조기오가 쓰던 습작 시나리오의 대사인지도 몰랐다. 소년은 조기오의 음성, 조기오의 걸음걸이와 체취, 당황할 때의 몸짓, 원치 않는 고백을 들었을 때의 굳은 표정과 진심 어린 거부와 외면하는 시선과 다정하지만 단호한 손길을 알고 있었다. 그러니까 그런 것들은 쉬이 잊히지도 않았다.

---

* 어슐러 K. 르 귄, 최용준 옮김, 「오멜라스를 떠나는 사람들」, 『바람의 열두 방향』(시공사, 2014), 466쪽.

소년은 옆에 연필로 적혀 있는 에릭 사티의 지시문대로 조기오가 쓴 문장을 여러 번 반복해서 읽었다.

"내가 처음 죽었을 때 나는 우는 판다였다. 나는 어쩔 수 없음을 인정하지 않기로 약속했다. 그래서 거리에서 우는 판다가 되었다."

*

Q 이 모티브를 진지하고 부담스러운 자세로 840번 반복하시오.

에릭 사티가 1893년에 작곡한 피아노 연주곡 「벡사시옹(Vexations, 짜증)」의 한 쪽짜리 악보에는 이런 지시문이 적혀 있다. 마디도 없고 박자 표시도 없고, 클라이맥스도 없이 사분 음표 열세 개를 840번 반복해야 하는 이 단순하고 변화 없는 음악을 연주하기 위해서는 대략 열여덟 시간이 걸린다고 한다. 이 곡이 에릭 사티의 지시문대로 처음 연주된 것은 1963년 존 케이지에 의해서였다. 여러 명의 피아니스트에 의해 한 쪽짜리 악보의 음악이 열여덟 시간 동안 840번 연주되는 동안 청중은 무엇을 느꼈을까?

*

어른이 된 소년은 낮에는 재활용 센터의 작은 창고에서 저개발 국가의 아이들에게 보낼 고장 난 낡은 자전거를 고치고 저녁이면 우는 판다 슈트를 입고 거리에 나가 울기 시작했다. 그리고 우는 어른들의 질문을 포스트잇에 적어 창고 벽에 빼곡하게 붙여 놓았다. 우는 어른들이 울면서 한 이야기들이 모두 질문은 아니었으나 우는 판다는 그것이 모두 결국엔 질문이라고 생각했다. 그리고 그 질문에 대한 답을 찾지는 못하더라도 아주 오래오래 생각하는 것, 그 질문을 적어 놓고 잊지 않도록 매일 들여다보고 매일 생각하며 오래 곱씹는 것이 자신이 할 일이라고 믿기로 했다.

그리고 그 일이 시작되었다. 방송에 노출된 후 너무 많은 추문이 어른이 된 소년을 둘러쌌다. 거리에서 사라진 우는 판다는 재활용 센터의 창고 안에서 캄보디아나 미얀마, 에티오피아의 아이들이 자신이 수리한 자전거를 타고 학교에 가는 모습을 상상하며 더 오래 더 자주 울기 시작했다.

그해 여름은 유난히 덥고 습했다. 그러나 소년은 자전거를 고치는 창고 안에서도 우는 판다 슈트를 벗지 않았다. 여름이 지나는 동안 체중이 10킬로그램이나 빠졌다. 몸무게가 줄어들수록 우는 판다에 더 가까워지는 기분이 들어 기묘한 환희를 느꼈다. 본체로서의 자신은 수증기처럼 증발되고 온전히 우는 판다로만 남기를 바랐다. 거리에 나설 때는 우는 판다 슈트를 벗었다. 누구에게도 자신이 우는 판다라는 걸 들키고 싶지 않았다. 아니 자신의 살아 있음 자체를 들키고 싶지 않았다. 모두에게 오래된 부고처럼 기억되기만을 바랐다. 그러나 불가능한 꿈이었다.

그해 여름 자전거를 타고 집으로 돌아가던 밤의 어둠 속에서 어른이 된 소년은 한 아이의 목소리를 들었다. "저기 우는 판다가 있어." 이어서 아이 어머니인 것 같은 어른 여자의 목소리가 들렸다. "이런, 위험하잖아. 가까이 가지 마."

우는 판다의 옷을 입고 있지 않음에도 자신을 알아보는 그 목소리로부터 어른이 된 소년은 달아나기 시작했다. 자전거는 어른이 된 소년의 집을 지나 계속 앞으로 나아갔다. 소년은 자전거를 타고 계속 달렸다. 아무도 자신을 알지 못하는 곳, 시선으로부터 벗어나 달릴 수 있는 아주 먼 곳까지 가고 또 갔다. 그러나 아이에게 위험한 존재인 자기 자신으로부터, 미래가 되어 버린 일어나지 않은 과거로부터 도망칠 수는 없었다. 결국 어른이 된 소년은 집으로 돌아오는 길을 잃어버렸다. 소년은 아주 멀리, 집으로 다시 돌아올 수 없는 곳에 이르러서야 자전거 페달을 밟는 발을 멈추었다. 소년의 자전거는 실종된 지 3일 후 화재가 일어난 공장식 돼지 농가 부근의 사과나무 옆에서 발견되었다.

그때 아이가 가리킨 건 어른이 된 소년이 아니었다. 개업한 잡화점 앞에서 판다 인형 옷을 입고 쌍절곤을 들고 춤을 추는 홍보 아르바이트생을 가리킨 것이었다. 잡화점 앞의 판다는 자신이 휘두른 쌍절곤에 머리를 얻어맞은 후 아파서 우는 시늉을 하고 있었다. 그것은 그냥 거리의 귀여운 인형극, 시선을 끌기 위한 짧은 코미디 쇼에 불과했다. 그러나 어른이 된 소년은 그때에도 진실을 몰랐고 앞으로도 알지 못할 터였다.

어른이 된 소년의 둘째이자 막냇동생이 나중에 유품을 정리하기 위해 소년의 창고로 갔다. 창고 테이블 한쪽에는 책이 한 권 있었다. 도서관에서 빌린 에드워드 고리의 『불가사의한 자전거』였다. 책 뒷부분에 포스트잇이 붙어 있는 페이지를 펼쳐보았다. 연필로 밑줄을 그었다가 지운 흔적이 있었다. 둘째이자 막냇동생이었다가 이제 첫째이자 막내가 된 도영우는 22장의 그 문장을 한참 들여다보았다. 그리고 아주 천천히 따라 읽었다. 또박또박 840번 반복했다. 아무에게도 들리지 않는 작은 목소리로. 도영우에게는 비밀의 문장이 하나 새겨졌다. 그것은 아무도 모르는 비밀이라서 진실이라 불러도 좋았다. 도영우는 책을 덮었다. 비밀도 진실도 책 속에 묻혔다. 펼쳐보는 사람에게만 그것은 진실이 될 거였다.

그해 여름에 소년은 둘째이자 막내인 동생에게 자전거를 가르쳐 줄 거였다.

또 그해 여름에는 시를 많이 읽고 노래를 큰 소리로 부르는 걸 멈추지 않을 거였다.

가벼운 신발을 신고 산책을 하고, 가끔 길에서 춤을 추기도 할 거였다.

산책길에 스쳐 지나는 모든 것에 이름을 붙이고 인사를 건넬 거였다.

자신의 애정이 조롱이 되는 일이 있어도 누군가를 좋아하는 일을 멈추지 않을 거였다.

만나고 알게 되고 사랑하게 된 모든 사람에게 겨울이 되어 센트럴파크의 물이 얼면 오리들은 어디로 가는지 물어볼 거였다.

무엇보다 자전거를 타고 멀리, 멀리 가서 돌아오지 않는 일은 하지 않을 거였다.

그래도 화재가 일어난 돼지우리에 들어가 돼지들을 구하려다 죽는 일은 그대로 할 거였다. 그 죽음이 자살로 오해받더라도. 무고한 800마리의 돼지를 죽인 방화로 기록되더라도.

그러고 나면 오래오래 덧셈의 미래 대신 뺄셈의 미래를 꿈꿀 거였다. 직업으로서의 산책가, 혹은 단 한 사람을 위한 스탠드 업 코미디언, 혹은 페이지 터너. 그래, 소년은 페이지 터너가 되고 싶었다. 누군가 무대 위에서 에릭 사티의 「벡사시옹」을 연주하는 동안 조명이 닿지 않는 어둠 속에서 넘길 필요 없는 한 쪽짜리 악보를 넘기고 또 넘기며 서 있고 싶었다.

우는 판다의 일은 어쩌면 우는 어른들을 위한 페이지 터너, 그들이 넘기지 못하는 페이지를 함께 넘겨 주는 일과 비슷하다고 소년은 생각했다. 한 장의 페이지를 넘기는 일의 무거움과 죄의식과 용서받지 못함에 대해서 소년은 다는 알지 못하지만 그래도 곁에 서서 다음 페이지로 넘어가도록 도울 수는 있을 거였다.

소년은 수영장 옆 라이프가드 의자에 앉아 「오멜라스를 떠나는 사람들」의 한 문장을 소리 내어 읽었다.

"아이는 연주를 마치고 피리 든 손을 천천히 내린다."*

이상하게 그 문장이 기억나지 않는 아름다운 과거의 잔상처럼 마음에 남았다. 피리를 사야겠어. 소년은 생각했다. 어쩌면 그것으로 「벡사시옹」을 연주할 수 있을지도 모른다. 언젠가의 그해 여름에 수영장의 라이프가드 의자에 앉아 호루

---

* 어슐러 K. 르 귄, 「오멜라스를 떠나는 사람들」, 앞의 책, 401쪽.

라기 대신 피리를 부는 상상을 했다. 피리를 손에 쥐고 어떤 구멍은 손가락으로 막고 어떤 구멍은 열어 주면서 세게, 너무 세지 않게 피리를 불 거였다. 어떤 구멍은 막고 어떤 구멍은 열어 주는 것으로 다른 소리가 난다니. 심지어 아름다운 화음이! 세상에는 아직 소년이 탐색해야 할 아름다운 질문이 많았다. 소년은 눈을 감았다. 눈을 뜨면 또 새로운 여름이 시작될 거였다. 죽음을 다시 쓸 시간은 많았다. 아주 많았다. 이제 겨우 한 번의 그해 여름이 지나갔다. 더 많은 추문 속에서 소년은 자신을 우스꽝스럽게 만드는, 이미 밈이 되었으나 진실이 담긴 애정 어린 여름의 말들을 잊지 않을 거였다. 그해 여름 수박은 달고 수영장의 물은 차고 바람은 뜨겁다가 시원했다. 좋기도 하고 나쁘기도 했는데 그래서, 다 좋지 않아서 다 나쁘지 않아서 대체로 좋은 날들이었다. 그런 여름이었다.

일어났을지도 모르는 일

Q 134번째 우는 어른의 질문.

내가 길에서 만난 어떤 어른 작가는 이런 말을 했다.

글을 쓸 수가 없어.

왜요.

내 글에는 좋은 어른이 하나도 나오지 않아. 어느 날 그걸 깨달은 후 글을 쓸 수가 없게 됐어.

어떤 이야기를 쓰고 싶은데요.

그는 손가락을 하나씩 접으며 대답했다.

봄이 오는 이야기.

봄이 오지 않는 이야기.

겨울이 가는 이야기.

겨울이 가지 않는 이야기.

보편적인 산책과 보편적인 멜로디.

보편적인 개와 보편적인 고독.

나는 다 쓸 수 있을 거라고 말해 주었다. 어른 작가는 그래도 울먹이며 말했다.

어차피 난 좋은 어른이 나오는 이야기는 하나도 쓰지 못할 거야.

꼭 좋은 어른이 나와야 하나요?

좋은 어른이 뭔지도 모르는 사람이 좋은 이야기를 쓸 수 있을까?

그럼 좋은 이야기를 쓰지 않으면 되잖아요.

그럼 나쁜 이야기를 쓰라고?

나는 한참 생각하다가 내 곁에 있는 없는 개의 이야기를 들려주었다. 좋은 어른이 뭔지는 몰라도 좋은 개에 대해서라면 누구나 할 말이 많은 법이었다. 그리고 수첩을 꺼내어 아모스 오즈의 책 『지하실의 검은 표범』에서 옮긴 메모를 읽어 주었다.

정말로 일어난 일의 반대는 무엇일까?

어머니는 이렇게 말씀하시곤 했다.

"일어난 일의 반대는 일어나지 않은 일이야."

아버지는 말했다.

"일어난 일의 반대는 앞으로 일어날 일이다."

14년쯤 지난 후 갈릴리 호숫가에 있는 티베리아스의 작은 생선 요리 식당에서 야르데나를 우연히 마주쳤을 때 나는 똑같은 질문을 했다. 야르데나는 대답 대신 빛나는 웃음을 터뜨렸다. 여자아이라는 사실을 즐기는 여자아이들만이, 어떤 가능성이 있고 어떤 불운이 있는지 잘 아는 사람만이 웃을 수 있는 웃음이었다. 담배에 불을 붙이며 야르데나가 대답했다.

"일어난 일의 반대는 거짓말과 두려움이 아니었다면 일어났을지도 모르는 일이야."*

---

* 아모스 오즈, 허진 옮김, 『지하실의 검은 표범』(지식의숲, 2007), 226~227쪽.

강재호,

없는 개와 산책하기

쓸모 있는 사람이 되려고 애쓰는 동안 쓸모를 완전히 잃어버렸다. 3년의 시간이 쉽게 사라졌다. 흔한 이야기다. 재호가 공무원 시험에 네 번째 낙방한 후 고시원 생활을 접고 집으로 돌아왔을 때 아버지는 말했다. 그럴 줄 알았다. 아버지는 애초에 기대도 안 해서 실망도 하지 않았다. 너도 이제 쓸모 있는 일을 좀 해야 하지 않겠니? 차라리 그렇게 말했더라면 눈치가 보여서라도 아침 일찍 나가 아르바이트라도 구했을 거였다.

한번은 어머니가 아버지에게 부탁하는 소리를 들었다. 어디 주변에 취직자리 좀 알아볼 수 없겠냐는 거였다. 또 사고나 안 치면. 아버지가 덤덤히 말했다. 집에 있으면 쓸데는 없

어도 사고는 안 치겠지. 아버지에게 그 사건은 '사고'였다. 아
니 그게 사고가 아닌 건 아니고 이것도 핑계인 건 아는데, 그
날 이후로 재호는 자신에게 부여된 '쓸데없는 인간'으로서의
명예를 지키는 데 전력을 다하기로 했다.

　같은 고시원에 있던 최 형은 수험 생활을 접고 취직했다.
작은아버지가 하는 부동산 컨설팅 회사에 입사했다며 반질
반질한 슈트를 입고 오락실에 앉아 배그를 했다. 팀장이라고
적힌 명함을 주며 너도 좋은 땅 필요하면 연락해 하면서 키
들키들 웃기도 했다. 최 형은 낮에는 좋은 땅을 소개하고 저
녁에는 지하 연습실에서 베이스를 연주했다. 취직해서 가장
좋은 건 직장인 아마추어 밴드 모임에 들어갈 수 있는 거라
고도 했다. 최 형을 따라갔다가 그곳에서 소연주의 노래를 처
음 들었다. 그걸 노래라고 할 수 있다면. 연주는 자신의 창법
을 잠꼬대하듯, 혹은 방언 터지듯이라고 설명했고 재호는 목
에서 파닥파닥 나방이, 나비 말고 나방이나 날벌레가 날개를
움직여 입천장에 부딪치는 소리 같다고 생각했다. 그 후로 연
주가 입을 벌려 노래할 때면 어느 만화에서 본 사오정이 나아
아아아방 하는 장면이 생각나 자꾸 웃음이 났고, 연주를 보
기만 하면 웃음이 나는 걸 보니 이런 게 사랑인가 보다 생각
하게 되었다.

　연주는 약사가 일곱 명이나 되는 약국에서 일했는데 약사

는 아니었다. 처음에는 나도 속았지 뭐야. 최 형이 슬쩍 재호에게 말했고 그때부터 재호는 좀 더 연주가 편해졌다. 약사인 줄 알고 좋아했지만 약사인 줄 알고 나 같은 게라고 마음을 접으려고 했는데 그게 아니라면 뭐 나 정도도 괜찮지 않은가 싶었던 거였다. 그러니까 그런 식으로 가늠을 해 봤다. 연주를, 나 따위가. 나보다 높은가, 나보나 낮은가. 누군가를 좋아함에서 순정한 마음 이전에 좋아해도 될 동급 레벨인가 아닌가 등급을 나누고 견주어 보면서.

재호가 밴드에서 맡은 역할은 매니저였다. 기타를 조금 쳤지만 정말 조금이어서 세컨드 기타라고 하기도 민망했다. 직장인도 아니면서 일주일에 두 번 있는 직장인 밴드 모임에 한 번도 빠지지 않으니까 최 형이 매니저란 직책을 주었다. 여기를 직장이라고 생각해. 연습실 청소와 간식 조달, 공과금 납부 관리가 매니저가 하는 주요 업무였다. 스물일곱 살에 처음 갖게 된 직장이었다. 3년 전에 받은 합의금은 대부분 학원비와 고시원 비용으로 날아갔지만 아직 180만 원 정도가 남아 있었다. 이걸로 한 계절은 버틸 것 같았다. 합의금이 다 떨어지면? 그때가 되면 또 교양 넘치는 저명한 대학교수 같은 인간에게 성희롱이나 성추행 같은 걸 당하는 방법도 있다. 처음이 어렵지 두 번째는 더 쉬울 거였다.

매니저가 되어 첫 번째로 한 작업은 밴드의 이름을 정하는

일이었다. 지하 연습실의 화이트보드에 몇 개의 후보를 적어
놓았다.

입장들
암순응
도둑맞은 심장
상태 변화
나와 그녀의 사정
엎어치나 매치나
그 밥에 그 나물
잘못 배달된 소포
웃는 듯 우는 듯
말랑콩떡
어제의 내일
오후 5시의 기도
연주 시차
조율사
싱크홀
탬버린을 치세요
그럼에도 불구하고, 왼쪽
그럼에도 불구하고, 파랑

그럼에도 불구하고, 일 분 더

다음 날 가 보니 다 지워지고 '그도 그럴 것이'라는 이름이
적혀 있었다.

"이게 뭔데? 무슨 뜻이 있어?"

아무도 정확한 의미를 몰랐다.

"뜻은 무슨."

최 형이 어깨를 으쓱하며 말했다.

"아무려나 상관없잖아."

하긴. 활동을 할 것도 아니고 불러 줄 팬들이 있는 것도 아
니고 우리끼리인데 무슨 이름이건 상관은 없었다. 드럼 치는
형이 그거 내가 지은 거야라고 다음 날 알려 주었다. 밴드에
서 탈퇴한 기타 치던 인선 누나가 소개해서 고독사 워크숍이
란 걸 하게 됐는데 그 워크숍을 진행하는 곳에서 본 코미디
모임 이름을 딴 거라고 했다. 그거 할 만해요? 물었더니 매니
저로 참가하면 원하는 곳에서 기거할 수 있고 고독사 지원금
도 준다고 해서 신청해 놓고는 아직 시작도 못 했다는 거였다.

"얼만데요?"

"3개월 수료 후 300만 원."

"괜찮은데 왜 안 해요?"

300만 원이면 1만 원짜리 신발이 300켤레. 3년 전 희곡 창

작 교수한테 이것도 희롱이라고, 동성 간에도 성추행으로 신고가 가능하다고 했다가 신발로 뺨을 맞고 귓불이 찢어져 합의금을 받았다. 상처에 대한 치료비보다는 둘 사이에 있었던 일에 관한 입막음에 대한 것이었다. 그래도 소문은 퍼졌다. 소문 속에서 가해자와 피해자는 명확하지 않았고 자주 입장이 바뀌었다. 한 한기를 휴학한 후 학교로 돌아가지 못한 건 재호뿐이었다. 교수는 그 일 이후에도 다시 학교에 나가 수업을 했고 가끔 방송 출연도 했다. 한번은 연극계의 미투 운동에 대해서도 고견을, 방송에 나와 고견이라는 것을 피력하는 모습도 보았다. 교수는 재호와의 일은 그 카테고리 안에 들지 않는다고 진심으로 믿는 것 같았다. 자신에게 존경 이상의 감정을 품었던 남학생이 혼자 망상에 젖어 오해한 거라고 '사력을 다해' 믿고 있을 가능성이 컸다. 보상금은 그저 '더럽고 치사해서' 준 거지 다른 의미는 없다고 생각할 수도 있었다. 아마 그게 맞을지도 몰랐다.

이후 재호는 왜인지 돈의 가치를 신발로 환산해서 계산하는 버릇이 생겼다. 300만 원이면 나이키 농구화는 열댓 켤레 정도밖에 못 사겠지만 온라인에서 파는 1만 원짜리 캔버스화는 300켤레도 가능했다. 300켤레면 한 달에 한 켤레씩 신는다고 해도 25년을 신을 수 있었다. 하루에 1만 보씩 걷는다 해도 한 달에 한 켤레가 닳지는 않을 거였다. 한 달에 한 켤레

씩 밑창이 닳도록 신으려면 얼마나 걸어야 할까. 300켤레로
하루 종일 걷기만 한다면 여기서 얼마나 멀리 갈 수 있을까.
지금으로부터는 얼마나 멀어질 수 있을까. 10년? 15년? 30년?
일단 그날로부터 3년의 시간을 지나왔다. 애써 노력하지 않아
도 멀어질 수 있는 건 시간뿐이었다.

　이 정도면 잘 통과한 거라고 재호는 생각했다. 하지도 않은
공부를 핑계로 낯선 도시의 고시원에 틀어박혀 모두와 연락을
끊고 지냈지만 죽지도 않았고 누군가를 좋아하게 되는 마음도
잃지 않았으니까, 그거면 된 거였다. 꽃이 피면 꽃이 예뻤고 꽃
이 지면 슬펐다. 좀 많이 슬펐지만 슬픈 건 좋은 거였다. 평범
함의 테두리 안에 있다면 거기서 조금쯤 지나치거나 부족한
건 괜찮았다. 다 괜찮았다. 괜찮은 건 좋은 거였다. 괜찮지 않
은 것도 좋은 거였다. 괜찮거나 괜찮지 않은 것 둘 다 평범한
거였다. 괜찮기만 하고 괜찮지 않기만 한 게 위험한 거였다. 어
떻게든 넓은 범주의 '보통'에서 벗어나지 않으면 좋은 거였다.

　"고독사 워크숍이라는 게 무슨 수상한 사기인지도 모르는
데 300만 원이 괜찮아?"

　옆에서 연주가 중얼거리며 피식 하고 웃었다.

　"재미 삼아 신청했는데 나는 뭐 다 귀찮더라고."

　드럼 형이 카톡으로 링크를 보내 주며 제안했다.

　"네가 대신 할래? 다 끝나고 지원금 받으면 보증금 9만

9000원 빼고 너 다 줄게."

드럼 형의 말을 들으며 눈으로는 계속 연주를 좇았다. 연주
는 핸드폰에 빠르게 글자를 입력하고 있었다. 누구에게 메시
지를 보내는 걸까. 긴 중지만을 이용해 자판을 누르는 연주를
보면 괜히 즐거워졌다. 실제로 어떤 내용을 입력하는지 몰라
도 엿 먹어, 좆 까 같은 문자로 변환되어 보였고 그래서 기분
이 좋았다. 연주는 자신의 톡에 ㅇㅇ이나 싫어 이상의 답장을
보낸 적이 없었다.

"할래? 너라면 잘할 거 같은데."

"아니 그게요,"

재호는 망설였다. 무언가를 잘할 거라는 칭찬을 받은 게
오랜만인데 그게 하필 고독사 워크숍이었다.

"사실 저는 딱히 고독사할 것 같지도 않고요, 고독사는 생
각해 본 적도 별로 없는데요."

말하고 보니 그럴듯한 농담이라도 한 것처럼 실실 웃음이
났다. 재호도 웃고 드럼 형도 웃었다. 슬쩍 곁눈질로 보니 연
주도 문자를 보내며 입으로는 웃고 있는 것 같았다. 그러니까
저한테는 연주도 있구요. 소리 내어 말하지는 않았지만 덧붙
여 보았다. 혼자만의 생각이긴 하지만 연주가 있었다. 좋아하
는 마음 하나 품고 있으면 그건 고독한 게 아니지 않나? 연주
정도면 혼자 좋아하기에도 나쁘지 않다, 짝사랑을 들켜도 창

피하지 않을 정도의 사람이라고 재호는 생각했다. 사실 뭐 연주가 꿈에 그리던 이상형 같은 건 아니었다. 하지만 자신한테는 연주 정도가 적당하다고, 그러니까 만만해서 내 마음을 상대의 의사와 상관없이 살짝 건네 봐도 될 것 같다고 그런 생각도 했다. 그게 얼마나 치졸하고 비겁한 방식의 애정인지는 생각하지 않은 채 그저 좋아하는 내 마음만 귀엽고 사랑스럽다고 부둥부둥하면서 그랬다.

그날은 최 형의 마지막 날이었다. 낮에는 땅을 소개하고 저녁에는 공인중개사 자격증 공부를 해야 해서 이제 밴드 모임에는 나오기 힘들다고 했다. 송별회에서 연주는 술을 좀 과하게 마셨다. 재호도 연주의 속도에 맞춰서 빠르게 술을 마셨다. 연주가 속이 안 좋다며 화장실에 가기에 쫓아가서 부대찌개와 소주를 게워 내는 연주의 등을 두드려 주었다. 연주가 시궁창 냄새가 나는 입으로 고맙다고 했는데 재호는 그 입으로 키스를 해도 받아 줄 수 있을 것 같았다. 사랑이란. 잠시 후 세수를 해서 말갛게 된 얼굴로 연주가 술자리로 돌아왔다.

"최 형은?"

"먼저 갔어."

"그래."

연주가 고개를 주억거리며 소주 두 병을 새로 시키더니 게워 낸 걸 만회하듯 다시 빠르게 마시기 시작했다. 재호도 감이란 게 있었다. 자기 앞에서 이렇게 흐트러진 모습을 보이는 것, 취하려고 작정한 사람처럼 술을 들이붓는 걸 보니 뻔하다고 생각했고 그래서 연주가 여느 때보다 더 귀여워 보였다.

"연주야, 내가 요즘 노래를 하나 써."

재호가 말했다. 연주는 찌개에 머리카락이라도 담글 것처럼 고개를 푹 숙이고 있었다.

"제목은 연주 시차야."

평소 같으면 부끄러워서 하지 못할 말을 재호는 용기 내어 했다. 널 위한 노래라는 말까지는 차마 덧붙이지 못했다.

한참 고개를 숙이고 있던 연주가 고개를 들어 재호를 보며 물었다.

"그거 아니?"

"뭐?"

"그런 말이 있어. 혹시 저 선배가 날 좋아하나? 싶으면 그건 틀림없이 오해래."

연주는 웃고 있었는데 우는 것처럼 보였다.

"근데 씨발, 저 새끼가 나 좋아하는 거 아냐? 하면 그건 100퍼센트 확률로 진짜라는 거야. 씨이발. 정말 좆같지 않니?"

재호는 가만히 연주를 쳐다보다가 먼저 일어섰다. 그 이야기 속의 씨발 저 새끼가 자신이라는 건 아무리 눈치 없는 재호라도 알 수밖에 없는 일이었다.

더 이상 밴드 모임에 나가지 않았다. 단체방에서도 나왔는데 아무도 무슨 일이냐고 개인적으로 연락해 오거나 다시 초대하지 않았다. 드럼 형에게만 연락이 왔다.

— 고독사 할 거야 말 거야?

재호는 답장을 보냈다.

— 할게요.

그렇게 해서 재호는 드럼 형에게 양도받은 고독사 워크숍을 시작하게 되었다. 선택 가능한 고독사의 형태라는 게 별반 다르지 않아서 얼마든지 대체 가능했다.

워크숍 매니저로 신청한 참가자에게는 원하는 고독사 장소를 선택할 수 있는 선택권도 주어진다고 했다. 요즘 같은 시대에 해외까지 가서 워크숍이 가능할까 싶으면서도 아일랜드를 적었다. 한때 아일랜드의 더블린을 배경으로 한 영화 「원스」를 보며 연주와 함께 더블린에서 버스킹 하는 꿈을 꾼 적이 있다. 꿈은 말 그대로 꿈일 뿐이었고. 어쨌거나 고독사를 위한 이상적인 장소로 아일랜드를 떠올린 건 그래서였다.

일주일 후 아일랜드에서 3개월간 워크숍을 진행해도 좋다는 답장을 받았다. 진짜인가 싶으면서도 여권을 찾아 놓고 볶음고추장과 햇반을 사고 더블린 여행 관련 블로그를 팔로우하고 밤새 「원스」의 OST를 들으며 앱도 다운받았다. 다음 날 심야코인세탁소에서 온 배낭이 택배로 도착했다. 항공권이라도 들었나 했는데 동봉된 쪽지에는 고독사 장소라며 인천항 근처의 주소가 적혀 있었다.

*

'어쩌다, 아일랜드'

주소를 따라 도착해 보니 낡은 2층 상가 주택 앞에 대충 휘갈겨 쓴 나무로 된 문패가 붙어 있기는 했다. 성의도 없지. 이렇게 조악한 간판이라니. 어이없어서 실실 웃음이 났다. 한편으로는 시시하게 고독사하기에 꽤나 적합한 공간이어서 안심이 되기도 했다.

3개월간 머물 곳을 둘러보았다. 냉장고에 심야코인세탁소의 워터마크가 찍힌 노란 포스트잇이 붙어 있었다. 워크숍 참가자들 중 익숙한 환경에서 벗어나 새로운 고독을 체험하기 원하는 이들은 자기 거주지를 떠나 다른 곳에 머물렀다. 그렇게 빈방은 또 다른 참가자의 고독사 장소로 제공되는 시스템인 것 같았다. 포스트잇에는 이 집의 주인이 고독사 워크숍을 떠나며 남긴 주의 사항이 적혀 있었다.

— 개 조심. 어두우면 난폭해집니다. 하루에 한 번 산책시켜 주세요.

자신이 고독사할 동안 개를 돌봐 줄 사람이 필요했던 모양이었다. 그러나 아무리 둘러봐도 개는 없었다. 화장실과 침대 밑, 신발장과 싱크대 안, 양말 서랍까지 열어 봤지만 개는 없었다. 혹시 잠긴 방 안에 갇힌 건가 싶어 두드려 봐도 낑낑대는 기척 하나 들리지 않았다. 개를 키운 흔적은 남아 있었다. 개집과 방석, 반쯤 남은 유기농 개 사료와 그릇, 배변 후 사용하는 스프레이와 개껌, 그리고 장난감들까지. 그러니까 개만 없었다. 도망친 걸까? 분명히 현관문은 잠겨 있었고 개가 도망갈 만한 다른 출입구는 없었다. 집이 비워진 건 이틀 전이라고 했다. 그사이에 누군가 문을 열고 들어와 개를 훔쳐 간 걸까. 아니면 열쇠를 가진 다른 지인이 돌보려고 데려간 걸까. 하지만 그렇다면 미리 알려 주지 않았을까? 혹시나 하고 살펴봤지만 집주인의 연락처는 어디에도 없었다.

워크숍 첫날 밤 재호는 잠을 설쳤다. 잠이 들면 어둠 속에 숨어 있던 난폭한 개가 나타나 목덜미를 물 것만 같았다. 침대에 누워 조심스레 개를 불러 보았다. 그러고 보니 이름도 몰랐다. 개야, 개새끼야, 멍멍아, 누렁아, 폴, 메리, 철수, 영희, 만수, 최 형, 연주, 장 교수, 아무 이름이나 붙여 불렀다. 대답은 없었다. 다시 일어나 불을 환히 켜 놓고도 날이 밝아진 후에야 잠들 수 있었다. 깨어 있을 때도 작은 소리 하나에 민감해졌다. 살아 있는 것들은 소리를 냈다. 밥솥이나 냉장고조차 그랬다. 그 집에서 생산적으로 기능하지 않으면서 소리를 내는 건 재호뿐이었다.

저녁에는 집 근처를 산책했다. 개는 없지만 개가 있다면 산책했을 법한 길을 따라 천천히 동네를 한 바퀴 돌았다. 괜찮아, 괜찮아, 어느새 보이지 않는 난폭한 개를 달래는 심정이 되었다. 흥얼흥얼 노래도 흘러나왔다. 괜찮아 괜찮아 안 괜찮아도 괜찮아 어때 어때 뭐 어때 아무려나. 멜로디가 마음에 들어 핸드폰의 녹음 버튼을 눌러 저장했는데 다시 재생해 보니 이미 있는 노래를 흉내 낸 거여서 삭제했다. 길에서 산책 나온 강아지를 세 마리 만났다. 한 마리는 몸집이 커다란 셰퍼드였고 두 마리는 흰색 몰티즈와 갈색 푸들이었다. 삼십 분가량 동네를 돌다 보니 편의점과 빵집, 약국, 세탁소, 치킨집, 은행이 어디 있는지 자연히 알게 되었다. 마트에 갔더니 조리된 식품에 저녁 세일 가격 스티커를 붙이는 중이었다. 다른 걸 구경하는 척 기다려서 30퍼센트 할인된 도시락과 맥주를 사고 망설이다가 개에게 줄 개껌도 하나 샀다. 마트 밖에서 얌전히 기다려 준 보상이었다. 산책을 마치고 집에 돌아오니 마음이 한결 차분해져 있었다. 난폭한 개도 피로에 지쳐 곤히 잠들 것 같았다. 그날 밤은 개에게 물릴 걱정없이 잠들었다. 그래도 침대 옆 등은 켜 둔 채였다.

3일째 되는 날 산책에서 돌아와 보니 우편물이 하나 와 있었다. 수신인은 도정우. 이 집을 비워 주고 다른 곳으로 워크숍을 떠난 참가자의 이름이 도정우라는 것을 그때 처음 알게 되었다. 뜯어 보니 빌린 책을 빨리 반납해 달라고 도서관에서 보낸 독촉장이었다. 계속 반납하지 않으면 다음엔 직접 방문한다는 내용도 덧붙여져 있었다. 그런 식으로 고독사를 방해받고 싶진 않아서 책을 찾아 반납하기로 했다. 에드워드 고리의 『불가사의한 자전거』라는 책이었다.

하루 종일 책을 찾았다. 그러나 어디에도 책은 없었다. 이 집은 도대체. 분명히 있다는데, 있다고 하는데 책도 없고 개도 없다. 이 집 자체가 분실물 센터 같았다. 분실된 물건들이 모이는 곳이 아니라 한때는 있었던 것들이 분실되는 곳. 나도 이곳에 머물다 보면 분실될 수 있을까. 원래 없었던 것처럼 그대로 증발될 수 있는 걸까. 갑자기 기분이 좋아져서 재호는 없는 강아지와 탱탱볼을 튕기며 조금 놀아 주었다. 원래이곳에 살던 도정우는 어디로 간 걸까. 진짜 워크숍을 떠나긴한 걸까. 잠긴 방은 왜 잠겨 있는 걸까, 여러가지 의문이 들었지만 알 수 없는 건 알 수 없는 채로 남겨 둬야 했다. 그 대신보이지 않는 개에게 정우 씨라는 이름을 붙여 주었다.

*

고독사 워크숍 매니저에게 주어진 의무는 별건 아니었다.

하루 세 번 시시한 일을 하고 그것을 짧은 영상과 글로 고독 채널에 꾸준히 업로드하면 되는 거였다. 하루 세 번 자신의 시시함을 증명하며 다른 참가자들에게 당신만 시시한 게 아니라고, 당신만 오늘 하루도 의미 없고 비생산적인 일을 하며 죽은 하루를 보낸 게 아니라고 안심시키려는 목적 같았다. 의도는 알 수 없었지만 어렵진 않았다. 시시한 일이라면 매일 눈 뜨자마자 시작해서 눈 감을 때까지 하는 게 죄다 그런 일이었다. 그냥 하던 대로 하면 되는 거 아닌가? 거기서 가끔 하는 생각들, 내가 지금 이렇게 시시하게 하루를 보내도 되나 하는 불안이나 자책하는 마음 같은 것만 제거하면 되었다. 매일 반복적으로 시시한 일을 하며 매일 조금씩 더 시시해지는 것, 그것만이 유일한 의무였다. 어떤 시시한 일을 하더라도 아무 불안감 없이 약간의 성취감마저 얻을 수 있다니. 재호는 얼마든지 시시함의 대가, 시시함의 장인, 시시함의 달인이 될 자신이 있었다.

장 교수에게 개만도 못한 취급을 받았을 때 그 대가로 받은 700만 원을 생각했다. 그때에도 지금도 700만 원은 재호가 자기 힘으로 단기간에 번 가장 큰 돈이었다. 존경했던 상대에게 짓밟힌 대가로. 괜찮은 거래라고 생각했다. 고독사 워크숍도 비슷한 건지도 모른다. 남들의 속도로 남들의 성취를 흉내 내며 쓸모 있는 인간이 되겠다고 초조해하며 아등바등

하는 대신 매일매일 시시해지면 하찮아진 대가로 3개월 후에 300만 원의 고독사 장려금을 받을 수 있다.

아침과 점심과 저녁의 시시한 안녕을 위해 쓸데없는 일의 목록을 만들었다. 시시한 일이라고 하니까 먼저 시가 생각났다. 시시한 일의 목록을 포스트잇에 적었다.

— 시를 읽고 시를 쓰자.

재호가 생각할 때 쓸데 있는 일을 하는 사람들은 매일 시를 읽거나 시를 쓰지는 않을 것 같았다. 시인도 포함해서.

— 노래를 만들자. 아무도 듣지 않는 노래.

가수가 안 되길 잘했다고 생각했다. 가수였으면 노래를 만들고 노래를 하는 일이 쓸데없는 일로 남을 수 없을 거였다. 그러니까 아무것도 되지 않은 쓸모없는 상태라서 할 수 있는 쓸데없고 시시한 일이 아주 많았다.

세 번째는 더 쉽게 정해졌다. 없는 개를 산책시키는 것만큼 시시한 일도 없을 테니까.

— 정우 씨와 산책하기.

아침에 일어나면 정우 씨에게 아침밥을 주고 남은 것으로 아침을 먹었다. 시를 한 편 읽은 후에는 세 줄 정도 시를 쓰고 두 줄 정도는 지웠다. 점심엔 남은 시로 노래를 만들었고 저녁에는 정우 씨와 산책을 하며 그 노래를 불러 주었다. 산책이 끝나면 정우 씨와 산책한 길의 지도를 고독사 키트에 있던 드로잉 북에 색연필로 그려 벽에 붙여 놓았다. 무심히 지나친 편집 숍은 아주 작게, 정우 씨가 한참 멈춰 살펴보던 화단의 강아지풀과 좋은 냄새가 나는 빵집은 아주 크게 그렸다. 의자 위에 올라가 유리창을 닦다가 재호를 보고 안녕하세요, 친절하게 인사를 건네준 사장님이 있는 의자 매장 '알리스'는 특별히 열두 가지 색연필을 모두 이용해 예쁘고 화려하게 꾸며 주었다. 가끔 저녁 산책을 하다 보면 불 꺼진 매장 안에서 의자를 뛰어넘는 알리스의 모습을 목격할 수 있었다. 언젠가 정우 씨와 함께 알리스를 위한 응원가를 만들어야겠다고 생각했다.

하루하루가 별일 없이 일정한 리듬으로 흘러갔다. 정우 씨와 지내다 보니 먹고 입고 씻고 산책하는 일들을 규칙적으로 반복하게 되었다. 정우 씨는 냄새에 민감했다. 더러운 옷을 계속 입고 있을 수 없어 일주일에 두 번은 세탁기를 돌렸고 샤워와 청소에도 게으름을 피울 수가 없었다. 한번은 정우 씨가 공원의 나무 곁에서 소변을 보는 걸 기다리는 동안 땅에 누군가 꽂아 둔 연필에서 싹이 올라온 걸 발견했다. 다시 보니 싹은 연필에서 돋아난 게 아니라 연필을 지지대 삼아 자라고 있는 거였다. 연필은 이런 식으로 땅에 자신의 시를 쓰기도 하는 거구나 생각했다. 없는 개와 함께하다 보니 자꾸 안 보이던 것들이 보이기 시작했다.

하루는 산책을 하다가 정우 씨가 킁킁대며 낯선 길로 가기에 쫓아가 보니 담장과 담장 사이 공터에 나무로 만든 2인용 그네가 하나 있었다. 등받이에 "의자 A — 환대의 앨리스"라고 적혀 있었다. 그네에 앉아서 앞뒤로 몸을 흔들어 보았다. 요람이나 파도 위에 누워 있는 것처럼 편안했다. 발을 굴러 조금 더 위로 올라가 보았다. 1인용 그네처럼 높이 올라갈 수는 없었지만 겁 많은 정우 씨도 함께 탈 수 있어 좋았다. 흥얼흥얼 노래도 절로 나왔다. 바닥에 노란 포스트잇이 떨어져 있어 보니 연필에 관한 시였다. 누군가 의자에 붙여 놓았는데 떨어진 것 같았다. 그 시에 멜로디를 붙여 보았다. 맘에 들어서 저장해야지 했는데 핸드폰을 집에 두고 온 걸 깨달았다. 집에 와 녹음하려니 생각나지 않았다. 아쉽지만 아주 아쉽지는 않았다. 한번 노래된 것은 사라지지 않는다. 어딘가를 떠돌며 누군가에게 닿았다가 언젠가는 다시 돌아올 것을 믿었다. 꼭 내 노래의 형태가 아니더라도. 바람이나 눈송이, 엽서, 가을볕을 닮은 홍옥의 향기로.

정우 씨와 좀 더 멀리 나갈 때도 있었다. 두 시간을 걸어 바닷가에 가서 햇볕에 달구어진 따끈한 모래에 두 발을 묻고 낮잠을 자다 오기도 했다. 그러다 해변에서 혼자 배드민턴을 치는 여자를 보았다. 여자는 혼자서 셔틀콕을 넘기고 받으며 바닷가를 뛰어다니더니 누군가 놓고 간 낡은 의자에 앉아 한

참 숨을 골랐다. 여자가 떠난 후 재호도 의자에 앉아 보았다. 한쪽 다리가 모래에 파묻혀 살짝 기울어진 나무 의자는 어릴 때 교실에서 사용하던 의자를 닮아 있었다. 기울어진 각도로 기울어진 풍경을 보았다. 바람이 비스듬히 지나가고 파도가 비스듬히 밀려왔다 밀려갔다. 여자가 오래 앉아 있던 이유를 알 것 같았다. 불편하고 낡았지만 다정했다. 주머니에서 펜을 꺼내어 의자 등받이에 "의자 B ─ 바닷가의 알리스"라고 적었다.

얼마 전에는 무인 세탁함을 통해 고독사 포인트 300에 고독사 전용 의자를 두 개 구입했다. 몽당연필로 만든 의자로 손바닥 위에 올라가는 작은 사이즈였다. 의자 위에 무엇을 앉힐까 생각하다가 정우 씨가 공원에서 물고 온 토끼풀과 전단지에서 오린 낱말을 각각 하나씩 올려 주었다. 낱말은 자주 바뀌었다. 환불, 새해, 건강, 보상, 만족, 수선, 전담처럼 특별할 것 없는 각각의 단어들이 고유한 자생력과 회복력을 가지고 고독을 응시했다.

산책길에 땅을 파는 정우 씨를 기다리다가 벽에 그려진 낙서를 발견하기도 했다. 웅덩이를 뛰어넘는 아이의 그림이었다. 그것을 한참 들여다보다가 가까운 문구점에 들러 파란색과 초록색 사인펜을 샀다. 그리고 아이의 발에 새 신발을 신겨 주었다. 새 신발을 신겨 주었을 뿐인데 도약하는 아이의 표정이 훨씬 행복해 보였다. 다음 날 가 보니 도약하는 높이도 더 높아진 것 같았다. 신발을 신은 아이는 어떤 진창도 밟지 않고 가볍게 아주 멀리까지 갈 수 있을 것 같았다. 어디선가 이런 문장을 읽은 기억이 났다. 평범한 발을 가진 아이조차 새 신발을 신으면 세상과 사랑에 빠진다.

어디서였더라. 생각이 나 버렸다. 장 교수가 희곡 낭독회에 갔다가 받은 거라며 준 포춘 쿠키 속 쪽지의 문장이었다. 그때 받은 포춘 쿠키는 먹지도 않고 재킷 주머니에 소중하게 간직했고 쪽지는 별 모양으로 접어 부적처럼 넣고 다녔다. 장 교수에게 뺨을 맞은 날에도 그 재킷을 입고 있었는데 돌아오는 길에 헌 옷 수거함에 던져 넣었다. 장 교수가 잘 어울린다고 해서 그와 만날 때마다 입었던 옷이었다. 별 모양 쪽지도 조각 난 포춘 쿠키도 함께 버려졌다.

어떤 건 사라져도 어떤 건 남는다. 쪽지도 장 교수도 한때의 연정도 모두 자신을 떠나갔지만 그러나 이 문장은 남았다는 걸 재호는 알게 되었다. 이 문장이 이제 재호의 새 신발이 되었다. 새 신발을 신고 새롭게 세상과 사랑에 빠지기로 했다.

자신이 신고 있던 신발에도 초록색과 노란색 사인펜으로 정우 씨를 닮은 귀여운 강아지를 그려 주었다. 몰랐는데 정우 씨는 푸들이었다. 다시 보니 한동안 털을 깎지 않은 포메라니안 같기도 했다. 귀여운 그림이 그려진 신발은 새 신발이 되었다. 새 신을 신고 뛰어 보자 팔짝. 노래를 부르며 정우 씨와 함께 집까지 뛰어서 돌아왔다. 샤워를 하고 기타를 치며 신발에 대한 노래를 만들었다. 2절은 의자에 대한 노래로 만들었다. 그리고 작은 연필 의자 위에 가사를 적은 포스트잇을 붙여 놓았다. 언젠가 앨리스에게 들려줄 수 있으면 좋겠다고 생각했지만 아니어도 괜찮았다. 하루에 두 번의 긴 산책을 하고 나면 피곤했지만 밤이 되면 난폭해질지도 모를 정우 씨를 재우기 위해서는 계속 새로운 자장가를 만들어야 했다. 혼자 노래하고 기타 치고 곡을 만들다 보니 1인 밴드가 된 기분이었다. 밴드의 이름도 짓기로 했다. '겉으로는 태연자약'과 '내일부터 안면몰수', '대체로 무사안일주의' 중에서 고민하다가 '정우 씨와 나의 한가로운 산책'이라고 지었다. 어차피 오늘 밤, 혹은 내일이 되면 또 바뀔 거였다. 시시한 일의 목록에 매일 새로운 밴드 만들기도 추가했다.

3인용 고독사를 위한 1인용 밴드

오 대리는 오 부장이 되었다. 승진은 아니고 그냥 부장님식 농담을 좀 더 뻔뻔하게 할 수 있게 된 거였다. 이제 심야코인세탁소에는 세 명의 부장님이 생겼다. 도 부장과 조 부장, 그리고 오 부장. 그러니까 앞으로는 더욱더 부장님식 농담으로 가득한 워크숍이 될 거란 의미였다.

영우는 부장이 된 기념이라며 이런 덧셈에 관한 농담을 만들었다. 고독사 워크숍 안에서는 누구나 0.5인분의 하루만 살아 내면 된다. 과거나 미래와의 연속성에서 단절된 딱 0.5인분의 하루. 자기 삶은 0.5인분만 책임지면 되니까 구시렁구시렁 오지랖만 넓어지고, 그렇게 또 다른 0.5인분의 삶에 참견하다 보면 어느새 0.5+0.5는 1인분이 되고, 그렇게 결합된 1인분은

결합 과정에서 생긴 에너지로 인해 1+1, 자연히 원 플러스 원
이 되어 다시 각자 1인분의 삶이 된다는 거였다. 그건 뭐랄까,
마술이나 기적의 영역 아닌가? 오 부장이 말하자 도 부장은
말했다. 마트에 가면 흔히 널려 있는 원 플러스 원 제품들을
보라고. 하나를 샀는데 똑같은 하나가 따라오다니 그런 게 어
떻게 가능하겠느냐고. 너무 흔해져서 우리가 마술을 마술이
라 못 느끼는 것일 뿐 그게 다 마법 같은 일이라고. 그렇단 말
이지, 하여간 부장님식 농담이란.

오 부장으로 출근하는 첫날, 오 부장은 할머니께 물었다.

할머니, 나 계속 이렇게 형편없이 살아도 될까?

할머니는 말했다.

당연하지. 세상이 왜 이렇게 형편없는 줄 알아? 형편없는
사람들만 살아남았기 때문이야. 그러니까 너도 형편없이 살
아. 그러다가 가끔 근사한 일 한 번씩만 하면 돼. 계속 형편
없는 일만 하면 자신에게도 형편없이 굴게 되니까. 근사한 일
한 번에 형편없는 일 아홉 개, 그 정도면 충분해. 살아 있는
거 자체가 죽여주게 근사한 거니까, 근사한 일은 그걸로 충분
히 했으니까 나머지는 형편없는 일로 수두룩 빽빽하게 채워
도 괜찮다고.

뭐야, 할머니. 혼자 근사한 척은.

오 부장은 괜히 투덜대며 텅 빈 방을 둘러보았다. 할머니

는 이제 없다. 하지만 할머니라면 그렇게 대답해 줄 것을 오 부장은 알고 있었다.

할머니가 보고 싶어지면 전규석이 쓴 마리아 칼라힐의 부고를 읽었다. 그러고 나면 같이 수영을 할 때마다 갑자기 사라지던, 한참을 두리번거리다 울먹이며 물속을 보면 단지 어린 오 부장을 놀려 주려고 한껏 볼을 부풀리며 숨을 꾹 참고 있던, 한 번의 장난을 위해 작은 죽음을 기꺼이 선택하고 고통을 감내하던 할머니의 익살스러운 표정이 떠올라 꼭 웃음을 터뜨리게 되었다.

심야코인세탁소에 출근을 하고 오늘의 형편없는 일들을 하기 위해 사이트에 접속했다. 아침에 일어나 멀쩡히 출근하는 걸로 오늘의 근사한 일은 이미 완료했으니 이제 시시한 일들 몇 가지만 처리하면 되었다. 지난밤 무인 세탁함에 올라온 재호의 글에 몇 개의 댓글이 달려 있었다.

— '없는 개와 산책하는 사람들'이란 밴드가 있다면 저도 가입하고 싶네요.

— 제가 생각한 1인 밴드 이름은 '일단 이륙할 것.'

— 나라면 '내향적 인간의 소심한 신명.'

— '상처에는 대일밴드.'

아무도 부탁한 적 없는데 이상한 경쟁이 붙었다. 다들 1인용 밴드를 만들어 이름을 지어 올리기 시작한 거였다. 처음에는 재호를 위한 제안이었으나 어쩌다 보니 수많은 1인용 밴드가 만들어졌다. 1인용 밴드가 만든 노래는 제각각 달랐지만 함께 부르면 돌림 노래처럼 들렸다. 심야코인세탁소에 새롭게 생긴 1인용 밴드는 예를 들면 이런 것들.

─이륙 결심 속도까지 한걸음에 밴드.

─뭔가 잘못됐는데 뭐가 잘못됐는지 모르지만 일단 한번 해 보고 한번 해 봤으니까 계속해 보는 밴드.

─연필로 할 수 있는 시시하고 선량한 51가지 전략 연구 밴드.

─못하는 걸 못 하고 안 하는 걸 안 하는 밴드.

─꾸물꾸물하다가 꾸역꾸역 하는 밴드.

─우왕좌왕하다가 어럽쇼 하는 밴드.

─어쩌라고 밴드.

─사물 애호가 밴드.

─읽지 않는 책 좀 사면 어때 인테리어 장서가 밴드.

─다부진 마음과 강한 멘탈 따위 꺼져 줄래 밴드.

─충고는 됐고요 조언도 사양 밴드.

─진짜는 내일부터 시작인 미래 지향 밴드.

─그러거나 말거나 밴드.

─쓸데없는 자격증 수집가 밴드.

─예쁜 쓰레기 애호가 밴드.

─내 안의 옹졸한 마음에 관대하고 자비롭기로 약속하는 밴드.

─될 대로 되라면서 실은 잘되길 바라는 밴드.

─반려 고독과 걷기에 적합한 골목 탐험 밴드.

─회피형 인간으로 사는 도피형 인간 밴드.

─사람과 만나고 친해지는 게 싫지만 사람은 그리운 밴드.

─날씨에 관한 365가지 상냥한 인사법 연구 밴드.

─스몰 토크를 피하는 법에 관한 스물일곱 개 전략 회의 밴드.

─발랄하게 무기력하고 과감하게 사부작대는 방구석 철학자 밴드.

─길을 잃기 위한 지도 제작자 밴드.

─하루 세 번 적절하게 실망시키고 자책하지 않기 밴드.

─다정하게 한심하고 상냥하게 쪽팔리는 밴드.

─나 좀 내버려 둬 근데 너무 내버려 두진 말고 밴드.

─좋은 것 앞에서 이런 걸 누릴 자격이 없다고 생각하지 않기로 다짐하는 밴드.

─온전히 내 편인 한 사람이 내가 되는 습관 연구 밴드.

─누구도 아닌 나를 위한 농담을 하루에 하나씩 만드는 일용직 아마추어 코미디언 밴드.

―어쩔 수 없음을 받아들이지 않기로 약속하는 수요 혁명 밴드.

　―당신의 고독사를 위한 안부를 묻는 하루만 무사 안녕 밴드.

　―우리는 예전에도 틀린 적이 있고, 그러니 뭘 망설이고 있나요 매일 시작하는 밴드.

작가의 말

나는 종종 늙은 내가 들어가게 될 요양원에 대해 생각하는데 내가 소유할 수 있는 개인 물품은 아주 적어서 6인실의 침대 옆 협탁에는 세 권의 책만을 보관할 수 있다. 나는 이 소설을 쓰는 내내 그중의 한 권이 내가 쓴 이 책이면 좋겠다고 생각했다. 다른 할머니들이 그게 뭔데?라고 물으면 조금은 머쓱하고 조금은 뿌듯해하며 내가 쓴 책이라고 자랑하다가 잘난 척한다고 욕도 먹는 장면을 떠올리면 괜히 웃음이 났다. 나는 그렇게 명랑하고 고독하게 나와 함께 잘 늙고 잘 죽어 갈 책을 쓰고 싶었다. 그러니까 이건 안 될 줄 알면서 안 되는 걸 한 기록이자 열두 명의 친구들이 내게 들려주는 길고 긴 농담. 이 농담이 다른 분들께도 농담이 되어 주길 꿈꾸면서.

고독사 워크숍을 시작할 수 있도록 '우리막내용돈'을 주신 아버지와 내가 글을 쓰거나 쓰지 않거나 '작가 딸'이라고 나를 저장해 두신 어머니, 그리고 글 쓰는 고모를 가장 '좋은 쪽으로' 오해해 주는 조카 재현이와 언니와 오빠 부부에게도 감사를 전한다. 또한 김세영 편집자와 민음사가 없었다면 나는 결코 내 글에 '공들여도 좋다'는 믿음을 갖지 못했을 것이다. 공들여 감사를 전합니다. 모두에게. 특히 추천사를 써 주신 정이현 작가님과 내가 읽은 모든 작가분들, 그리고 읽어 주시는 모든 독자분들에게.

작가의 말을 적으며 '좋은 것 앞에서 이런 걸 누릴 자격이 없다고 생각하지 않기로 다짐하는 밴드'에 가입했다.

그리고
워크숍 49는 아버지를 위해.

추천의 글

정이현(소설가)

내가 이 소설의 추천사를 쓰게 된 이유는 무척 단순하다. 편집자가 보내 온 소설의 일부를 먼저 읽었는데, 별생각 없이 첫 문장을 읽고 그다음 문장을 읽고 그러다 보니 단숨에 다 읽어 버렸기 때문이다. 그 뒤를 마저 읽고 싶었다. 지금 당장. 가장 재미있어지려는 대목에서 딱 끊긴 연재물의 다음 회를 기다리는 독자의 심정으로 나는 말했다. 그거 제가 하겠습니다. 그러니까 뒷부분도 빨리 좀.

언젠가부터 무연고 사망이라는 뜻으로 '고독사'라는 단어가 자주 쓰인다. 그런데 고독하지 않은 죽음이 어디 있는가? 아무리 친밀한 관계라도 소멸의 순간을 나눌 수는 없다. 살아 있는 모든 생명은 누구나 필연적으로 죽고 개별적으로 죽는다. 임종을 홀로 맞을 때와 타인에 둘러싸여 맞을 때의 감정이 어떻게 다른지 비교하여 설명할 수 있는 '산 자'는 세상에 존재하지 않는다. 아직 살아 있는 자는 이렇게 결심할 뿐이다. "누구에게도 침해받지 않는 고독사를 완성하기 위해서는 자신만의 고독의 코어를 단련"할 필요가 있다고. 고독사 워크숍이란 고독사를 피하는 법이나 고독사에 담담해지는 법을 배우는 곳이 아니라 어떻게든 삶을 견뎌 내는 무형의 기술을 연마하고 동료의 연습 과정을 지켜보며 묵묵히 응원해 주는 학교다.

옴니버스 형식의 이 소설은 고독사 워크숍 참여자 한 명 한 명이 걸어 온 삶의 궤적을 따라간다. 그저 주어진 생을 살았을 뿐인데, 다만 그뿐인데 속절없이 깊고 고통스러운 고독과 마주하고 만 한 사람이 여기 있다는 것. 그리고 저쪽에 또 다른 한 사람이 있다는 것. 조금 멀리에 또 다른 한 사람이 있다는 것. 그 한 사람은 어디에고 — 내 방 작은 거울 속에도 — 있다는 것을, 소설은 더할 나위 없이 섬세하고 문학적인 방식으로 보여 준다. 그렇다. 이제는 촌스럽게 들릴지도 모르지만 나는 이 말을 꼭 하고 싶다. 문학의 힘과, 오직 문학만이 줄 수 있는 즐거움을 동시에 느낀 독서였다고.

오늘의
젊은 작가
36

고독사 워크숍

박지영 장편소설

1판 1쇄 펴냄 2022년 6월 3일
1판 5쇄 펴냄 2023년 5월 17일

지은이 박지영
발행인 박근섭·박상준
펴낸곳 (주)민음사

출판등록 1966. 5. 19. 제16-490호
주소   서울시 강남구 도산대로1길 62(신사동)
         강남출판문화센터 5층(06027)
대표전화 02-515-2000 | 팩시밀리 02-515-2007
홈페이지 www.minumsa.com

ⓒ 박지영, 2022. Printed in Seoul, Korea

ISBN 978-89-374-7336-4 (04810)
ISBN 978-89-374-7300-5 (세트)

* 잘못 만들어진 책은 구입처에서 교환해 드립니다.
* 이 도서는 2018년도 한국문화예술위원회 아르코문학
  창작기금지원사업에 선정되어 발간되었습니다.
* KOMCA 승인필.